8
Hibariyu
히바리유 지음
illust 시소
전학 간 학교의
청순가련한 미소녀가
옛날에 남자라고 생각해서 같이 놀던
소꿉친구였던 일

"데이트해요! 데이트, 문화제 데이트!"
무라오 사키
Saki Murao

"권속들이여,
내 노래를 들을 수 있는
영광을 주겠노라!"

니카이도 하루키
Haruki Nikaidou

Contents

illustration by 시소   design by 무시카고 그래픽스

전학 간 학교의 청순가련한 미소녀가 옛날에 남자라고
생각해서 같이 놀던 소꿉친구였던 일
8
Hibariyu
히바리유 지음
illust 시소

프롤로그

하루키에게 세계는 지독히 차갑고 답답한 곳이었다.

주변에서 보내는 의심스러운 시선.

귀에 날아드는 무책임한 말들.

가끔 건네는 손길이 있을지라도, 어디까지나 뒤에 있는 어머니를 노린 타산과 기만.

어린 하루키를 둘러싼 환경은 거절과 허식으로 점철되고, 혐오와 속임수의 바다 밑바닥을 내려다보며 숨 막혀 버둥대는 나날이었다. 마치 세계 전체에게 미움받는 것처럼.

내가 뭘 했단 걸까?

어째서 이런 취급을 당하는 걸까?

아아. 사람 따윈, 세계 따윈 이런 것일까?

그런 현실을 점차 받아들이던 어느 날.

이리저리 떠넘겨진 끝에 다다른, 츠키노세라는 시골.

그곳에서 끝도 없이 밝은, 바보 같은 말을 들었다.

『너 혼자야? 혼자라면 같이 놀자!』

고개를 들었더니 뭐가 그렇게나 즐거운지 생글생글 웃으며 자신을 들여다보는 남자아이.

처음에는 무슨 말을 하는지 잘 알 수가 없었다.

남자아이의 말에 다른 뜻이 담겨 있는지 읽을 수가 없어서.

그 말을 그대로 받아들일 수가 없어서.

이제 와서 생각하면 정말 최악의 반응이었겠지.

『시끄러워, 닥쳐, 저리 가.』

그 아이의 손을 떠밀고 던진 거절의 말.

놀라면서도 화가 난 남자아이의 얼굴이 가슴에 깊이 새겨졌다.

이 아이도 이제 자신에게서 멀어질 것이라 생각했다.

『뭐야…… 됐으니까 놀러 가자, 얼른!』

『…………어?』

『저기 숲에 사슴벌레 있거든! 본 적 있어?!』

『아니, 없는데…….』

『어~, 아깝잖아! 손해 보는 거라고! 샤악— 해서 꽈악 잡는 집게가 엄청 멋있거든! 아, 집게라면 거기 도랑에 가재도 있어! 일단 가재부터 잡으러 가자!』

『어, 아니, 앗……!』

하지만 그 아이는 하루키의 마음 따윈 신경 쓰지 않았다.

억지로 손을 붙잡고는 달려가더니 시골 여기저기로 데리고 다녔다.

개천, 논두렁, 숲속.

커다란 나무 구멍, 폐자재 야적장, 산속에 있는 오래된 신사의 말사(末社).

어디든 흔해 빠진, 신기하게 여길 것도 없는 장소. 하지만 어디든 밝게 빛나 보였다.

틀림없이 그것은 남자아이의 생글생글 미소를 마주했기 때문이겠지.

막무가내, 우격다짐.

하지만 어느샌가 하루키를 밝은 세계로 끌고 나와주고, 그 아이의 미소를 마주한 하루키도 어느샌가 함께 웃음을 터뜨렸던 것을 기억한다.

그날 저녁, 헤어질 때. 처음으로 누군가와 헤어지는 것이 너무나도 무서웠던 것도. 가슴속에는 이제까지 없었던 갈증과도 같은, 견디기 힘든 욕구가 생겨나고 만 것도.

하지만 남자아이가 건넨 지극히 자연스러운 말이 가슴을 채워서 그만 기뻤던 것도.

『내일은 어디 갈까? 양 보러 갈래? 강에 가는 것도 괜찮겠네. 산속에 재밌을 것 같은 곳도 있었으니까…… **넌** 어디로 가고 싶어?』

『……너, 아니야.』

『하지만 이름도 안 가르쳐줬잖아. 아, 나도 안 가르쳐줬네!』

『푸훗. 이상한 녀석이네!』

이름도 모르는데 그저 함께 놀면 웃게 되는 상대.

그런 사람이 이 세상에 있다니, 이제까지는 생각해본 적도 없었다.

『난 하야토. 넌?』

『하루키. 난 하루키야.』

『그럼 내일도 여기서 집합이야, 하루키!』

『응, 하야토!』

미소와 함께 악수를 나누자 가슴이 확 뜨거워지고 내일이 너무도 기다려진다.

그날.

지금은 먼 과거가 된 저녁.

하루키는 처음으로 이 세계에 기다려지는 일이 있다는 것을 알았다.

생각해보면 틀림없이.

이때 불이 켜진 그 마음은 바로——.

아무 말도 할 수 없었다

조금 서늘한 새벽의 가을하늘. 양떼구름이 시원스럽게 흘러간다.

하야토는 그런 하늘을 올려다보고 살짝 미간을 찌푸렸다.

어제는 미나모 아버지 일로 소동이 있었다. 그래서 하루키도 미나모도 사키네 집에서 하룻밤을 보냈고, 오늘 아침에는 드물게도 하야토 혼자였다. 평소에는 시끌벅적 수다와 함께하는 등굣길. 하지만 오늘은 조금 쓸쓸했다.

그런 하야토의 마음과는 달리 교문이 가까워지자 학교 안에서 들리는 뜨거운 소란은 점점 커졌다. 오늘은 혼자서 등교했기에 더더욱 소란스럽게 느껴졌다.

평소라면 운동부가 아침 훈련을 하고 있을 운동장에는 노점이 여럿 늘어서서 문화제를 앞둔 들뜬 분위기가 느껴졌다.

그들의 모습을 흘깃 쳐다보며 화단으로 향했다. 어쩐지 그곳에 있을 것 같았다.

아니나 다를까, 화단에서 작업 중인 하루키와 미나모의 모습을 보고 한순간 걸음을 멈췄다.

매일 아침 화단에서 채소를 돌보던 미나모의 모습이 떠올랐다. 그것은 미나모의 일상 그 자체였다.

그래서 하야토는 최대한 밝은 미소를 염두에 두고서 말을 건넸다.

"하루키, 미나모 씨. 안녕."

"아, 하야토!"

"안녕하세요, 하야토 씨. 그런데 여기 감자, 슬슬 수확해도 될까요."

"어…… 아직 좀 이를지도 모르겠지만, 잎 색깔이 변하고 흐물흐물해진 건 괜찮지 않을까? 저기 있는 것처럼."

"그럼 내가 그거 캐볼래."

"하야토 씨, 순을 따서 심은 건 아직 멀었을까요?"

"그러네…… 비료를 좀 더 주고 기르는 게 나을지도."

"아하, 씨감자가 있으면 성장하는 게 확실히 다르구나."

"후훗, 그러네요."

돌아온 것은 지극히 자연스러운, 평소와 다름없는 대화였다.

미나모와 하루키의 이마에는 땀, 뺨과 장갑에는 흙. 마치 어제는 아무 일도 없었다는 것처럼 감자를 캐고 있어서 어안이 벙벙할 정도였다.

"영차…… 그건 그렇고 감자 있지, 생각했던 것보다도 크기가 더 다양하네―."

"그러네요. 엄지손가락이나 탁구공 정도로, 가게에서 팔진 않을 것 같은 크기도 잔뜩 있고요."

"아, 그런 건 츠키노세에게는 통으로 튀겨서 소금이나 파래를 뿌려 먹어. 그리고 전자레인지로 돌려서 부드럽게 만든 걸 맛간장이랑 설탕으로 조리면 또 맛있지.”

“맛있을 것 같긴 한데, 여전히 술안주 같아. 하야토니까 어쩔 수 없나.”

“쓸데없이 한마디가 많다고, 하루키.”

“후홋, 확실히 작은 건 껍질을 벗기기 힘드니까 그대로 사용하는 게 편하겠네요.”

“……일단 나도 같이 캘게.”

무언가 마음에 걸리기는 했지만 우선은 평소와 같은 일상을 보낸다.

하루키와 미나모가 먼저 캔 것도 있고 아직 덜 자란 것도 많아서 그다지 시간이 걸리지는 않았다.

하야토가 삽과 가위 같은 도구를 정리하고 돌아왔더니 하루키와 미나모는 캔 감자를 나누고 있었다. 문득 위화감을 느꼈다.

“응? 나누는 게 평소랑 좀 다른데?”

“아, 한동안은 나도 미나모랑 같이 사키네 집에서 저녁을 먹기로 했거든.”

“……호오.”

“하야토 씨네 집은 얼마 전에 아주머니께서 퇴원하셨잖아요. 가족끼리 보내는 오붓한 시간을 방해하는 것도 미안해서요.”

“그렇——.”

──그렇지 않아. 반사적으로 튀어나오려던 말을 얼른 삼켰다.

집에 와달라는 것은 하야토의 이기심이다.

게다가 키리시마가에는 어머니가 돌아왔다. 이제까지 빠져 있던 가족의 조각이 맞추어졌다.

지금 가정의 문제를 품고 있는 그녀들이라면 그 모습을 보는 것은 힘든 일일지도 모른다.

"──그렇구나."

하야토는 스스로를 납득시키듯 그렇게만 중얼거렸다.

의욕이 그저 헛돌기만 했다. 자신의 표정을 두 사람에게 들키지 않도록 고개를 돌리며 한숨을 한 번 쉬고 머리를 긁적였다.

"자, 하야토 거."

"어."

평소처럼 캔 감자를 받아들고 교실로 걸음을 옮겼다.

현관으로 가면서도 하루키와 미나모는 흙을 털어내는 방법이라든지, 씨감자가 완전히 녹았다든지, 너무 커져서 금이 간 감자가 있다든지. 조금 전에 캔 감자 이야기로 꽃을 피웠다.

하야토는 그런 두 사람을 바라보며 무어라 말로 표현할 수 없는 감정으로 버거울 정도였다. 그때 입구 근처에서 여학생들이 이쪽으로 손을 흔들었다.

"아, 미타케다! 여기야─!"

"미타케, 어제 플라네타리움에서 틀 스토리 원고 초안을 완성했어!"

"이거 꼭 봐줘!"

"역시 별자리라면 신화 이야기가 나와야지!"

"로맨스도 넣고!"

"와, 와앗."

그녀들은 흥분한 기색으로 미나모에게 잇따라 말을 쏟아 냈다.

미나모는 한순간 놀랐지만 곧 쓴웃음을 흘렸다. "전 이만 가볼게요"라고 꾸벅 머리를 숙이자 하야토도 가볍게 손을 흔들어 대답했다.

미나모가 반 친구들에게 달려가는 뒷모습을 배웅한 뒤, 하루키와 둘이 남았다. 하루키는 갑자기 돌변해 회한이 느껴지는 말을 흘렸다.

"어젯밤에 있지, 난 아무 말도 못 했어."

"……하루키?"

갑작스럽게 바뀐 하루키의 분위기에 하야토는 당혹스러운 심정을 감추지 못했다.

어젯밤, 그녀들과 무슨 일이 있었던 걸까?

하야토를 돌아본 하루키는 잔뜩 일그러진 표정으로 입을 열었다.

"미나모는 부모님이랑 무슨 일이 있었고 어떻게 되었는지 이야기해줬어. ……듣는 것만으로 가슴이 아픈 이야기였어.

하지만 난 그저 그 이야기를 듣기만 할 수밖에 없었어.”

“아니, 하지만 그건…….”

아무 말도 못 한 하루키를 책망할 수 있는 사람은 결코 없겠지. 그만큼 민감하고 어려운 이야기다. 하야토도 하루키가 자신의 비밀, 타쿠라 마오의 혼외 자식이라는 사실을 밝혔을 때는 아무 말도 못 했다.

하루키는 눈부신 듯 교문── 정확하게는 중학교가 있는 방향을 바라보며 손을 뻗었다. 마치 동경하는 감정이 담긴 듯한 목소리로 중얼거리듯 말했다.

“하지만 사키는 달랐어. 곧바로『그만큼 아버지랑 어머니를 좋아하는군요』라고 했어. 그 순간, 나도 가슴이 쿵 내려앉았어. 그 말이 있었으니까, 미나모는 오늘도 평소와 다름없이 보낼 수 있는 거야.”

“그런가…….”

“나는 그런 말을 상상도 못 했어.”

“…….”

하루키가 자조와 함께 쓴웃음을 흘리자 하야토도 눈썹을 찌푸렸다.

사키 덕분이라는 말도 진실이겠지. 묘하게 납득이 갔다.

최근에 사키는 무척 눈부시다.

예전의 소극적인 모습은 대체 어디로 갔을까. 하야토도 그런 그녀의 모습에 얼마나 마음이 흔들리고 놀랐던가.

“사키는 굉장해.”

하야토의 마음속을 대변하듯이 하루키가 말을 흘렸다.

그녀의 목소리에는 스스로에 대한 체념이나 슬픔의 기색이 배어 있었다. 스스로를 상처 입히는 것처럼 느껴졌다.

그래서 하야토는 반사적으로 말을 던졌다.

"어제는 하루키도 큰 공헌을 했잖아."

"……어?"

갑자기 맥락도 없는 소리를 한다는 자각은 있었다.

하루키도 무슨 말이냐며 의아하다는 표정으로 바라봤다.

이번에는 하야토가 자조 섞인 목소리로 답했다.

"나는 그때 아무것도 못 했어. 하지만 하루키가 미나모 씨를 그 자리에서 억지로 데리고 갔으니까 지금도 평소처럼 지낼 수 있는 거야."

"그건! 그저 감정적으로 저지른 행동이지, 나는 딱히……."

"만약 그 자리에 나만 있었다면 그냥 우두커니 서 있기만 했을 거야. 미나모 씨를 대할 낯이 없었겠지."

"하야토라면 절대로 그렇지 않아!"

"하지만 실제로는 하루키가 미나모 씨의 손을 잡아줬어."

"하야토…… 아, 정말!"

만약 그때 하루키가 없었고 제대로 끼어들지 못했다면…… 생각만 해도 오싹했다. 그래서 하야토는 하루키 역시도 미나모를 구했다고 생각했다.

어젯밤, 세 사람에게 무슨 일이 있었는지 자세히는 모르지만.

“앞으로도 같이 힘내자.”

하야토는 조금 곤란하다는 표정으로 주먹을 내밀었다.

그러자 하야토의 속마음이 전해졌는지 하루키는 눈썹을 찡그리면서도 웃었다. 뻗은 손을 말아 쥐고서 주먹을 툭 부딪치며 말했다.

“응, 그래.”

제2화 리허설과, 고민하는 그녀와

　담임 선생님이 간단히 주의 사항만 전하고 조회가 끝났다. 교실은 금세 소란스러워졌다.

　반쯤 흡혈 공주 카페로 세팅된 교실은 이미 본래의 기능을 잃었다.

　주말에 있을 문화제를 앞두고 오늘 하루는 준비에 매진한다. 아이들은 바로 완성을 위해 움직이기 시작했다.

　하야토도 함께하고자 몸을 일으킨 참에, 이상하게 눈이 반짝반짝하는 에마가 하루키에게 다가오더니 기세 좋게 손을 붙잡았다.

　"노래 리허설하자!"

　"어, 응……?"

　갑작스러운 일에 허둥대는 하루키.

　에마 뒤로는 마찬가지로 흥분해서 눈이 번쩍번쩍하는 반 아이들.

　에마가 평소와는 너무나도 다른 분위기였기에 하루키는 무심코 한 걸음 물러났다. 하지만 다른 아이들이 그녀를 포위했다.

　그런 가운데, 에마가 그들을 대표해서 입을 열었다.

　"의상도 어제 전부 완성했어! 정말 최고의 완성도야!"

“그, 그렇구나?”

“하루키한테 맞는지 확인만 하면 돼. 크으으으 기대된다!”

“그, 그래?”

“아, 메시지 보냈는데 봤어? 노래도 다 같이 몇 번이나 계속 논의했거든. 브리 땅은 사실 싸우고 싶지 않지만 소중한 사람들을 지키기 위해서 애써 센 척하며 전장에 나서잖아? 그런 갈등과 마음을 전하려면 노래에도 적절한 순서가 있을 것 같아서! 제대로 확 끓어오르는 노래부터 시작해야겠지? 그러니까 브리 땅 시나리오의 첫 보스전에 나오는 노래부터! 그 노래에는 브리 땅의 모든 게 담겨 있잖아! 특히 가사 중에『등불에 의지하여 이 몸을 칼날의 바다에 던질지라도』라는 부분! 저 등불은 모두가 서프라이즈로 준비한——.”

“어, 에마? 왜 그래, 좀 진정하자고?!”

열의를 담아서 열변을 토하는 에마.

에마가 그렇게 시작하자 다른 아이들도 “더 이상 만나지 못한다는 걸 알면서도 재회를 바라며 노래하는 모습이라든지” “장난치다가 들키고는 바로 얼버무릴 때 노래가” “역시 처음으로 각성해서 컷 신이 나오는 필살기 장면이”라며 열변을 토했다.

이상한 광경이지만 기시감도 있었다. 하루키가 가끔 최애를 이야기할 때의 모습과 무척 닮았다. 그들에게 붙잡힌 하루키가 도움을 청하듯 흘끗흘끗 시선을 보냈지만 하야토는 굳은 표정으로 가볍게 고개를 가로저을 뿐.

대체 에마한테 무슨 일이 있었느냐며 하야토는 남친인 이오리한테 시선을 보냈다. 이오리는 어딘가 지친 표정으로 곤란하다는 듯 말했다.

"에마가 내부 장식, 의상, 조리에 다른 것들까지 진행 조정을 맡았잖아?"

"정말로 만능이라서 다들 의지하니까."

"그래서 어디서든 의견을 청하더라고. 물론 선곡이랑 의상도. 하지만 브리깃이란 캐릭터를 모른다면 아무 말도 해줄 수가 없잖아?"

"그렇구나. 그래서 실제로 해보고 제대로 빠져버린 거고?"

"그렇지. 나도 에마한테 계속 붙잡혀 있었어."

"아하하, 그렇구나."

이오리는 어이없다는 한숨을 크게 내쉬고 하야토도 그에 이끌려 쓴웃음 지었다. 눈앞에서는 밴드팀도 합류해서 상황이 더더욱 카오스로 빠져들고 있었다.

"좋아, 그럼 바로 의상부터 맞춰보자!"

"어, 지금 여기서?!"

"조리 구역에선 몸도 가릴 수 있으니까 괜찮잖아?"

"미얏—?!"

이윽고 하루키는 아이들에게 끌려가듯이 교실 뒤편, 파티션으로 나누어놓은 공간으로 사라졌다.

그 모습을 지켜보고는 서로 얼굴을 마주 보고 어깨를 으쓱이는 하야토와 이오리.

이오리는 갑자기 다정한 눈빛에 애정 어린 말투로 중얼거렸다.

"이런 것도 나쁘진 않네."

"그러게."

문화제를 준비하며 같은 반 아이들과 함께 바보 같은 일로 신이 난다.

고등학생, 지금 이때만 허락되는 흔한 광경. 하루키는 아이들의 장난에 쩔쩔매면서도 아무런 그늘도 없는 표정이었다.

하야토도 이오리도 에마도, 아마도 카즈키도. 그리고 분명히 미나모도.

틀림없다. 앞으로 몇 년이 지나서 우연한 계기로 다시 떠올렸을 때, 반짝반짝 빛나는 추억이 되어 있겠지.

──어릴 적, **하루키**와 츠키노세에서 보낸 나날처럼.

하야토는 지금도 그 추억을 선명하게 떠올릴 수 있다. 그래서 웃었다.

그때 와아! 커다란 환호성이 터졌다.

하야토도 그에 이끌려서 소란의 중심으로 시선을 향한 뒤 눈을 크게 떴다.

호화롭고 산뜻하고 우아하고 아름답다. 아니다, 말로 어떻게 표현하면 좋을지 알 수 없었다.

그곳에는 그저 빠져들어버릴 만큼 아름다운 공주님이 있었다.

황금처럼 눈부시게 긴 머리카락이 물결치고, 선혈처럼 선명하고 매끄러우며 화려한 드레스를 입었다. 그에 지지 않게, 조금 어린 느낌은 있지만 단정한 얼굴을 화장으로 선명하게 장식했다.

모두의 시선이 모이자 하루키는 조금 부끄러운 듯 몸을 비틀며 주위를 둘러보더니 "음" 하고 목을 풀며 눈을 감았다.

그리고 그녀가 왼손을 가슴에 대고 오른손을 펼치며 오만한 태도와 말로 명령을 내렸다.

"권속들이여, 내 노래를 들을 수 있는 영광을 주겠노라!"

"""""——!"""""

그것은 위엄과 가련함이 함께하는, 그야말로 진조 흡혈 공주의 말 그 자체.

하루키의 그 말과 함께 세계가 바뀌고 모두의 의식이 전환되었다.

그들이 칭송하는 공주님의 명령 아래, 권속들은 경외를 담아서 움직였다.

"악기 준비는 끝났어?!"

"무대 배치, 서둘러!"

"본 무대랑 똑같이 가는 거야!"

"무슨 일이 벌어질지 모르니까 넓게 떨어져!"

"오케이, 언제든지 가능해!"

"브리깃 님, 준비가 되었습니다!"

"수고했어."

진조 흡혈 공주 그 자체가 된 하루키는 휘하 권속의 보고에 여유로운 태도로 고개를 끄덕이고 임시로 만든 무대로 향했다. 무대 마이크 앞에 서서 모두를 내려다보는 모습은 아름다우며 위풍당당. 그야말로 사람의 위에 서는 자.

하루키가 가볍게 한손을 들자 모두 입을 다물고 교실에서 소리가 사라졌다.

그것이 신호임을 모두가 이해했다.

한 박자 늦게 탁탁탁, 드럼 스틱이 박자를 맞추었다. 모두의 시선이 모인 가운데, 하루키는 이 자리를 완전히 바꾸어버리는 마법의 주문을 자아냈다.

『천마의 이슬──♪』

"""""""──!"""""""

그 순간 세계가 뒤집어져 버린 것처럼, 혹은 다른 세계에 침식당해버린 것처럼. 이 자리에 있던 사람은 모두가 전장으로 끌려가 버렸다.

모두 다 같이 숨을 삼켰다.

눈앞에서 전의를 북돋우듯이 노래를 자아내는 것은 백성을 이끄는 흡혈귀 공주.

무섭다. 다리가 움직이지 않는다. 핏기가 가신다.

사실은 싸우고 싶지 않다. 평온하게 살고 싶다.

하지만 가만히 있으면 기다리는 것은 나라의 파멸.

자신을 따르는 이들에게 들이닥치는 참극을 보고 있을 수만은 없다고, 자신의 마음을 속이면서도 선두에 선다.

고귀한 우국의 공주, 그 모습을 환상처럼 보았다.

어느샌가 모두가 주먹을 쥐고 어깨를 들썩이며 눈을 번쩍번쩍 빛냈다.

하루키의 노래에서 배어 나오는 의연함, 갸륵함, 슬픔과 자애가 강하게 마음을 뒤흔들었다.

그녀를 위해서 무언가 하고 싶다, 불안을 씻어주고 싶다, 그녀를 위해 싸우고 싶다. 그런 마음이 가슴속에서 생겨나고 모두의 마음이 한데 모였다.

이곳에 그녀를 위한 군단이 태어났다.

당장에라도 함성을 내지르며 돌격할 것 같은 열기가 휘몰아쳤다.

『──내일,』

"──아."

그때 갑자기 기타 선율이 흐트러지고 연주가 끊어졌다. 모처럼 달아오른 분위기에 찬물을 끼얹은 모양새였다. 불완전연소, 주변에서 그런 비난 섞인 눈빛이 기타에게 쏟아졌다.

소곤소곤, 웅성웅성. 불온한 분위기가 잔물결처럼 퍼졌다. 기타는 자신이 돌이킬 수 없는 짓을 저질렀느냐며 안색이 창백했다.

그런 상황에서 하야토는 어떻게 반응하면 좋을지 몰라서 허둥지둥하는 하루키를 봤다. 이대로는 안 되겠다고 숨을 삼켰다. 얼른 짝짝, 고의적으로 크게 박수를 치고 목소리를 내질렀다.

“괜찮아! 처음 치고는 엄청 좋았어! 연습이잖아. 바로 또 가자고!”

하야토의 그 말에 모두 퍼뜩 정신을 차렸다.

가장 먼저 회복된 하루키는 조금 자신 없다는 듯, 쭈뼛쭈뼛 모두에게 물었다.

“저기, 노래는 그런 느낌이면…… 될까?”

“아! 응응, 정말 좋았어! 너무너무 좋았어!”

“그러고 보니 이거 연습이었지?!”

“완전히 분위기에 취했었어!”

“맞아맞아! 난 당장에라도 창 들고 돌격해야겠다고 생각했어!”

“이 정도면 빠져들어서 작업도 못 하겠는데.”

“복도에서 다른 반 애들도 들여다보고 있어.”

하루키의 말을 계기로 반 아이들은 둑이 터진 것처럼 조금 전 라이브 연습에 대해서 떠들기 시작했다. 다른 반에서도 노랫소리에 이끌려 찾아온 아이들이 있는 모양이었다. 그 아이들도 함께 찬사를 보냈다.

칭찬받아 부끄러워하는 하루키와 눈이 마주쳤다. 하야토는 잘했다며 엄지를 세워 들었다.

그러자 하루키는 눈을 끔벅거리고는 입술만 움직여서 속마음을 전했다.

――고마워.

그 말에 하야토도 눈을 끔벅거리고는 웃었다.

밴드 멤버와 논의를 시작하는 하루키를, 하야토는 눈부시다는 듯 바라봤다.

하루키에 대한 소문은 교내에서 순식간에 퍼졌다.

문화제 준비로 떠들썩한 분위기이기도 해서 그녀의 노랫소리에 다들 이끌리는 듯했다.

몇 곡 연습했을 무렵에는 다른 학년 학생들도 한 번 보려고 찾아와서 복도에 북적거렸다. 좀처럼 돌아오지 않는 아이들을 찾으러 와서는 또 낚이는 경우도 있었다.

그렇게 모인 인파가 또 흥미를 끌기도 해서 사람은 점점 더 불어났다. 필연적으로 큰 소동이 벌어졌다.

일단 상황을 수습하기 위해 교실 문을 모두 닫기로 했다.

하지만 그랬다가는 폭동이 일어날 것 같은 분위기를 느꼈다. 차라리 손님을 응대하는 연습이나 하자고, 당일 접객 멤버들이 줄을 정리하는 쪽으로 방향을 돌렸다. 결국 실제 문화제를 상정한 연습이 되었다고 할까.

벌써 이 정도면 당일에는 틀림없이 더욱 북적이겠지.

그만큼 하루키의 퍼포먼스에는 사람들을 끄는 무언가가 있었다.

교실 구석에서 벽에 등을 기댄 하야토는 복도에서 들리는 목소리에 귀를 기울여봤다.

"드레스 퀄리티 쩔어! 노래도 엄청난데?!"

"저거 모바일 게임에 나오는 그거지? 광고 영상 같은 거

본 적 있는데 완성도 쩌네.”

“진짜 오싹하다니까! 등 뒤로 게임이 보이는 것 같았다고! 당일에도 꼭 보러 와야겠어!”

“브리 땅 진짜 미쳤네. 저건 진짜 브리 땅이야. 여긴 과금 안 되나? 슈퍼챗이라도 괜찮은데.”

아무래도 하루키 본인보다도 그녀가 분장한 브리깃이 화제인 듯했다.

다행히도 이것은 1-A의 콘셉트 카페 안에서 벌이는 이벤트다.

가게 안에서 촬영은 철저하게 금지한다. 설령 그것을 완전히 막지 못하더라도 이런 분위기라면 하루키가 아닌 브리깃과 똑 닮은 사람으로 인지될 터.

무대에서 노래하는 하루키를 흘끗 살폈다.

밴드가 연주하는 원무곡을 어딘가 코미컬한 느낌의 몸짓과 함께 표현하고 있었다.

찰나의 평온.

사랑스러운 일상.

장엄한 성의 안뜰에서 브리깃이 직접 구운 과자를 내놓는 다도회의 모습이 떠오른다.

다들 완전히 그 모임에 참가한 기분을 느끼며 흐뭇한 표정으로 빠져들었다.

그들의 미소를 마주한 하루키 역시 미소가 활짝 꽃피었다.

조금 전의 광시곡에서는 열광과 고양감.

그 전의 행진곡에서는 용맹과 흥분.

노래에 따라서 다양한 모습을 선보이고, 모두를 다양한 세계로 끌어들여 매료시킨다.

마치 수많은 모습을 보여주는 달과도 같이. 신비함마저 느껴졌다.

그런 의미에서는 하야토도 하루키에게 매료된 사람 중 하나였다.

츠키노세를, 또 무대에서 MOMO와 함께 있었을 때를 다시금 떠올렸다. 그리고 지금 확신했다.

──하루키는 이런 무대가 잘 어울린다.

다만 본인이 그것을 바라는지는 알 수 없다.

오히려 어머니와의 관계를 생각한다면 기피하는 측면도 있겠지.

하지만 이렇게 모두의 마음을 사로잡고 뒤흔드는 모습은, 하야토에게는 그녀의 천직처럼 느껴졌다.

틀림없이 선천적으로 가진 자질, 재능.

만약 하루키가 그 길을 나아가고자 한다면 과연 자신은.

『──감사합니다!』

그때 마침 노래가 끝났다.

하루키가 머리를 숙이자 우레와 같은 박수가 휘몰아쳤다. 하야토도 함께 박수를 쳤다.

그 후, 공연팀이 방금 연주에 대해서 논의하기 시작했다. 청중들의 이동과 정리도 시작되었다.

세션을 여러 차례 거듭하며 노래의 완성도도 올라가는 듯했다. 그것을 뒷받침하듯이 모여드는 사람도 늘어나고 있었다.

오늘 하야토의 역할은 내부 장식 보조. 하지만 이 상황이 마무리될 때까지 나설 차례는 없겠지.

이대로 교실에 머무르며 공연팀의 연습을 지켜보기만 하는 것도 불편해서 그동안 여기저기 다른 곳을 보고 올까 싶었다.

하루키 쪽을 흘끗 봤더니 노래에 대해서 즐겁게 의견을 나누고 있었다.

'옛날에는 특촬물이나 애니메이션 놀이를 자주 했지.'

형태는 다를지라도 근본적으로는 그런 쪽을 좋아하는 거겠지.

하야토는 쓴웃음과 함께 교실을 뒤로했다.

흐름을 거스르며 인파를 가르고 나아갔다.

"아, 하야토 군."

"카즈키."

트인 장소로 나왔더니 카즈키와 딱 맞닥뜨렸다.

카즈키는 "안녕" 하고 한손을 들었다. 그리고 하야토 뒤의 인파를 보고 쓴웃음을 흘렸다.

"니카이도 씨, 인기가 엄청나네. 우리 반에서도 노래가 들린 순간에 다들 손이 멈춰버렸어."

"그래서 신경이 쓰이니까 적진을 정찰하러 왔냐."

“그런 거지.”

다시 봤더니 카즈키 뒤에서는 같은 반으로 보이는 학생들이, 하루키의 노래에 대해서 설레는 듯 대화를 나누고 있었다. 함께 상황을 살펴보러 가는 길이겠지. 방해하는 것도 미안하니까 하야토는 손을 들어 인사를 하려다가 문득 위화감을 느꼈다.

“……응?”

“왜 그래?”

“어, 아니——.”

확실한 것은 아니었다.

하지만 그것은 과거의 기억에서 무척 걸리던 무언가와 너무나도 닮아서.

하야토는 카즈키의 얼굴을 빤히 바라보며 미간을 찌푸렸다.

“저기, 하야토 군……?”

“있잖아, 카즈키. 무슨 일 있었어?”

“아, 아니. 딱히…….”

“그래? 어딘가 무리하는 것 같은 얼굴로 보여.”

“어?!”

그 말에 표정이 싹 굳어지는 카즈키.

하야토는 역시 그랬느냐며 납득했다.

이상하리만큼 만들어진 미소였다. 마치 무리한다는 사실을 주변에 들키지 않으려 행동하는 것처럼.

가을 축제 이후, 과거의 후회를 날려버린 카즈키는 적극적으로 다른 사람들과 어울리기 시작했다.

하야토는 카즈키가 많은 일들에 주의를 기울이고 배려하고 있다는 걸 안다.

새로이 맺은 교우 관계에서 고민이 싹튼 것일지도 모른다.

하야토는 "하아" 하고 어이없다는 한숨을 내쉬었다. 그리고 카즈키의 어깨를 툭 두드렸다.

"그래, 너무 애쓰지 마. 무슨 일 있으면 이야기해라?"

"……응, 그래. 그때는 부탁할게."

카즈키는 한 박자 늦게 어색한 미소로 답했다.

하야토는 정말 그럴까, 하고 빤히 쳐다보고는 그 자리를 뒤로했다.

하루키에게 빨려드는 사람들을 슬쩍 쳐다보며 걸어갔다.

이번에는 전방에서 미나모가 다가오는 것을 발견했다.

"아, 미나—."

하야토는 인사를 하려다가 도중에 말을 삼켰다.

미나모도 카즈키와 마찬가지. 같은 반 아이들로 보이는 여자들과 함께 있었다.

미나모는 그녀들과 하루키의 노래에 대해 즐겁게 대화를 나누고 있었다. 그녀의 얼굴에서 그늘은 보이지 않았다. 이 순간, 미나모는 틀림없이 이제까지와 다름없는 일상을 보내고 있겠지.

어제 그녀의 아버지와 있었던 일을 생각하면 이 일상은 정말로 고귀하지만, 그러면서도 지독히 무르게 느껴졌다. 그녀에게 말을 거는 것이 무척 망설여졌다.

게다가 여자들뿐인 그룹에 있는 미나모에게 말을 건넨다면 저 아이들이 어떻게 반응할까. 쓸데없는 억측을 불러서 굳이 소동을 일으킬 필요도 없겠지.

하지만 그것은 스스로에 대한 변명 아닐까.

다행히도 미나모는 하야토를 알아차리지 못한 듯했다. 하야토는 인사하려고 든 손으로 머리를 긁적이고, 얼굴을 숙이고 몸을 웅크리고서는 미나모 그룹을 지나갔다.

다리는 자연스럽게 현관으로 향했다. 무의식적인 행동이었다.

한순간 고개를 등 뒤로 돌려 1-A로 향하는 사람들의 흐름을 보고 쓴웃음을 흘렸다.

건물에서 한 걸음만 나오자 분위기가 확 바뀌었다.

맑게 개어 활짝 트인 하늘 아래, 교문 앞에서는 열심히 게이트를 만드는 지원자들. 운동장에는 대형 야외무대나 운동부 출품작, 노점 따위를 완성하고자 이리저리 뛰어다니는 사람과 자재와 큰 목소리.

이제까지 이렇게 바라본 적은 없었다. 어느 곳이든 활기가 넘쳐서 보는 것만으로 자신도 움직이고 싶어진다. 그렇구나. 이것이 운동부 계열의 분위기일지도 모르겠다.

원래 츠키노세에서는 밭일을 하거나 양을 돌보며 몸을 움직일 때가 많았다. 그리고 그런 육체 노동 종사자들의 술자리에서 요리 실력을 발휘하기도 했으니까 이런 분위기는 적성에 맞는다.

그런 생각에 잠겨 있는데 체육관 쪽에서 와아, 하고 함성이 들렸다. 조금 전 하루키의 무대에 필적할 만큼 큰 함성이었다.

대체 무슨 일일까?

운동장이나 교문에 있는 학생들도 무슨 일이냐며 손길을 멈추고 숙덕거렸다.

하야토는 이상하게 마음에 걸려서 빨려들듯이 그쪽으로 걸음을 옮겼다.

활짝 열린 체육관 문 너머로 안을 보자니 의문은 바로 풀렸다.

『테일스트레트의 지원은 반드시 필요해. 그러니까 내가 직접 이야길 하러 가겠다는 거야!』

『하지만 공주님, 지금은 쫓기는 몸! 도중에 고클라우드의 추격자라도 만난다면!』

『게다가 저 나라의 임금은 잔학무도하여 교회조차 불태워 버렸다고 합니다!』

『혹시 공주님께 무슨 일이 생긴다면……!』

『그러니까 내가 직접 가서 성의와 진심을 보여주어야겠지!』

『……알겠사옵니다!』

하야토도 무심코 숨을 삼키고, 소름이 돋고, 등줄기가 오싹해져서 무릎을 꿇을 뻔했다.

단상 위에 있는 것은 일본풍 여성용 무장을 입은 늠름한 소녀.

아름답고 품위가 느껴지는 화사한 사람이었다. 그대로 멈춰 서서는 빠져버릴 정도로.

아마도 연극부 연습이겠지.

중간에 들어왔기에 무슨 연극인지 내용은 잘 모르겠다.

하지만 그녀의 연기에서 느껴지는, 이 역경에도 결코 포기하지 않겠다는 불굴의 의지. 하지만 이따금 배어 나오는 어쩔 수 없는 비장감이 꿋꿋한 그 모습을 한층 더 도드라지게 만든다. 나라에서 쫓겨나게 된 기구한 운명의 공주가 어떻게 될지 조마조마해하며 빠져들고 말았다.

그녀만이 아니라 다른 배우들도 모두 진지했다.

혼연일체가 되어 이 무대를 하나의 생물처럼 만들어낸다.

이제까지 쌓아온 연습의 집대성, 연극의 완성도를 높이기 위해. 실제 공연에서는 결코 실패는 허락되지 않으니까 열정을 쏟을 수밖에 없었다.

하야토도 침을 꿀꺽 삼켰다. 어느샌가 주변의 소란도 잠잠해지고 모두가 눈앞의 무대에 몰두했다. 그만큼 마음이 끌리는 무대였다.

역시 무대의 중심은 공주 역할의 배우.

그녀가 사람들을 사로잡는 꽃이라면 주변은 그에 이끌려 다가온 나비와도 같았다. 또는 그녀가 태양이라면 주변을 도는 행성이겠지.

『──호오, 그렇다면 짐에게 보여다오.』

『반드시 즐겁게 해드리겠어요.』

『후후, 참으로 재미있는 여자구나.』

"거기까지! 잠깐 쉬겠습니다──. 문제점이나 신경 쓰이는 게 있다면 지금──."

이윽고 적당한 타이밍에 휴식 시간. 그와 함께 또다시 와아, 하고 조금 전보다도 큰 함성이 터졌다. 주위를 둘러보니 사람이 더 늘어난 것 같았다.

하야토도 자연스럽게 박수와 함께 찬사를 보냈다.

다들 지금 연극에 대해서 저마다 이야기를 나누기 시작했다.

"소문으로 듣긴 했지만, 저 사람이 타카쿠라 선배구나……."

"같은 부 선배들이 잔뜩 떠들어대던 것도 납득이 가네."

"역시 타카쿠라, 올해 미스콘도 저 녀석이 차지하려나."

"하지만 1학년에 엄청난 아이가 있다던데?"

"아, 그러고 보니 1학년 중에 타카쿠라 씨를 찬 아이가 있다며!"

"나도 들었어! 그게──."

"혹시 축구부에──."

그런 말을 들은 하야토는 복잡한 표정으로 미간을 찌푸리고는 이해했다. 다시금 그녀 쪽으로 시선을 옮겼다.

타카쿠라 유즈.

하야토마저 그녀에 대한 소문은 들었다. 작년 문화제 미스콘 각 부분을 싹 쓸어 담았다든지, 꼬시는 남자를 번번이 차버렸다든지. 그런 화제라면 일일이 열거할 수도 없다.

이렇게 직접 보니 확실히 그 이야기들이 진실이라는 설득력이 생겼다. 보다시피 화사하면서도 의연하고 확고한 사람이겠지.

지금도 그녀는 연극부의 배우, 도구나 의상 담당들과 신경 쓰이던 점 따위를 찾아내어 개선하고자 논의 중이었다. 진지한 그 모습에 주변의 평가는 더더욱 높아질 것이다.

"……."

하지만 무언가 묘하게 걸리는 것이 있었다.

그녀는 아직 연기에서 느낀 것과 같은, 비장감과도 비슷한 분위기를 두르고 있었다.

그만큼 역할에 빠져 있다는 걸까?

알 수 없다.

하지만 혹시 그렇다면 하야토가 참견할 일이 아니겠지. 딱히 그녀와 아는 사이도 아니고, 그저 간접적으로 아는 것뿐이니까.

생각해봐야 별수 없다.

하야토는 잔가시처럼 걸린 응어리를 쫓아내듯 작게 고개를 내젓고 체육관을 뒤로했다.

학교 건물로 돌아왔더니 하루키의 노래는 들리지 않았다.

연습은 이미 끝난 듯했다.

1-A로 이어지는 인파는 없었다. 다들 저마다의 교실에서 작업에 몰두하고 있었다.

하야토는 그런 광경을 살펴보며 자기 교실로 향했다.

그러다가 어떤 사실을 깨달았다.

조금 전까지와 다르게 무척 뜨거운 분위기가 느껴졌다. 그것만이 아니라 우리도 질 수 없다, 더욱 좋은 것을 만들자는 분위기마저 감돌았다.

하루키의 노래에 자극을 받은 걸까?

그런 의욕이 여기저기서 전해져서 하야토는 무심코 감탄이 담긴 한숨을 흘렸다.

교실로 놀아온 순간, 하야토를 본 츠루미가 달려와서는 손을 붙잡았다.

"키리시마 군, 기다렸어! 우리도 하자!"

"아, 아니, 뭘 하자고?"

"메뉴 말이야! 흡혈 공주 카페에서 뭘 판매할지, 자세히 정해야지!"

"어, 응."

아무래도 츠루미와 다른 조리 담당들도 역시나 의욕에 불이 붙은 듯했다.

다른 사람들도 그녀 뒤에서 "저런 걸 들었는데 어설픈 걸 팔 순 없어!" "브리깃 땅한테 걸맞은 메뉴를 제공해야지!" "연습도 단단히 해두고 싶으니까 일단 뭘 만들지 정했으면 좋겠어!"라고 드높이 외쳤다.

하야토는 아이들의 재촉에 떠밀리듯 교실 모퉁이에 있는 테이블로 향했다.

메뉴 회의가 시작되었다.

지난번 회의에서 대략적인 방향성은 이미 정했다. 조리 편의성, 들어가는 수고, 제공에 걸리는 시간 등을 더해서 실무적으로 조정하는 내용이 대부분이었다.

이윽고 메뉴는 각종 음료류, 팬케이크와 와플로 정해졌다. 반죽은 플레인, 초콜릿, 말차. 토핑은 생크림, 커스터드, 단팥이랑 과일 같은 디저트류와 햄, 달걀, 양상추, 토마토 같은 부식류. 어느 쪽이든 샌드위치로도 만들 수 있도록 한 것이다.

조합 베리에이션은 꽤 많겠지. 그것도 장점으로 내세울 생각이다.

다음 문제는 필연적으로 실제 조리 과정이 된다.

츠루미는 팔짱을 끼고서 으음, 하고 신음하더니 하야토에게 물었다.

"하야토 군. 와플은 틀이 있으니까 괜찮겠지만, 팬케이크는 아무래도 굽는 요령 같은 게 있겠지? 폭신하게 만드는 방법이라든지."

"그렇게 어려운 건 아니니까 그냥 구우면 될 것 같은데."

"아니아니아니, 요리를 잘하는 사람한테는 그럴지도 모르겠지만 우리한테는 어려워. 아, 그렇지! 실제로 한 번 만들어봐."

"어, 지금 여기서?"

"응응, 마침 도구랑 재료도 있으니까."

츠루미가 그렇게 제안하자 다른 아이들도 동조해서는 "그거 좋네!" "핫플레이트 가져올게!" "달걀이랑 우유는 가정과 교실에 있던가?" "아니, 양이 많으니까 식당에서 빌려야 돼" "바로 가서 받아올게!"라고 들떠서 도저히 거절할 분위기가 아니었다.

하야토는 항복했다는 듯 양손을 들고 "알았어"라며 쓴웃음을 흘렸다.

순식간에 준비가 갖추어졌다.

서둘러 만든 조리 공간은 모두에게 보여주겠다는 의도도 있어서 무척 눈에 띄었다.

당연히 조리 담당이 아닌 사람들은 무슨 일이냐며 손을 멈추고 흥미진진하게 쳐다봤다.

이렇게 주목을 모으는 것은 전학 왔을 때 이후로 처음이다. 조금 부끄러워져서 그 시선을 쫓아내듯 헛기침을 한 번.

다행히도 팬케이크 자체는 히메코의 부탁으로 몇 번인가 만든 적도 있어서 레시피는 머릿속에 들어 있었다. 그러고 보니 핫케이크와 뭐가 다르냐고 물어봤다가 혼이 났던가. 그런 일을 떠올리며 조리를 시작했다.

"우선은 반죽을 만듭니다."

볼에 달걀과 우유를 넣고 섞는데 "저기요!"라고 츠루미가 손을 들었다.

"키리시마 선생님, 왜 가루는 같이 섞지 않나요?"

"아, 확실히 오코노미야키 반죽이나 녹말물은 가루를 같이 섞지."

"예시가 완전 엄마야!"

"하핫. 가루를 나중에 넣는 건, 너무 과하게 반죽하지 않으려는 거야. 너무 휘저으면 끈적끈적해져 버리니까. 어느 정도 덩어리가 남고 묽은 정도가 적당해."

"하지만 어쩐지 이건 전부 없어질 때까지 섞고 싶은데……."

"그 기분은 이해해. 자, 이걸 국자로 푸고 조금 높은 곳에서 핫플레이트에 뿌리면 균일하게 펼 수 있어."

"와아!"

하야토가 핫플레이트에 반죽을 뿌리자 달콤한 향기가 퍼졌다. 교실 여기저기서 한숨이 새어나왔다. 기대가 담긴 시선이 모이는 가운데, 조리를 진행했다.

"이렇게 부글부글 기포가 생기면 뒤집는 타이밍…… 웃, 차. 이제 제대로 익으면 완성이야. 가만히 보고 있으면 부풀어 오르는 걸 알 수 있어."

"어디어디………… 와, 정말이다!"

"맛있어 보여! 이거 가게에서도 팔 수 있지 않을까?"

"무슨 소리야, 이걸 우리가 팔자는 거잖아!"

"아, 그랬지! 키리시마 군, 굉장해."

"어, 어어."

그런 찬사의 말을 들으니 낯간지럽지만 나쁜 기분은 아니었다.

하야토는 코 아래를 문지르며 조리 담당 아이들에게 말했다.

"그렇게 어렵진 않으니까, 일단 다 같이 구워볼까."

""""오―!""""

그 말에 다들 일제히 팬케이크를 만들기 시작했다.

잠시 후, 여기저기서 다급한 목소리가 터졌다.

달걀흰자가 잘 안 섞인다, 밀가루를 얼마나 넣으면 되느냐, 반죽이 깨끗하게 안 펴진다.

하야토는 둥글게 젓지 말고 좌우로만 움직이면 잘 풀린다, 계량컵으로 정해진 양을 넣어라, 틀을 사용하면 간단하다고 이리저리 돌아다니며 거들어주었다.

처음에는 쩔쩔매던 조리 담당 아이들도 몇 번 만들어보는 사이에 익숙해졌는지 점점 틀이 잡혔다. 빠르게 요령을 파악한 사람은 기본인 플레인만이 아니라 초콜릿이나 말차 반죽에 도전하기도.

교실은 점점 달콤한 향기로 뒤덮였다.

어디선지 모르게 꼬르륵 소리가 여럿 울렸다.

문득 하루키와 시선이 마주치자 그녀는 부끄러운 듯 고개를 슥 돌렸다.

아무래도 하루키도 소리의 주인 중 하나인가 보다. 하야토의 뺨도 자연스럽게 풀어졌다.

이윽고 연습용으로 준비한 재료가 동이 났다.

조리 담당 멤버들은 저마다 "이 정도면 되려나. 불안하긴 하지만 나중에 집에서 더 연습할게" "나도 매일 아침 구워서 가족들한테 실험해볼래!"라고 감상을 주고받았다.

그런 가운데, 츠루미가 손뼉을 짝 맞대며 하야토에게 다가왔다.

"고마워, 키리시마 군. 정말 큰 도움이 됐어!"

"그렇다면 다행이고. 그렇게 어렵지도 않았잖아?"

"키리시마 군이 잘 가르쳐 줬으니까!"

"아하하, 천만에."

"그래……. 으음……."

"……어, 츠루미?"

의아해서 쳐다보자 츠루미는 하야토의 얼굴을 빤히 바라봤다.

소꿉친구랑 동생 말고 다른 여자아이가 빤히 쳐다본 경험은 없었다.

하야토는 부끄러워서 견디지 못하고 뒷걸음질 쳤다. 츠루미는 놓치지 않겠다는 듯 바로 다가오더니 조금 짓궂은 미소를 지었다.

"키리시마 군 있지, 요리 말고 바느질도 잘 하잖아. 요전에 의상 담당인 아이가 옷자락을 어떻게 처리해야 할지 몰라서 고민하고 있었더니, 바로 나타나서는 바늘땀이 안 보이게 마무리하는 거 가르쳐 줬다던데."

"그, 대단한 건 아닌데."

"아하하, 그런 식으로 자연스럽게 도와줄 때가 있단 말이지. 응응, 좋은 신부가 될 수 있겠어. 혹시 난 어때? 우리 집에 시집오지 않을래?"

"……어? 츠루——."

"안 돼."

"——하루, 키?" "……어라어라?"

그때 갑자기 하루키가 말을 던졌다. 그녀답지 않게 날카롭고 큰 목소리였다.

필연적으로 주목을 모으는 하루키. 본인도 충동적으로 한 행동이었을 테지. 눈을 끔벅거리며 "저기" "그게"라고 변명을 찾는 모습에 얼마나 동요했는지도 전해졌다.

처음에 츠루미는 그저 어리둥절할 뿐이었지만 금세 입가에 씨익 유쾌하다는 미소를 짓고, 이번에는 하루키의 얼굴을 들여다봤다.

"왜?"

"그건, 저기……."

"혹시 니카이도도, 키리시마 군을 신부로 맞이하고 싶었던 거야?"

"그, 그런 건 아닌데!"

"어~, 하지만 한 번 상상해봐. 집에서 키리시마 군이 식사를 준비해주고, 돌아오면 맞이해주는 생활."

"으……."

츠루미의 말에 얼굴이 빨개지는 하루키.

딱히 상상해볼 필요도 없었다. 츠루미의 이야기는 하루키에게 이미 방과 후의 일상. 얼굴이 빨개질 이유 따위는 없었다.

그런데도 츠루미가 던진 말에 허둥대는 하루키.

주위를 둘러보니 다른 여자들도 생글생글 흐뭇하게 그들을 지켜보고 있었다.

곤란해하는 하루키와 눈이 마주쳤지만 하야토도 어쩌면 좋을지 몰라서 고개를 가로저을 뿐.

그보다도 이렇게나 빤히 보이는 아이들의 놀림에 왜 이다지도 허둥대는지 알 수가 없었다.

이윽고 그녀들의 추궁 앞에서 하루키는 속눈썹을 내리깔았다. 가볍게 떨리는 목소리로 속마음을 흘렸다.

"나는 그게, 식사는 내가 만들어주고 싶은 쪽이니까……."

"아."

본인도 모르게 흘렸다는 느낌인 그 말. 하루키의 본심이라는 것을 잘 알 수 있었다. 하루키 스스로가 그 말에 숨을 삼켰다. 부끄러워하는 모습은 그야말로 외모 그대로 청순가련한 소녀. 소꿉친구에게서 여자 같은 면모를 기습적으로 맞닥뜨리고 하야토는 그만 심장이 두근거렸다.

다른 아이들도 예상치 못한 하루키의 그런 반응에 오히려 부끄러워져 버렸는지 말을 잃었다.

참으로 간질간질한 분위기가 되었다.

이윽고 그 분위기를 더 이상 견딜 수 없었는지, 어떤 사실을 깨달은 하루키는 "음" 하고 목을 울리며 아이들을 다시 돌아보고 얼버무리듯 입을 열었다.

"그, 그게, 하야토는 모두의 엄마니까 독점하는 건 좋지 않아!"

"어, 응, 그건 그렇네!"

"그리고 이 잔뜩 만든 팬케이크 좀 봐! 다른 애들도 엄마표 간식이 먹고 싶잖아! 그렇지?"

"어?! 어, 어어……."

억지스러운 화제 전환이었다. 하지만 조리 담당이 아닌 아이들은 계속 눈앞에서 만드는 팬케이크의 향기에 이끌려서는 기다리고 있었다. 그래서 하루키가 팬케이크를 가리키며 주위를 부추기자 "아까부터 계속 맛있는 냄새 나!" "시식도 필요하잖아!" "잔뜩 있는데 버릴 순 없지!"라고 떠들며 기대가 담긴 시선을 보냈다.

그들의 시선을 한 몸에 받고는 "윽!" 하고 신음하며 한 걸음 물러나는 츠루미. 그녀가 곤란하다는 표정으로 자신을 쳐다보기에, 하야토는 쓴웃음과 함께 어깨를 으쓱이고는 아이들을 향해 큰 목소리로 말했다.

"자, 일단 시식이랑 처리를 겸해서 한 사람당 하나씩 먹어야 돼! 탄 게 걸려도 불평하지 말고!"

하야토가 말하자마자 "오오오!" "드디어!" "역시 키리시마야!" "먹자!"라고 함성이 터졌다. 그에 바로 반응한 접객 담당들이, 하루키가 노래할 때와 마찬가지로 줄을 세워 정리에 나섰다.

사태가 수습되는 모습을 보고 안도의 한숨을 돌리는 하루키. 조금 전에 꼬르륵거린 배를 잡으며 약삭빠르게 줄에 섰다.

하루키를 실컷 놀린 츠루미와 시선이 마주치자 그녀는 혀끝을 날름 내밀었다.

하야토는 좀 봐달라고 그러듯 어깨를 푹 떨어뜨리고 다시금 한숨을 흘렸다.

"……응?"

그것은 정말 우연이었다. 시선을 떨어뜨린 창밖, 사람들의 시선을 피하듯이 건물 밖을 걸어가는 여학생―― 타카쿠라 유즈의 모습을 발견했다.

유즈는 고개를 숙여 손에 든 무언가를 빤히 보고 있는 것 같았다. 그것이 몹시 낙담한 것처럼도 보여서 조금 전에 느낀 위화감이 되살아났다.

그렇지만 당연히 하야토와 유즈는 전혀 면식이 없다.

카즈키를 사이에 두고 하야토 쪽에서 일방적으로 아는 것뿐.

그녀의 입장에서는 생판 모르는 남, 말을 걸어봐야 곤란하게 만들 뿐이겠지.

하지만 유즈가 손에 들고 있던 물건을 교복 주머니에 다시 넣으려고 했을 때, 무언가가 땅바닥에 떨어지는 것이 보였다. 유즈는 그것을 못 보고 그대로 터벅터벅 어딘가로 향했다.

여기서 소리를 질러봐야 그녀에게 닿지는 않겠지.

조금 전의 모습을 생각하면 계속 쳐다보던 물건일지도 모른다.

그것을 알아차린 이상, 못 본 것으로 하기에는 아무래도 미련이 남았다.

하루키를 흘끗 봤더니 에마랑 츠루미와 조금 전의 일에 대해서 한창 수다를 떨고 있었다.

그 모습을 보고 한순간 망설였다.

"…………젠장."

하야토는 두 뺨을 찰싹 때려서 마음을 다잡고, 팬케이크로 시끌벅적한 교실을 뛰쳐나갔다.

축제의 열기를 헤치고 나아가듯이 건물 밖으로 나갔다.

우선은 유즈가 있던 장소로 가서 떨어뜨린 물건을 찾았다. 다행히도 바로 발견했다.

"스트랩……?"

주워든 그것은 조금 전에 무대에서 본 유즈의 이미지와는 다르게 무척 귀여운 펭귄 스마트폰 스트랩이었다. 꽤 오래 사용했는지 군데군데 칠이 벗겨져 있었다. 하지만 그만큼 유즈에게 소중한 물건임을 잘 알 수 있었다.

"……"

빨리 돌려주는 게 좋겠지. 지금이라면 그렇게 멀리 가지는 않았을 터.

게다가 상급생 교실을 찾아가서 그녀를 불러내어 돌려주는 것도 아무래도 힘들다.

교실에서 본 기억을 따라서, 그녀가 향했을 건물 뒤편으로 걸음을 옮겼다.

건물 뒤편에는 딱히 눈에 띄는 무언가가 있는 것도 아니라서 그저 한산했다.

하야토는 주변을 두리번두리번 둘러보며 종종걸음으로 그녀의 모습을 찾았다. 하지만 애초에 사람이 전혀 보이지 않았다. 보이는 것은 고작해야 창문 너머에서 한창 준비로 분주한 교실, 펜스 밖으로 펼쳐진 주택가.

걸음을 멈추고 곤란하다는 듯 머리를 긁적였다.

다시 주위를 빙 둘러봐도 사람의 기척은 없었다.

어울리지도 않는 참견이다.

발견하지 못한다면 최악의 경우에는 교실을 찾아서 돌려줘도 된다.

슬슬 교실로 돌아가자── 그렇게 생각했을 때, 무언가를 발견하고는 중얼거렸다.

"……비상계단."

커다란 철문으로 내부와는 격리된, 긴급사태에 사용되는 비상 통로.

건물에 착 달라붙듯 설치된 비상계단은 입구가 활짝 열려 있었다.

──혼자가 되어 평소의 모습을 드러낼 수 있는, 문화제 준비의 열기에서 도망칠 수 있는 피난 장소.

어째선지 그런 생각이 들었다. 옛날에 츠키노세에서 비밀 기지로 사용했던 부속 신사로 이어지는 길과 닮은 느낌. 정확히 말로 표현할 수는 없지만 이곳에 그녀가 있다는 확신을 품었다. 하야토는 어렴풋이 가슴속에 있던 망설임을 꿀꺽, 목으로 삼키고는 걸음을 옮겼다.

조금 서늘한 가을바람이 불어드는 가운데, 투박한 콘크리트 계단을 올라갔다. 문화제 준비의 열광으로 들끓는 교내의 소란은 멀어지고, 한 칸 올라갈 때마다 눈앞에 펼쳐지는 거리로 시선을 향했다. 마치 절벽을 올라가는 것 같았다.

정상으로 이어지는 계단의 층계참에 다다르자 그곳에는 정말로 타카쿠라 유즈가 있었다.

난간에 팔꿈치를 얹고 바람에 긴 머리카락을 나부끼며 어딘가 먼 곳을 바라보는 모습. 그야말로 꺾으려고 드는 손길을 허락지 않는, 의연하게 피어난 절벽 위의 꽃.

가련하고 기품이 있다. 하지만 주변에 흩뿌리는 것은 차갑고 예리한 고독의 향기.

소리도 없이 우는 것처럼도 보였다. 그녀가 드러내고 싶지 않은 비밀을 그만 밝혀내고 만 것 같은 감각.

그 사실에 미안함을 느꼈지만, 여기까지 와서 돌아가는 것도 마음이 불편했다.

하야토는 자신의 존재를 선전하듯 일부러 큰 발소리를 내
며 다가갔다. 그 기세 그대로 떠넘기듯이 스트랩을 건넸다.

"이거, 떨어뜨렸어요."

"?! 아, 그거……!"

유즈는 하야토의 등장에 허를 찔려 눈을 동그랗게 떴다.
주머니에서 스마트폰을 꺼내어 스트랩이 없다는 사실에 한
순간 얼굴이 파랗게 질렸지만, 하야토가 건넨 스트랩을 가
슴에 대고는 표정이 풀어졌다.

"고정하는 게 망가졌나 보네요. 다음부터는 조심하세요."

"……고마워."

그만큼 소중한 물건이었을 테지. 하야토도 다행이라며 미
소 지었다.

조금 편안한 분위기가 흘렀다.

용건은 마쳤다. 이대로 가면 되겠지. 하지만 어째선지 지
금의 그녀가 예전의 **하루키**와 겹쳐 보였다. 홀로 두는 것이
망설여져서 무심코 말을 건넸다.

"여기, 바람이 세게 부네요."

"……그래."

만남의 시간을 연장하듯이 무난한 말을 건넸다. 곤혹스러
워하는 유즈에게서 조금 떨어진 난간에 팔을 얹고 그녀를
따라 눈앞으로 시선을 옮겼다.

눈앞에 펼쳐지는 것은 그저 익숙한, 특이할 것 없는 거리.
딱히 무언가는 없었다.

딱히 무언가를 보던 것도 아니겠지.

아마도 보고 있던 것은 자신의 마음속.

"……."

"……."

그런 생각을 하는 사이, 갑자기 거북한 분위기로 바뀌었다.

이곳은 그녀의 영역이니 당연하다.

하야토는 초대도 받지 않고 흙발로 침입한 손님. 유즈는 아마도 불편한 기분이겠지. 초조하게 몸을 움직이며 의아하다는 시선을 던졌다.

애초에 하루키랑 닮았으니까 내버려둘 수 없다는 것은 하야토가 제멋대로 품은 감정이다.

그래도 무언가 이야길 해야 한다.

대화의 계기가 될 무언가 없을지 주머니를 뒤졌더니 손끝에 닿는 것이 있었다.

"사탕, 먹을래요?"

"……어?"

"이거 라무네맛에 톡 쏘는데, 제가 좋아하거든요."

"어, 어어……."

그러면서 하야토는 유즈에게 사탕을 건네고 자기 것도 입안으로 휙 던져 넣었다. 유즈도 사탕을 입에 넣었다.

둘이서 말없이 입안에서 사탕을 굴렸다.

이번에는 곤혹스러운 분위기가 흘렀다.

사탕은 떠올랐다가 그저 사라지는 말처럼 안타깝게, 톡톡 거품으로 혀를 찔렀다.

사탕이 거의 사라질 무렵, 하야토는 자신의 실수를 깨달았다.

——입안에 뭔가 넣으면 이야길 못 하잖아.

미간에 주름을 지었다. 유즈도 험악한 표정이었다.

그러고 보니 가까운 사람들 중에는 없지만 이런 탄산을 싫어하는 사람도 있다고 들었다. 그리고 조금 전에 그녀가 체육관에서 큰 목소리로 열연하던 모습을 떠올렸다.

하야토는 실수했다는 표정으로 쭈뼛쭈뼛 물었다.

"어—…… 목캔디가 나았을까요?"

"어?"

"그게, 아까 무대에서 잔뜩 목소릴 냈으니까요."

"……."

"……."

하야토의 말에 눈을 끔벅거리는 유즈.

어라, 이것도 아니었나. 하야토는 겸연쩍은 표정을 지었다.

서로를 탐색하듯 시선이 뒤얽히기를 잠시.

"풉. 후훗, 아하하하하하핫!"

"서, 선배?!"

갑자기 유즈는 못 참겠다는 듯 웃음을 터뜨렸다.

예상치 못한 반응에 하야토는 허둥지둥할 뿐.

한바탕 웃고 눈꼬리의 눈물을 닦은 유즈는 하야토의 얼굴을 흥미 깊게 빤히 들여다봤다.

타카쿠라 유즈는 1학년 사이에서도 자주 화제에 올라오는 유명인이다. 또렷하고 화사한 이목구비, 늘씬하니 균형 잡힌 몸매에 당당한 행동거지. 그야말로 수화폐월*.

그녀가 바싹 다가오자 하야토도 그만 두근거려서 시선을 헤매며 한 걸음 물러났다.

그런 하야토를 본 유즈는 유쾌한지 노래하듯 중얼거렸다.

"네가 키리시마 군이구나."

"……예?"

"어머, 아니었니?"

"아니, 어떻게 제 이름을?"

"카즈키 군의 **친구**니까."

"아."

유즈는 이 이상의 설명이 필요하겠느냐며 애매하게 웃었다. 하야토도 쓴웃음을 흘렸다.

아무래도 서로 자기소개는 필요 없을 듯했다. 하지만 이렇게 얼굴을 마주하는 것은 처음이다. 이제까지 접점이 있었던 것도 아니고 그저 카즈키를 통해서 알고 있을 뿐.

유즈는 고개를 갸웃거리고 의아하다는 듯 물었다.

"그래서, 나한테 무슨 용건일까?"

그녀의 입장에서는 지극히 타당한 의문이겠지.

그러나 하야토는 "윽" 하고 말문이 막혀버렸다.

---

*羞花閉月. 꽃도 부끄러워하고 달도 숨을 정도의 절세미인을 가리키는 사자성어.

그녀의 눈동자에 한심스럽게도 허둥대는 자신이 비쳤다. 그런 스스로가 어이없어서 "후우" 하고 한숨을 한 번. 그냥 솔직히 이야기하기로 했다.

"딱히 용건은 없어요. 그냥 어쩌다 보니. 굳이 말하자면 떨어뜨린 걸 주웠으니까?"

"어?"

"그리고 그게, 뭐라고 할까…… 겉으로는 태연한 척하던 친구의 예전 모습이랑 겹쳐 보였어요. 그래서 내버려둘 수가 없어서, 이야기를 해보자고 생각했어요."

"……제멋대로인 이유네."

"저도 그렇게 생각해요."

"그리고, 사탕."

"그건…… 뭘 어떻게 말하면 좋을지 모르겠어서."

"후훗."

하야토가 애써 변명을 늘어놓자 유즈는 어깨를 들썩이며 웃었다.

부끄러워서 뺨을 긁적이는 하야토.

그러자 유즈의 눈매가 슥 가늘어졌다.

"카즈키 군이 변한 건 역시 네 덕분이구나. 특히 최근에는 말이지."

그 말에 하야토는 카즈키의 가을 축제 당시의 모습을 떠올리고 작게 고개를 가로저었다.

"아니, 그런 건 아니에요. 카즈키가 변한 건, 본인이 변하

려고 한 걸음 내디딘 덕분이에요. 전 아무것도 안 했어요."

"⋯⋯역시 무슨 일이 있었구나."

"으―음, 제대로 싸웠다고 할까."

"싸, 싸웠다고?! 언제, 누구랑?!"

"가을 축제에서 중학생 때 악연이 있던 녀석들하고 싸웠어요."

"⋯⋯⋯⋯⋯그래."

"카즈키도 바보 같은 짓을 저지를 때가 있으니까 내버려둘 수가 없단 말이죠. 뭐, 그런 것도 싫진 않지만."

"⋯⋯."

그 말을 듣더니 턱에 손을 대고 생각에 잠기는 유즈.

그녀가 갑자기 입을 다물자 하야토는 자신이 뭔가 이상한 소리라도 했나 싶어 미간을 찌푸렸다. 하야토가 어떻게 반응하면 좋을지 곤란해하는데, 이윽고 유즈는 "후우" 하고 크게 한숨을 흘리더니 하야토에게서 등을 돌렸다.

"카즈키 군은 과거를 제대로 매듭짓고 나아가는 거구나."

"그런, 걸까요."

"정말로 좋아하는 사람이 생겼다는 거야."

"⋯⋯⋯⋯⋯⋯예?"

그만 어이없다는 목소리가 나왔다.

카즈키가 좋아하는 사람.

가을 축제 때는 생각하던 것 이상으로 하야토와 친구들을 좋아한다고 그랬지만, 아마도 그런 이야기는 아니겠지.

어쩌면 문화제를 준비하다가 신경 쓰이는 사람이 생겼을까. 생각해봤지만 그런 기색은 없었다.

아무리 머리를 굴려봐도 누군지 알 수 없었다. 유즈의 착각이 아닐까?

하야토가 곤혹스러워하는 것을 알아차린 유즈는 다시 몸을 돌려 그를 바라봤다. 작게 웃음을 흘리고 눈부시다는 눈빛으로 애타게 중얼거렸다.

"너하고는 조금 더 빨리 만나고 싶었어. ……그럼 난 갈게."

"선배……."

유즈는 그 말만을 남기고, 어리둥절한 하야토를 두고 가버렸다.

제3화 이럴 때, 친구라면

　창문이 닫힌 교실에서는 반짝반짝, 화려하게 꾸민 내부를 여러 간접 조명이 빛내고 있었다.

　여장 캬바쿠라에 맞추어 착착 준비가 진행되는 교실 안. 카즈키는 너무나도 크게 바뀐 자신의 거울 속 모습에 놀라고 있었다.

　"이건…… 굉장하네."

　부드럽게 물결을 그리는 벌꿀색 긴 머리카락. 상쾌하고 화사하게 화장한 얼굴. 가을을 모티브로 어딘가 귀여운 폭신폭신 의상은 키가 큰 카즈키를 어른스럽고 스타일리시하게 연출했다.

　같은 반 여자들에게 협력을 부탁했더니 헤어스타일이나 의상으로 체형을 감추는 거라고 했지만 막상 잘 이해가 되지는 않았다. 그래도 그런 자잘한 이론은 제쳐놓고 저도 모르게 감탄이 새어나올 정도로 잘 어울렸다.

　"카이도 군, 굉장하네. 진짜 여자 같아……."

　"어지간한 여자보다도 귀여운 거 아냐? 살짝 질투가 날 정도야."

　"나, 지금 카이도라면 완전 오케이이야……."

　"뭐라는 거야…… 아니, 약간은 이해가 되긴 하는데."

“나 살짝 두근두근해…….”

카즈키만이 아니라 메이크업을 도와주거나 구경하던 반 아이들도 놀라서 수군거렸다. 그만큼 엄청난 변신이었다.

거울 앞에서 표정이나 포즈를 이리저리 바꾸어봤다. 카즈키 본인도 귀엽다고 생각했다.

그와 동시에 어딘가 현실감은 부족하지만 알 수 없는 고양감이 솟아났다.

이제까지 딱히 다른 나로 변해보고 싶다는 생각은 없었다. 하지만 이런 일을 좋아하는 감각은 알 것 같기도 했다.

카즈키의 모습에 들떴는지 다른 접객 담당들도 시끌벅적해졌다.

“화장은 어떻게 하는 거야?”

“옷 같은 건 뭘 고르면 될까?”

“우리도 될까?”

“자자자, 우리한테 맡겨!”

“옷을 고르고 싶다면 나한테! 입혀보고 싶은 게 있거든!”

교실에 이제까지 이상의 의지와 열정이 소용돌이쳤다.

조금 전 하루키의 무대 연습을 봤다는 것도 있겠지.

그때 모습을 다시금 떠올렸다.

모두가 말을 잃고 그녀가 만들어낸 세계에 빠져들었다.

초조, 동요, 격앙.

또는 희열, 열광, 쾌재.

무대에서 펼쳐지는 광경에 여러 감정이 휘몰아치고는 격

렬히 흔들렸다.

이제까지 계속 어울리며 그녀의 노래나 연기 실력은 알고 있었다.

하지만 무대에서 빛나는 하루키의 모습은 예상을 아득히 넘어서는 존재감이 있었다.

아마도 그것이 니카이도 하루키의 진정한 힘.

저런 모습을 봤으니 모두 자연스럽게 의욕이 샘솟을 수밖에 없다.

카즈키도 그중 하나였다. 가슴속에서는 아직 무언가 하고 싶다는 충동의 불길이 타고 있었다.

게다가 몸을 움직이면 갑자기 찾아오는 둔한 아픔을 얼버무릴 수 있으니까── 카즈키는 그런 스스로의 모습에 자조 섞인 웃음을 흘리고는 무언가 도울 수 있는 일은 없는지 교실을 둘러봤다.

그러다가 여자들 몇몇이 자신을 보고서는 소곤대는 것을 깨달았다.

무슨 일이 있나 싶어서 그쪽으로 갔다.

"저기, 왜 그래?"

"어, 응. 카이도 군, 완전히 여자애가 됐는데, 그게……."

"뭔─가 위화감이라고 할까, 걸리는 게 있단 말이지─."

"그게 뭘까 싶어서. 우리도 잘 모르겠거든."

"위화감?"

그 말을 듣고는 자신의 모습을 빙 둘러보고 거울에도 비취봤다.

언뜻 보기에 이상한 곳은 전혀 보이지 않았다.

그녀들 역시도 어쩐지 곤란하다는 표정이었다.

다들 으으음, 하고 신음을 흘리며 얼굴을 마주 봤다. 그러다가 한 사람이 "아!" 하고 무언가를 떠올렸다.

"알았어! 걸음걸이나 행동이 남자 그대로야!"

"아, 그거다! 지금도 남자처럼 팔짱을 끼고 있잖아!"

"겉모습은 여자니까 더더욱 위화감이 느껴진단 말이지!"

"아, 그렇구나."

확실히 납득이 갔다. 그런 쪽은 의식하지 않았다.

기껏 외모를 꾸며놓고도 행동거지가 이상하다면 허사가 되어버리겠지.

다행히도 카즈키에게는 어떻게 해야 할지 구상이 바로 떠올랐다.

"이런 느낌일까?"

"와, 굉장해!"

"그거야, 그거!"

"장난 아냐, 모델 같아!"

업무 모드인 누나를 의식하며 걸어봤더니 그녀들이 감탄과 박수를 보냈다.

반응은 최고. 카즈키도 감을 잡기는 했지만 평소에는 하지 않을 행동을 의식하며 움직이는 것은 무척 어려웠다. 후우, 숨을 내쉬며 어깨의 힘을 뺐다.

“으―음, 익숙하질 않으니까 어렵네.”

“아하하, 그건 어쩔 수 없지!”

“익숙해질 때까지 연습할 수밖에 없어.”

“어떻게 하면 될까?”

“큭, 그걸 알면 내 여자력도 지금쯤……!”

“아, 괜찮은 게 떠올랐을지도!”

그때 한 사람이 손뼉을 짝 쳤다.

모두가 주목했다. 그녀는 의기양양하게 말했다.

“여자 모습으로 학교 안을 돌아다니는 거야! 많은 사람들이 본다는 걸 의식하면 자연스럽게 몸에 익을 테고, 그리고 우리 가게 선전도 되겠지!”

그 말에 다른 아이들도 “그거 좋네!” “바로 하자!”라고 찬성했다. 확실히 교실 밖에서는 갑자기 무슨 일이 벌어질지도 알 수 없고 순간적인 대응 능력도 요구된다. 일리 있을지도 모르겠다.

“좋아, 그럼 잠깐 밖에 돌아다니고 올게.”

카즈키는 배웅하는 아이들의 목소리를 등 뒤로 들으며 교실을 뒤로했다.

다른 사람이 본다는 것을 의식하고 주변의 기척을 살피며, 열기가 가득한 복도를 헤쳐 나가듯이 걸어갔다.

당연히 수많은 시선이 모여들었다. 놀란 목소리도 여럿 날아들었다.

“와, 키 엄청 커! 다리도 길고, 예뻐!”

“나도 저 정도로 컸으면 좋겠는데.”

“어, 우리 학교에 저런 애가 있었나?”

“미인이라고는 생각하지만 난 역시 자그마한 아이가 좋아.”

“나도 이해해. 옆에 서면 나보다 더 큰 건 좀 그렇지.”

“하지만 보기만 하는 거라면 스타일도 좋고 괜찮은데.”

아무리 들뜬 분위기에 휩쓸렸다고는 해도 처음엔 수치심이 있었다.

하지만 조금 남아 있던 그런 감정도 많은 감탄, 동경, 흥미, 그리고 아주 약간의 성적인 욕망이 담긴 호의적인 목소리에 점차 사라졌다.

그렇다면 담도 커지고 기세도 타는 법.

그때 눈앞에 아는 얼굴이 보였다. 축구부 선배들이었다.

카즈키는 조금 짓궂은 미소를 짓더니 등 뒤로 몰래 다가가서 그들의 소맷자락을 잡아당겼다. 자신을 돌아본 선배들에게 의미심장한 미소를 짓고는 꼼지락거리며 그들을 쿡 찔렀다.

“어?! 저, 저, 저, 저, 저기, 너너너는……?”

“호, 혹시 이 아이랑 아는 사이야?”

“애당초 그냥 아는 여자애조차 없어!”

선배들의 얼굴이 점점 놀란 표정에 수줍음과 수치심이 섞이며 붉게 물들었다.

그 모습이 참을 수 없이 우스워서 카즈키는 큭큭, 어깨를 들썩이며 정체를 밝혔다.

"선배, 나예요. 카이도예요."

"어?! 진짜 카이도야?!"

"아니아니, 그 얼굴에 목소리만 남자라니 머리가 이상해질 것 같아!"

"으엑, 두근거린 내 마음을 돌려줘!"

"아하하, 어때요? 꽤 대단하죠?"

"그야 뭐…… 솔직히 남자로 두는 게 아까울 정도야."

"그보다도 왜 그런 모습인데?"

"우리 반에서 이런 걸 하거든요. 여장 캬바쿠라예요."

"그게 뭐야? 진짜 이상한 걸…… 그런 것치고는 진심으로 하나 보네."

"젠장, 당일에 구경하러 갈 테니까!"

"예쁜 녀석들을 모아놓고 기다릴 테니까 꼭 와주세요."

"! 여자처럼 굴지 마! 그만하라고!"

"너란 걸 알고 있어도 심장에 좋지 않다고!"

"이상한 문이 열려버리겠어!"

"아하핫!"

그런 항의를 들으며 그 자리를 떠났다. 장난은 대성공이었다.

그 밖에도 눈이 마주친 여학생에게 미소를 건네어 얼굴을 새빨갛게 만들거나, 흘끗흘끗 시선을 던지는 남학생에게 슬쩍 눈짓을 줘서 부끄러워하며 고개를 돌리게 만들거나, 가끔 수군대는 사람들 사이로 들어가서는 "남자예요"라고 말해서 놀라게 만들거나 했다.

그런 반응이 돌아오니 자신감도 붙는 법. 선전한다는 목적도 달성할 수 있겠지.

슬슬 교실로 돌아가려던 그때, 이번에는 눈앞에 미나모가 보였다.

"아, 미나——."

말을 건네려다가 도중에 다시 삼켰다.

어디를 보는지 모를 눈빛, 땅에서 다리가 떠 있는 것 같은 발걸음. 그녀는 조금 염세적인 느낌이 배어 나오는 분위기를 두르고 있었다. 어째선지 카즈키의 가슴이 술렁거렸다.

이상하리만큼 본 적이 있는 모습이었다.

직감적으로 중학교 시절에 고립된 자신의 모습이 겹쳐 보여서 가슴에 손을 얹었다.

무슨 일이 있었을까? 끼어들어야 할까? 만약 그런다면 내가 뭘 할 수 있지?

한순간 그런 약한 마음이 얼굴을 내밀었지만, 이제까지 그녀에게 도움을 받았던 것을 다시 떠올렸다.

그래 저건 내버려 둘 수 없다.

게다가 이럴 때 친구라면 어떻게 해야 할지는 정해져 있다.

카즈키는 입술을 꽉 깨물고 조금 억지스럽게 미나모의 손을 붙잡았다.

"저기, 미나모 씨!"

"어, 어어……?"

미나모가 놀라서 눈을 동그랗게 뜨는가 싶더니 곤란하다
는 듯 시선을 헤맸다. 카즈키는 그런 미나모의 반응에 당황
하다가 금세 자신의 모습을 깨달았다.

"어— 그게, 카이도 카즈킨데요."

"어…… 어어?! 어, 어째서 그런 모습, 아니, 정말로 카즈
키 씨에요?!"

"본인 맞아. 이번 문화제에서 우리 반은 여장 캬바쿠라
라서."

"와아…… 굉장하네요. 확실히 목소리가 카즈키 씨라서
정말 혼란스럽네요. 외모만 보면 완전히 다른 사람인 것 같
아요."

"후훗, 아까 축구부 선배들이랑 만났는데 제대로 속아주
더라고. 그때 얼굴은 정말이지! 살짝 중독됐을지도."

"어머!"

서로 얼굴을 마주 보고 쿡쿡 웃었다.

이렇게 대화를 나누어보니 미나모는 평소와 다름없었다.

특별히 이상한 점은 없었다. 조금 전의 모습은 한순간 착
각인가 싶었다.

하지만 이렇게 가까이서 얼굴을 마주했더니, 애써 감추고
는 있지만 희미하게 눈가에 그늘이 있었다. 무슨 일이 있다

는 게 확실히 보였다.

당연히 그녀에게 무슨 일이 있었는지 짚이는 것은 없었다.

대체 뭐지? 심각한 사정일까?

카즈키에게 미나모는 이제까지 몇 번이나 자기 이야기를 들어준 소중한 친구다.

그녀의 힘이 되어주고 싶다는 강한 바람이 있었다.

하지만 이제까지 카즈키는 타인과 깊이 엮이려 하지 않았다. 이럴 때에 어떻게 이야기를 꺼내면 좋을지 알 수가 없어서 답답했다.

"……카즈키 씨?"

"! 어, 그게 그러니까……."

그런 고민이 표정으로 드러나 버렸을까? 입을 다물고 있던 미나모가 고개를 갸웃거리며 걱정스럽게 얼굴을 들여다봤다.

말문이 막힌 카즈키. 바로 떠오르는 말은 『익숙하지 않은 옷차림이라 피곤한 걸지도』『당일에도 같은 모습이라면 신선하지 않을 테니까 다른 게 나을까?』라는, 지금 상황을 원만하게 얼버무릴 핑계뿐. 그런 자신이 정말로 싫었다.

하지만 이럴 때 하야토라면 어떻게 말할까?

결코 달변이라고 할 수 없지만 타산이 없고 솔직한, 그리고 올곧은. 때로는 억지로 자신의 마음을 부딪치는 그라면 틀림없이—— 카즈키는 그런 생각과 함께, 마음을 솔직하게 말로 표현했다.

"내 이야기를 들어주지 않을래?"

"이야기, 라고요……?"

"?! 어, 응, 그게 좀……."

스스로도 놀랐다. 이래서는 반대가 아닌가.

순간적으로 덮어쓴 평소의 가면도 쓴웃음으로 일그러졌다.

미나모는 놀랐는지 몇 번인가 눈을 끔벅거린 뒤, 갑자기 진지한 눈빛으로 바뀌었다. 한 걸음 슥 다가와서는 카즈키의 귓가에 속삭였다.

"혹시 응원하고 싶다는 사람이랑 무슨 일이 있었나요?"

"! ……저기, 그건."

예상치 못한 말에 정곡을 찔리자 그만 동요한 심정이 얼굴에 드러나 버렸다.

미나모한테는 히메코에 대해서 몇 번이나 이야기하지 않았던가.

그녀가 그렇게 생각하는 것은 당연했다. 자신이 어리석었다.

"다른 곳으로 가는 게 낫겠죠?"

"……응, 그러네. 그러면 고맙겠어."

하지만 미나모와 대화를 나눈다는 목적을 달성할 수 있었으니 참으로 얄궂은 일이었다.

"여긴……."

"후후, 명당이죠? 여긴 문이 망가져서 안 잠기거든요."

미나모는 살짝 눈썹을 찡긋하며 웃었다.

구교사의 계단 앞에 쌓여 있는 책상을 넘어서 옥상으로 나왔다. 딱히 물건도 없이 살풍경하고, 주변을 둘러싼 펜스에는 녹도 슬어 있었다.

문화제 준비로 떠들썩한 분위기도 멀어져서 어딘가 쓸쓸한 장소였다.

미나모는 마치 정위치인 것처럼 익숙하게, 학교와 마을이 잘 보이는 쪽으로 걸어갔다. 그 모습에서 그녀가 이런 장소에 빈번하게 걸음을 옮길 법한 사정이 있다는 사실이 여실하게 보여서 카즈키의 가슴이 꽉 죄어들었다.

하지만 미나모는 그런 내색도 없이 걱정스럽게 카즈키의 얼굴을 들여다봤다.

"그래서 무슨 일이 있었나요?"

"그건……."

말문이 막힌 카즈키. 히메코와 관련해서 무언가 있었던 것은 분명하다. 가슴속에 응어리처럼 자리 잡은 무언가가 있다는 것도.

하지만 그것은 마음속의 매우 민감한 영역이다. 그것을 솔직히 이야기하기는 주저되었다.

그런 카즈키의 갈등을 제쳐놓고 미나모는 그저 그를 걱정하는 눈빛이었다.

이유는 명백했다.

친구니까.

카즈키 스스로가 그렇지 않은가. 그렇게까지 생각해주는, 이제까지도 함께해준 친구에게 도저히 감출 수는 없었다.

후우, 크게 심호흡을 한 번. 카즈키는 조금 부끄러운 듯, 하지만 확고한 결의가 배어 나오는 목소리로 힘겹게 속마음을 털어놓았다.

"어느샌가, 좋아하게 되어버렸거든."

"⋯⋯⋯⋯예?"

미나모는 눈을 크게 떴다.

카즈키는 곤란하다는 표정으로 계속 이야기했다.

"정말 소중한 사람이고, 친구고, 응원하고 싶다는 것도 정말이야. 하지만 요전에, 다른 남자가 억지로 그 아이의 손을 잡으려고 했을 때였어. 더러운 손으로 만지지 마라, 누군가에게 빼앗길 바에는 차라리⋯⋯ 그런 심정에 사로잡혀 버렸어⋯⋯."

"그건⋯⋯."

"좋아한다는 마음을 인정해버린 다음부터는 정말 엄청났어. 내가 더 이상 내가 아닌 것처럼 마음대로 움직이질 않고, 가슴속에서는 언제 폭발해도 이상하지 않은 감정이 계속 소용돌이쳐. 처음 경험하는 일이라 휘둘리기만 하고 있어."

"⋯⋯⋯⋯."

카즈키가 자조와 함께 어깨를 으쓱이자 미나모의 눈빛에는 경악, 당황, 그리고 사유의 기색이 차례차례 드리웠다.

미나모는 가슴에 손을 대고 눈을 깜박거렸다. 시선을 카즈키의 얼굴과 펜스 너머로 연신 헤맸다.

이윽고 그녀는 작게 고개를 끄덕이며 무언가 생각한 뒤, 고개를 번쩍 들었다. 가슴 앞으로 양손을 주먹 쥐며 몸을 내밀고서 말했다.

"카즈키 씨는 조금 서투른 구석이 있지만, 친구를 생각해주고 누군가에게 진심으로 공감해줄 수 있는 멋진 사람이에요. 그러니까 그 사람한테 자기 마음을 전한다면, 분명히……!"

"그건, 못 해."

"아니, 어째서……."

"그 아이는 지금 무척 큰 문제를 품고 있어. 연애 따위에 할애할 마음의 여유는 없을 테고, 그걸 응원하고 싶거든. 게다가 그 아이는 날 이성으로 의식하지 않으니까. 아무 마음도 없는 상대가 일방적으로 연심을 드러내는 게 얼마나 곤란한 일인지는 잘 알고 있어."

"그건……."

카즈키는 체념 섞인 표정으로 고개를 내젓고는 애매한 미소를 지었다.

이것은 이미 자기 안에서 답이 나온 이야기다.

딱히 미나모한테 의견을 바라는 것도 아니었다. 그저 개인적인 불평일 뿐.

무어라 말할 수 없는 분위기가 흘렀다. 사실 미나모도 곤란하겠지.

하지만 카즈키는 자신을 바라보는 그녀에게서 무언가 위화감을 느꼈다.

"......"

"......."

책망하는 것도 아니다. 물론 동정하는 것도 아니다. 무언가 말하지도 않았다.

미나모는 그저 눈을 피하지 않았다. 그녀는 눈동자에 간절한 기색을 드리우고서 마치 "그것뿐인가요?"라고 묻는 것 같았다.

신기한 눈빛이었다.

무언가 꿰뚫어 보는 것만 같았다.

마른 침을 꿀꺽 삼켰다. 자신의 무언가가 억지로 드러나는 것 같은 감각.

욱신거리는 가슴에 손을 얹고, 중요한 이야기를 빼먹지는 않았는지 생각했다.

'⋯⋯⋯⋯아.'

문득 어떤 사실을 깨달았다. 깨닫고 말았다.

그것은 어쩌면 유치하고, 부끄럽고, 애처로운 사실.

하지만 미나모의 진지한 눈빛을 마주하니 오히려 말하지 않는 것이 문제로 느껴졌다.

카즈키는 슬며시 눈을 피하고 얼굴을 확 구기며 침통한 표정으로 고백했다.

"⋯⋯사실은, 무서워."

“무섭다고요?”

“혹시 마음을 고백했다가 실패해서 어색한 사이가 되는 바람에 거리를 둔다든지, 두 번 다시 지금처럼 좋은 친구 사이로 돌아갈 수도 없게 되는 게 너무나도 무서워……..”

“카즈키, 씨…….”

한심한 이야기다.

그 사실을 인정해 버리는 순간. 자신 안에서는 해답이 나와 있다든지 히메코의 마음이 어떻다든지, 이유를 붙여서는 그만 꽁무니를 빼고 있을 뿐인 모습으로 보였다.

이 어찌나 우스꽝스럽고 비겁한가.

미나모도 그저 어이가 없겠지.

그렇게 생각하며 카즈키가 다시 미나모를 돌아보는 것과 동시에, 미나모는 카즈키를 꽉 끌어안았다.

“어, 아니?!”

“무섭겠죠. 좋아하는 사람이 더는 상대해주지 않는다든지 싫어한다든지. 그건 정말로 무서운 일이니까요…….”

그러면서 미나모는 팔에 더욱 힘을 줬다. 갑작스러운 행동이었다.

“미나모, 씨……?”

그녀는 마치 카즈키를 감싸는 것처럼도, 매달리는 것처럼도 보여서 참으로 뒤죽박죽.

미나모도 충동적인 행동이었을 테지. 스스로도 놀라서는 목소리가 떨리고 있었다. 하지만 직감적으로 그녀가 마음속 깊은 곳에 품고 있는 무언가를 털어놓으려 한다는 것을 깨달았다. 깨닫고 말았다.

카즈키는 마음을 다잡았다. 살며시 등줄기를 폈다. 제대로 이야기를 들어주고 싶다, 힘이 되어주고 싶다는 마음을 담아서 다정하게 미나모의 어깨에 손을 얹었다. 고개를 든 미나모와 시선이 뒤얽혔다.

잠깐의 침묵. 카즈키가 고개를 끄덕이자 미나모도 울 것 같은 표정에 미소를 머금었다. 그리고 고민을 털어놓았다.

"저는 정말로 좋아하는 아버지한테 미움을 받고 있거든요."

"어?! 어, 어째서——."

"제가, 진짜 딸이 아니었으니까."

"——……!"

너무나도 예상 밖의 이야기라서 말을 잃었다. 머릿속이 새하얗게 변해버렸다. 갑작스러워서 믿을 수 없지만, 몸을 뗀 미나모의 눈꼬리에 드리운 빛을 보아도 그 말은 틀림없이 진실이었다.

사고가 헛돌아서 무슨 말을 건네어야 할지 전혀 떠오르지 않았다.

드라마나 잡지 따위를 통해 세상에 그런 복잡한 가정이 있다는 사실은 알고 있었다. 하지만 미나모가 당사자라는 사실이 카즈키의 예상을 넘어버려서, 그저 멍하니 있었다.

그러자 미나모는 미안하다는 듯 눈을 내리깔며 시선을 피했다.

"……미안해요. 갑자기 이런 이야길 한다니 민폐──."

"──!"

전날 히메코도 꺼내려던 것과 같은 말.

단숨에 정신이 들었다.

카즈키는 미나모에게 몇 번이나 적나라한 이야기를 건넸다. 그녀는 카즈키에게 친구 중에서도 특별한 존재가 되었다. 이제까지 얼마나 많은 도움을 받았던가.

그 이상 스스로를 상처 입히는 말을 하게 두어서는 안 된다. 얼른 손을 잡고 말을 건넸다.

"나는! 나는 절대로 미나모 씨를 싫어하지 않을 거니까!"

"후에?!"

"그게, 제대로 말은 못 하겠지만, 무슨 일이 있어도 같은 편이 되어줄 사람이 여기에 하나는 있다는 거, 부디 기억해줘!"

"아, 예!"

카즈키의 기세에 압도당한 미나모는 눈을 끔벅거리며 고개를 끄덕였다.

무슨 일을 할 수 있을지는 모르겠다.

하지만 이것은 카즈키의 거짓 없는 본심이었다.

카즈키의 마음은 미나모에게 올바르게 전해진 듯했다. 미나모의 얼굴에서 점점 어두운 기색이 사라지고, 작게 숨을 내쉬었다.

잠시 그대로 있던 미나모의 얼굴이 점점 빨개지는 것을 깨달았다.

그때 카즈키는 처음으로, 자신이 미나모에게 몸을 불쑥 들이민 자세임을 깨달았다. 황급히 손을 떼고 거리를 벌렸다.

"미, 미안해, 갑자기 그게……."

"카, 카즈키 씨한테 그런 열정적인 모습이 있다니, 깜짝 놀랐어요."

"저기, 이건 나도 모르게 기세를 탔다고 할까."

"괜찮아요. 좋아하는 사람이 있다는 건 아니까요."

"으, 그건……."

미나모가 놀리자 카즈키가 뺨을 물들이고 몸을 비비 꼬았다. 그것을 보고 미나모가 쿡쿡 웃었다.

"이렇게 보니까 카즈키 씨, 마치 사랑에 빠진 소녀 같네요."

"미, 미나모 씨?!"

"후후, 아하하하하핫."

"……하하핫."

카즈키와 미나모는 얼굴을 마주 보고, 음울한 이 분위기를 날려버리듯이 소리 높여 웃었다.

제4화

소녀 회담

정시를 알리는 종소리가 수업 종료를 고했다.

학교를 나가는 학생도 드문드문 있었지만 문화제를 앞두고 있다 보니 대부분 남아 있었다. 그중에는 학교에서 자는 사람도 있겠지.

하루키는 같은 반 아이들에게 붙들려 있었다.

"부탁할게, 니카이도! 아직 납득이 갈 만큼 세세하게 조율되질 않아서!"

"이것저것 어레인지하고 싶은 게 있어서 이야길 좀 했으면 좋겠는데, 괜찮을까?"

"아까 연습하면서 생각했는데, 무대 배치에도 문제가 좀 있는 것 같아."

"의상은 어때? 엄청 움직였는데 어디 이상한 곳은 없어?"

"저, 저기, 나 오늘은 그게……."

곤란하다는 표정으로 우물쭈물 애매하게 대답하는 하루키.

어쩌면 좋겠냐는 시선을 보냈지만 하야토는 다른 아이들의 말도 이해할 수 있었다. 그래서 무어라 말할 수 없는 표정으로 고개를 가로저을 뿐. 두 사람의 작은 한숨이 겹쳤다.

그때 스마트폰에서 시선을 뗀 이오리가 어깨를 으쓱이며 말했다.

"저래서야 니카이도 씨도 무리겠네."

"그런 것 같아. 카즈키는 어떻대?"

"안 된대. 여장 메이크업 실험대 역할이라 한동안 빠져나올 수가 없다나 봐."

"아, 그건 중요하지. ……어쩔 수 없네, 각오를 다질까."

"그러게. 두 사람이니까 그나마 다행이라 생각하자고."

"다행이라니, 뭐가 말인가요?"

"! 미나모 씨." "오? 미타케 씨였던가?"

진지한 표정으로 대화를 나누는데 옆에서 미나모가 말을 걸었다.

미나모는 두 사람과 하루키를 바라보며 무슨 일일까, 고개를 갸웃거렸다.

하야토와 서로 마주 본 이오리는 쓴웃음과 함께 사정을 이야기했다.

"사실은 갑자기 알바를 도와달라는 요청이 들어와서, 니카이도 씨한테도 도움을 청하려고 했는데……."

"뭐, 보다시피 이런 상황이라서. 카즈키도 안 된다는 모양이고 다른 사람도 없으니까, 기합을 넣어서 극복하자는 거야."

"그런가요……."

최근에는 아르바이트 시프트를 문화제 당일과 준비 기간에 맞추어 많이 바꾸기도 했다. 그렇다 보니 다른 직원한테도 강하게 부탁하기는 힘들다. 예전에 바빴을 때를 다시 떠올리자 그만 등줄기가 오싹하게 떨렸다.

하루키와 눈이 마주치자 미안하다며 한손을 들고 곤란해하는 미소가 돌아왔다.

어쩔 수 없다며 쓴웃음으로 답하는데 갑자기 누군가 소맷자락을 꾹 잡아당겼다.

"저기, 제가 힘이 되어줄 순 없을까요?"

""?!""

갑작스러운 제안에 눈을 끔벅거리는 하야토와 이오리.

둘은 인원이 부족했을 때 벌어진 가게의 참상이 떠올라 바로 진지한 표정으로 미나모를 돌아봤다.

"그건 정말로 고마운 이야기인데…… 이오리, 어때?"

"미타케 씨…… 난 물론 대환영이야."

"예, 열심히 할게요!"

이날 과자 시로는 이제까지와도 차원이 다르게 바빴다.

"하야토, 5번이랑 8번 호박 풀코스 세트 나왔으니까 부탁할게! 미타케 씨는 1번에 밤 팥죽!"

"어, 어어 1번이……."

"미나모 씨, 카운터 끝에서 기다리시는 중년 여성분이야. ……아, 이오리! 계산대 줄 서 계셔!"

"으엑…… 안녕하세요! 하야토, 내가 계산할 테니까 식기 정리 부탁할게!"

"알았어, 맡겨둬."

"1, 1번 드리고 왔어요! 저기, 다음은 뭘 하면……."

"그럼 15번 주문을 받아줘."

"1, 15번은……."

"안쪽에 좌식 자리 삼인조."

"아, 알겠어요! 저, 저기, 주문표가……."

"항상 두는 곳, 어— ……일단 내 거 써."

"아, 예! 미안해요!"

아무래도 일의 리듬이 잘 맞지 않아서 무엇을 하더라도 한 박자 늦어지고 만다.

잘 생각해보면 미나모는 오늘이 처음이다. 제대로 된 설명이나 연수도 없이 실전 투입, 번번이 질문을 던지는 것도 어쩔 수 없다.

갑작스럽게 투입해도 능숙하게 일을 소화하는 하루키나 카즈키가 규격을 벗어난 존재다.

하지만 미나모가 도와주어서 무척 도움이 되는 것은 사실.

게다가 미나모는 이것저것 많이 물어보기는 하지만 특별히 실수도 없이 견실하게 일을 소화했다. 열심히 가게 안을 종종걸음으로 돌아다니는 모습은 무척 사랑스러워서 중장년 손님들도 흐뭇하게 지켜봐 주었다. 덕분에 다소 늦더라도 불평이 나오지는 않았다.

어쨌든 미나모 덕분에 어떻게든 가게가 돌아가고 있었다.

간신히 좀 차분해졌다. 하야토와 이오리는 서로 얼굴을 마주 보며 안도의 한숨을 내쉬었다.

"이것 참, 간신히 피크 타임을 넘겼네. 이것도 미타케 씨

덕분이야."

"그러게. 말투는 딱딱하고 움직이는 것도 어설프지만 제대로 견실하게 일해줬으니까."

"그래, 그것도 풋풋하다며 평판이 좋던데."

"……하지만 중학생이라느니 어른들 일을 도와줘서 장하다느니, 그런 말이 간간이 들리던데."

"그건…… 아하하, 우리 가게에는 에마라는 전례가 이미 있으니까."

그런 대화를 나누며 함께 웃었다.

미나모를 다시 바라봤다. 미니스커트 같은 살깃 무늬 하카마 제복에 하프 업으로 묶어 올린 머리카락을 팔짝팔짝 흔들며 이리저리 돌아다니는 모습은 흐뭇했다. 손주나 자녀처럼 바라보는 것도 납득이 갔다.

하지만 하야토는 미나모의 사정을 안다. 계속 몸을 움직이는 것은 역시 아버지를, 쓸데없는 일을 생각하고 싶지 않아서겠지.

아직도 미나모의 문제는 해결의 실마리가 전혀 보이지 않는다.

그런 생각을 하며 험악하게 미간을 찌푸렸다. 그때 미나모가 돌아왔다.

하야토의 얼굴을 본 미나모는 눈썹을 찡그리고 조심스럽게 입을 열었다.

"12번, 호박 풀코스 세트 셋, 음료는 말차 둘에 매실 다시

마 차…… 하야토 씨, 왜 그래요? 무슨 일 있었나요?”

“어어, 지금은 제대로 돌아가고 있지만 이상한 트러블이라도 벌어지면 힘들겠구나 싶어서.”

“트러블, 이요……?”

얼른 얼버무리는 하야토.

미나모가 흘린 의문에 이오리가 쓴웃음 지으며 이야기했다.

“음, 드물기는 하지만 재료가 떨어져 버린다든지 음식점에서는 흔한 벌레가 나온다든지. 그리고…… 뭐, 성가신 손님이 온다든지.”

“성가신 손님?”

“──와, 미나모 씨가 알바 제복을 입고 있잖아?!”

그때 손님 방문을 알리는 벨 소리가 울렸다. 그와 함께 흥분한 목소리가 울렸다.

입구 쪽으로 시선을 향했더니 교복을 입은 히메코와 사키.

미나모의 살깃 무늬 하카마 모습을 보고 히메코는 눈이 반짝반짝하더니 “잘 어울려!” “귀여워!”라는 말을 연호하며 달려와서 찰딱찰딱 그녀를 주물러댔다. 이윽고 깜짝 놀란 표정으로 “……커다래”라고 패배자의 원한을 흘렸다.

미나모가 도움을 청하는 눈빛을 보냈기에 하야토는 크게 한숨을 쉬었다.

“이런 게 바로 성가신 손님이야.”

어이없어하며 동생을 떼어내고는 미나모와 얼굴을 마주

보고 웃었다. 뒤에 있던 사키도 쓴웃음.

거친 취급을 당한 히메코가 입술을 삐죽이며 항의했다.

"오빠, 너무해! 나 손님인데!"

"종업원을 못살게 구는 사람은 필요 없어. 오늘은 안 그래도 사람이 부족한데."

"하지만 미나모 씨, 여기 제복 입으니까 귀여운걸. 나도 고등학교 들어가면 여기서 알바하고 싶어―."

"어? 너라면 대환영이야. 물론 무녀 양도. 무녀 양은 제복보다 무녀 옷이 더 괜찮을지도?"

"후에?!" "어, 진짜 괜찮을지도!"

그런 대화에 잔뜩 들뜬 히메코.

하야토는 또 어이없어하며 한숨을 내쉬었다. 이대로 입구에서 떠들고 있으면 가게 입장에서는 곤란하겠지.

"……자자. 일단 자리로 안내할게."

"아, 그게 말인데. 안쪽에 반쯤 개인실로 되어 있는 곳에 앉아도 돼?"

"응? 저긴 4인석이야. 지금은 가게가 비어 있는 것도 아니니까 두 사람은―."

하야토가 난색을 보이자 히메코가 살짝 짜증스러울 만큼 득의양양한 표정으로 쯧쯧, 손가락을 흔들었다.

"흐흐―응. 오늘은 우리 말고도 한 사람 더 만나기로 했거든! 그러니까 괜찮잖아, 오빠랑 남친 오빠."

"뭐, 그렇다면…… 이오리?"

"응, 괜찮아…… 어?!"

"아, 왔다! 여기야─, 아이─!"

"""……?!"""

그때 갑자기 히메코가 밖을 향해 손을 흔들었다.

약속 상대가 왔나 보다. 그건 알 수 있었다.

하지만 그 상대가 너무나도 의외였기에 표정이 딱 굳어버렸다. 그것은 하야토만이 아니라 이오리와 미나모도 마찬가지. 눈을 크게 뜨고서 굳어 있었다.

"저, 저기, 안녕……."

"네가 왜……."

가게로 들어온 것은 현역 인기 모델이자 카즈키의 전 여친, 사토 아이리.

수업을 마치고 왔는지 아이리는 교복차림이었다. 조금 부끄러운 듯이 머리카락을 만지작거린 뒤, "응" 하고 히메코와 사키를 향해 가볍게 손을 들었다. 정말로 약속을 했나 보다.

영문을 알 수가 없었다. 이제까지 그녀와 몇 번인가 얼굴을 마주한 적은 있다. 하지만 그것은 모두 카즈키와 관련이 있었다. 그런데 왜 동생이랑 동생 친구가 그녀와 함께 있는 것일까?

"그러니까 오빠, 안내 부탁."

"! 어, 어어. 이오리, 괜찮지?"

"으, 응. 저기라면 크게 눈에도 안 띌 테니까."

히메코의 재촉에 일단 이오리에게 확인을 한 뒤, 머뭇거리며 안내했다.

새삼스럽지만 사토 아이리는 인기 모델이다.

베이지색 스웨터와 소맷자락에 녹색 선이 들어간 타탄체크 치마. 지극히 흔해 빠진 교복인데도 그녀의 미모는 무척 눈에 띄었다. 단순히 화사한 용모만이 아니라 등을 쫙 펴고 걷는 모습도 아름다웠다.

필연적으로 가게 안도 "쟤 누구야?" "엄청 예뻐!" "어디서 본 적 있는 것 같은데……"라고 갑자기 소란스러워졌다. 그런 상황에서도 안색 하나 변하지 않는 아이리는 남들이 쳐다보는 것에 익숙하겠지. 그녀의 프로 의식을 느꼈다.

"주문 정해지면 불러주세요."

조금 빠른 말투로 정해진 말을 건네고 종종걸음으로 자리를 떠났다.

아이리의 등장으로 소란이 벌어질지도 모른다는 생각에 잠시 가게 안을 살폈지만 기우였나 보다.

가게 안에서는 사각지대인 자리에 앉기도 했고, 메뉴를 고르느라 들떠 있는 모습은 흔한 여학생 그룹 그 자체. 손님들의 흥미도 흩어졌을 테지. 하지만 하야토는 아이리가 히메코, 사키와 친구처럼 친해 보이는 모습에 더더욱 곤혹스러웠다.

그런 그에게 미나모가 조심스럽게 말을 건넸다.

"저기, 혹시 동생이랑 같이 있는 분은 사토 아이리……."

"그런 모양이네. 나도 어쩌다 저렇게 되었는지 짐작도 안 가지만……."

"후와아……."

하야토가 그러면서 어깨를 으쓱이는데 옆에 있던 이오리가 묘하게 납득한 목소리로 중얼거렸다.

"하지만 난 네 동생이 넘치는 기세대로, 억지로 끌어내는 모습이 바로 떠오르는데."

"……참으로 유감스럽지만 나도 그래."

"누가 뭐래도 햐아토 동생이니까."

"아니, 무슨 뜻이야."

"아, 저도 그거 알 것 같아요!"

"미나모 씨까지?!"

하야토는 유감이라며 항의하고 이오리와 미나모는 쿡쿡 웃었다.

하야토가 뾰로통한 표정을 짓고 있는데 "오빠, 여기—!"라고 히메코가 말을 걸었다. 뭘 주문할지 정했나 보다.

가게 안에서 모여드는 흐뭇한 시선에 "예예"라고 대충 대답했다. 귀찮은 일이 벌어지지 않으면 좋겠다고 생각하며 아이리가 있는 자리로 걸음을 옮겼다.

"히메코가 일본 밤 몽블랑 파르페고 사토 씨가 스위트포

테이토 테이스팅 세트, 사키 씨는…….”

“으음, 그게…….”

“……히메코, 메뉴는 좀 느긋하게 고르도록 해줘.”

“아니, 왜 나한테 그래! 사키도 아까 이걸로 할까 했었잖아!”

“아하하, 뭐든 다 맛있어 보이니까 주문할 때 다시 망설여져서…… 오빠, 추천하는 건 있을까요?”

“음─, 단풍 채색 세트를 추천할까. 뭐, 아무래도 가을이 되니까 사키 씨네 신사의 단풍이 떠올라서.”

“그, 그럼 그 메뉴로 주문할게요!”

“그러고 보니 오빠, 오늘 하루랑 카즈키 씨는?”

“둘 다 문화제 준비 중이야.”

“그런가─ 아쉽네.”

아이리는 주문을 받고 떠나는 하야토의 모습을 지켜보다가 가게 안을 빙 둘러봤다.

회반죽을 바른 검은색 기둥과 대들보, 그리고 하얀색 벽이 특징적인 차분한 분위기의 가게.

손님들도 그녀들 같은 학생부터 중장년층까지 다양했다. 그만큼 많은 사람들에게 지지를 받는 가게겠지.

모모카가 자신을 데리고 자주 가는 시끌벅적한 가게도 나쁘지 않지만 아이리는 이런 가게가 더 취향에 맞았다.

아이리는 후훗, 부드러운 표정을 지으며 낮에 있었던 일을 다시 떠올렸다.

『문화제 당일의 작전 회의를 하자!』

이곳을 찾은 계기는 히메코가 보낸 그런 메시지.

그 밖에도 제복이 귀엽다, 과자가 예쁘다, 먹는 게 아깝다, 항상 망설여진다, 계절마다 바뀌니까 계속 방문하게 되어버린다. 그런 메시지가 잇따라 날아와서 쿡쿡 웃어버린 것도 기억한다.

주문을 마친 지금도 "감이랑 단풍은 예상 밖이야" "같은 가을이라도 지난달에는 달맞이 페어였어" "다음 달에는 팥죽의 온기가 몸에 쫙 스며들 것 같아"라고 진지한 표정으로 중얼거렸다. 그런 히메코의 모습에 옆에 있는 사키가 쓴웃음 지었다.

두 사람의 모습에 흐뭇한 표정을 짓고 있는데, 갑자기 히메코가 불쑥 얼굴을 가져다 대고 작게 속삭였다.

"아쉽네요. 오늘은 카즈키 씨, 없나 봐요."

"! 그런가 보네요."

사실 이곳에 온 가장 큰 이유는 카즈키가 일하는 곳이기 때문이었다. 어쩌면 만날 수 있을지도, 하는 기대가 조금 있었던 것도 사실. 살짝 아쉬움을 느꼈다.

카즈키의 알바 이야기는 처음 들었다. 모모카한테도 물어봤더니 "어, 그렇대?!"라고 놀란 목소리가 돌아왔다. 가족에게도 말하지 않았나 보다.

중학교를 졸업하고 다른 학교로 진학한 뒤로 반년 이상 지났다.

모모카와 만난다는 구실로 카이도가를 방문해서 얼굴을 마주한 적은 많지만, 앞으로도 그에 대해서 모르는 일은 늘어나겠지. ……고등학교에서 진정한 의미의 친구가 생긴 것처럼.

이렇게 본인도 카즈키에게 과거의 사람이 되는 것일지도 모른다. 그렇게 생각하자 가슴이 욱신거리고 불안감에 얼굴도 일그러진다.

그때 히메코가 손을 꽉 붙잡았다.

"그럼 문화제에서 어떻게 하면 좋을지 작전을 세워야겠네요."

"저, 저도 당일에 협력할 테니까요!"

"어, 아…… 예, 그래요."

히메코와 사키가 힘차게 말해주니 아이리도 자연스럽게 미소로 답했다.

그녀들의 말은 항상 마음에 바로 울린다. 정말로 신기한 아이들이라고 생각한다.

인기 모델이라는 명성에 이끌려서 다가오는, 타산이나 기만 범벅인 주변 사람들과는 너무나도 다르다.

그녀들과 이야기를 나누면 자연스럽게 자신의 본래 모습이 드러난다. 모모카랑 있을 때처럼.

"그러고 보니 오빠네 문화제, 공개 고백이라는 게 있대. 그걸 이용해버릴까?"

"어?! 그건 갑자기 너무 벽이 높은데, 우선은 지금보다 친해질 계기를 만들고 싶어.”

“하지만 카즈키 씨는 인기 있으니까 이런저런 사람들한테 고백을 받지 않을까?”

“윽, 그건…….”

“게다가 그런 자리에서 제대로 전할 수 있다면 적어도 진심은 전해지겠지?”

“하지만…….”

히메코의 정론이 가슴에 푹 박혔다. 망설이다가 움직이지 못하고 있다는 걸 알기에 더더욱. 그때 사키가 몹시 진지한 목소리로 말했다.

“히메, 카즈키 씨는 연애랑 조금 거리를 두고 싶다는 느낌이잖아? 그런데 갑자기 고백을 받아봐야 곤란하지 않을까? 실패한다면 지금의 관계조차 망가져버릴 테니까…….”

“아—, 그건 그럴지도.”

“그러니까 우선은 이성으로 의식하게 만드는 걸 목표로 삼는 게 좋겠어.”

“이성으로 의식…… 그렇구나?”

“뭐, 그게 어려우니까 이렇게 작전회의를 하는 거겠지만.”

히메코는 아직 썩 와 닿지 않는 모양이었다. 반편에 사키는 복잡한 표정으로 “하아” 하고 한숨을 내쉬었다. 그녀의 목소리에는 실감이 담겨 있었다. 그녀에게도 사랑하는 사람이 있었다는 사실을 다시금 떠올렸다.

지금도 그 사람에게 열심히 어필하고 있을까? 땋은 머리카락을 애절하게 만지작거리는 사키는 무척 사랑스러웠다.

피부와 머리카락의 색소가 옅어서 어딘가 현실과 동떨어진 그윽한 아름다움을 가진 사키. 그녀는 모델인 아이리의 눈으로 보더라도 상당한 미소녀다.

그런 그녀의 호감에도 넘어오지 않는 상대라니 대체 누구일까?

문득 그런 생각을 하다가, 사키가 흘끗흘끗 빈번하게 무언가 의식하고 있다는 사실을 깨달았다. 그녀의 시선을 따라가 봤더니 그곳에는 하야토의 모습이.

숨을 헉 삼켰다.

조금 전 주문할 때의 대화를 다시금 떠올리는 것과 함께, 무언가가 자기 안에서 이어졌다.

어릴 적부터 알고 지낸 친구의 오빠라면 고정되어버린 의식을 바꾸는 것도 쉽지는 않을 테지.

그때 사키와 눈이 마주쳤다. 사키는 아이리의 얼굴을 보고 무슨 일이냐는 듯 고개를 갸웃거렸다. 아이리는 사키의 시선을 유도하듯이 하야토 쪽으로 시선을 옮겼다. 그녀는 금세 얼굴이 새빨개졌다. 몇 번이나 보고 있었다는 자각도 있겠지.

"저기, 혹시……?"

"그게, 뭐……."

조심스럽게 묻자 사키는 뺨을 붉히며 어깨를 움츠리고 끄덕였다. 그 모습은 그야말로 사랑에 빠진 소녀. 남 일처럼 여겨지지 않아서 가슴이 꽉 죄어들었다. 응원하고 싶다는 마음이 생겨났다.

아아, 그런가. 그녀가 왜 자신을 도와주는지 알 것 같았다.

"어, 뭔데뭔데? 무슨 이야기야?"

"어?! 저, 저기, 저거야, 저거! 저거 말이죠, 사토 씨!"

"후에?! 그게, 이미지 체인지도 아직 제대로 정하지 않았구나 싶어서."

"아—, 그것도 있었네—."

히메코가 이야기를 돌리자 어떻게든 얼버무리려고 하는 사키. 아이리도 얼른 그녀에게 이야기를 맞춰주었다. 아무래도 그건 비밀인가 보다.

확실히 친구한테 네 오빠를 좋아한다고 말하기는 무척 힘들지도 모른다.

참으로 복잡한 상황이라고 생각하는데, 예상 밖의 목소리가 울렸다.

"어쩐지 보기 드문 조합이네."

"?!"

갑작스러운 일이라 한순간 머릿속이 새하얘졌다. 혼란스러운 상태에서 그쪽을 바라봤더니 그곳에는 이 가게의 제복을 입은 카즈키가 있었다.

어째서? 오늘은 없었을 텐데? 사고가 빙글빙글 헛돈다. 카즈키는 그런 아이리의 심경 따위는 전혀 모르고, 평소보다도 부드러운 미소를 싱긋 짓고서 음식을 테이블에 놓았다.

"일본 밤 몽블랑 파르페는……."

"제 거예요!"

"히메코 거구나. 그럼 단풍 채색 세트가 무라오 씨일까? 아이리는 스위트포테이토 테이스팅 세트겠네, 좋아했으니까."

"예, 그래요." "……아."

카즈키의 가벼운 한마디에 가슴이 크게 두근거렸다.

임시 연인이었다고는 해도 자신의 취향을 기억해 주었다는 사실에 마음이 들떴다. 아직 그의 마음속에는 자신이 있다고 느꼈으니까.

참 단순하구나, 아이리는 스스로가 어이없어서 웃음을 흘렸다. 아이리가 부끄러운 듯이 "뭐, 응" 하고 대답하자 눈앞의 히메코가 의아한 듯 말했다.

"어라, 그런데 왜 카즈키 씨가 있어요? 아까 오빠가 오늘은 문화제 준비 때문에 바쁘다고 그랬는데."

"그쪽은 내가 꼭 필요한 건 아니었으니까. 여기 인원이 부족할 때는 얼마나 바쁜지 잘 알거든. 그래서 얼른 마무리하고 왔는데…… 괜한 걱정이었나?"

카즈키는 쓴웃음 지으며, 머리카락을 팔짝팔짝 흔들며 열심히 일하는 미나모를 부드럽게 바라봤다.

"음―, 그래도 카즈키 씨가 와줘서 잘 됐어요."

"이러니저러니 해도 인원이 아슬아슬했으니까."

"그게 아니라, 오늘은 어떤 의미로 카즈키 씨를 보러 온 거니까요."

“……어?” ‘……어?’

히메코가 으흐흥, 의미심장한 웃음을 흘렸다. 그리고 카즈키는 한순간 움찔 얼어붙었다. 그 모습에 아이리는 무언가 묘하게 걸렸다.

하지만 그것도 한순간. 카즈키는 금세 싱긋, 평소의 **익숙한** 미소를 지으며 아이리에게 시선을 향했다.

“그래, 아이리랑 같이 있으니까 여기로 왔구나.”

“뭐, 그, 그런 거야. 알바를 한다는 이야기는 처음 들었으니까 한번 보고 싶어서.”

“딱히 감추던 건 아니야. 사람이 필요할 때만 하는 거라서 정식으로 채용된 것도 아니고.”

“호오, 그래. 의외네. 꽤나 그럴듯해서 어울리는데.”

“고마워. 아이리는——.”

카즈키는 거기서 말을 끊고 아이리에게 시선을 향하더니 무언가 깨달은 듯 눈을 깜박였다. 갑자기 그가 빤히 쳐다보자 아이리는 부끄러운 탓에 얼굴이 뜨거워지기 시작했다. “뭐, 뭔데”라고 기분 나쁜 척하는 말과 함께 고개를 홱 돌렸다.

그러자 카즈키는 무척 부드러운 목소리로 말을 건넸다.

“**지금** 아이리는 **예전**처럼 어깨의 힘이 빠졌다고 할까, 자연스러운 모습이네. 나는 역시 이쪽 아이리가 편안해서 좋은 것 같아.”

“?!”

갑작스럽게 예상 밖의 말이 날아들어 생각이 확 날아가 버렸다. 붉게 달아오른 얼굴로 무심코 고개를 돌려 카즈키의 얼굴을 빤히 들여다봤다.

아이리의 시선에 카즈키는 훗, 하고 가볍게 웃었다. 그리고 부드러운 눈빛으로 히메코와 사키를 바라봤다. "아이리도——"라고 입을 연 참에, 가게 안쪽에서 "카즈키—"라고 부르는 목소리가 들렸다. 카즈키는 실수했다며 겸연쩍은 표정을 지었다.

"이런, 너무 오래 있었어. 그럼 맛있게 드세요."

일을 하러 돌아가는 카즈키의 뒷모습을 아이리는 멍하니 바라봤다. 그러다가 "있죠, 있죠"라는 히메코의 신이 난 목소리에 퍼뜩 정신을 차렸다.

"꺄—, 지금 대화 나쁘지 않은 느낌이었죠?! 그리고 예전이라니, 무슨 뜻인가요?!"

"으음, 이제까지 카즈키 앞에서는 그게, 모델인 사토 아이리라는 캐릭터를 연기하고 있었으니까 그 이야기일까요……."

그것은 카즈키에게 걸맞은 자신을 연기하는 것이었고, 주변에서 얕보지 못하도록 하려는 무장이기도 했다. 어느샌가 그것도 완전히 능숙해졌다고 생각한다. 바로 지금의 자신처럼.

하지만 최근에 있었던 일을 생각하면 확실히 그녀들 앞에서는 수수했던 과거의 자신이 되어버리는 것을 깨달았다.

그 사실에 아무런 의문도 느끼지 않았다는 것도.

정말로 신기한 아이들이라고 다시금 생각했다. 어쩌면 이쪽이 본래의 자신일지도 모른다. 그렇게 생각하는 것과 동시에, 조금 전에 카즈키가 자연스러운 모습이라고 말해준 것이 다시 떠올라서 뺨이 뜨거워졌다.

가슴속이 뒤죽박죽이었다. 눈앞에서 "그거 완전 소녀 그 자체!" "좋아하는 사람 앞에서는 최고의 모습을 보여주고 싶은 거군요!"라고 들뜬 히메코와 사키. 그녀들을 제쳐놓고 "아— 정말!" 하며 머리를 부여잡았다. 그러면서도 가게 안에서 일하는 카즈키의 모습을 흘끗 바라봤다.

늘씬하니 쫙 뻗은 등줄기, 상쾌하게 싱긋 머금은 미소, 부드럽게 울리는 목소리와 함께 시원스레 일하는 모습은 아이리가 아니더라도 빠져들어버릴 것이다. 실제로 뜨거운 시선을 보내는 손님도 있어서 자랑스러운 기분이 반, 너무 애교를 뿌려대는 것 아니냐는 질투심도 반.

그때 퍼뜩 깨달았다.

주변을 상대하는 태도라고 할까 거리감이라고 할까, 이제까지의 카즈키와는 명백하게 분위기가 달랐다.

그는 조금 전에 학교 친구로 여겨지는 여성 점원한테도 우려, 안도, 배려 같은 복잡한 감정이 담긴 시선을 던졌다. 아이리에게 건넨 말도 그렇겠지.

명백하게 상대방 쪽으로 한 걸음 더 들어가는 것 같은 감각.

카즈키 안에서 무언가가 바뀌었다. 그런 확신 같은 것이 가슴속에 생겨났다.

그렇다면 언제, 무슨 일로…… 기억을 더듬어보면 하나 짚이는 게 있었다.

그 사실을 확인하고자 아이리는 눈앞의 두 사람에게 물었다.

"그러고 보니 카즈키 군, 가을 축제에서 얼굴을 엄청 다치지 않았던가요……?"

그러자 히메코와 사키는 대화를 뚝 중단했다. 서로 얼굴을 마주 보고 눈을 끔벅거린 뒤, 조금 의아하다는 표정으로 머뭇머뭇 되물었다.

"저기, 못 들었나요? 그날, 카즈키 씨 크게 싸웠는데……."

"싸, 싸웠다고?! 누, 누구랑?!"

"중학생 때 알던 사람이었다고 했어요. 이런저런 일이 있었다던데……."

"그래그래, 저쪽에서 먼저 시비를 걸었다면서 오빠도 도발로 받아치고."

"아, 아하하. 하지만 카즈키 씨한테 나쁜 말을 하니까 가만히 있을 수 없었다니, 오빠답다고 할까요."

"하지만 카즈키 씨한테 제일 놀랐어. 내 친구를 바보 취급하지 말라고 소리치면서 덤벼들었지!"

"저도 그때는 놀랐어요."

"카즈키 씨, 역시 오빠랑 하루한테 나쁜 영향을 받는 거 아냐?"

"그, 그렇진 않다고 생각하는데."

"어—, 그런가—?"

"⋯⋯⋯⋯⋯."

갑작스러운 이야기라 믿을 수가 없었다.

누가 상대라도 한 걸음 물러나서 화합을 깨려고 하지 않는 카즈키가, 누군가와 싸웠다.

그렇구나. 그녀들의 대화를 미루어보기에, 카즈키는 과거에 종지부를 찍고 앞을 향해 걷기 시작한 것이다.

새로운 친구 덕분에.

임시 애인이었던 자신은 할 수 없었던 일인데. 그런 씁쓸한 기분이 가슴에 스며들었다. 동시에 이대로 뒤처지는 것은 아닐까, 쓸쓸함과 초조함 같은 감정이 생겨났다.

——변해야 해.

틀림없이 조금 더 다가가고, 손을 뻗고, 돌아보게 만드는 것만으로는 부족하다. 본능적으로 그 사실을 이해했다.

좀처럼 돌아봐 주지 않는다면 차라리 눈앞으로 뛰어나가는 정도의 강경책이 필요하다.

그때 과연 어떠한 자신을 봐주길 바라는가? 스스로의 마음에 질문을 던졌다.

흐릿하지만 지극히 자연스럽게 떠오르는 모습이 있었다.

아직은 무척 애매하다.

하지만 어떻게든 형태로 만들어야만 한다.

이제는 겉치레 따위를 신경 쓸 때가 아니다.

아이리는 그 감정에 떠밀리듯이 스마트폰을 꺼내어 전화를 걸었다.

『여보세요, 아이링?』

"모모치 선배죠? 지금 어디 있어요? 이야기하고 싶은 것도 있고, 소개하고 싶은 사람도 있거든요."

"사토 씨?" "아이?"

갑작스러운 행동에 놀라는 사키와 히메코.

아이리는 그런 두 사람의 손을 잡고 진지한 눈빛으로 자신의 바람을 이야기했다.

"문화제에서 이미지 체인지를 하겠다고 그랬죠. 저, 지금 간신히 어떤 모습이 되고 싶은지 깨달았거든요. 협력해주지 않겠나요?"

눈을 동그랗게 뜨고 있던 사키와 히메코. 두 사람은 아이리의 말을 이해하고는 그녀의 손을 맞잡고 힘주어 끄덕였다.

""물론이에요!""

최선의 약속

알바를 마치고 가게를 나왔더니 동쪽 하늘에는 이미 별이 반짝이기 시작했다. 서서히 밤의 빛깔이 번지고 있었다.

서쪽 하늘을 옅게 물들인 자줏빛도 이윽고 어둠으로 녹아들겠지.

피로를 떨쳐내듯이 하야토는 으으— 크게 기지개를 켰다. 옆에서 "후우" 하고 크게 한숨을 내쉬는 미나모에게 쓴웃음과 함께 치하의 말을 건넸다.

"수고했어, 미나모 씨."

"어떻게든 이겨냈다는 느낌이에요…….."

"아하하. 아, 카즈키도 정말 고마웠어. 그런데 반 문화제 준비는 괜찮은 거야?"

"그쪽은 어찌어찌. 여긴 사람이 부족할 때는 정말 살인적으로 바쁘니까…… 하지만 미나모 씨가 와 있던 건 의외였어."

"따라가는 것만으로도 벅차서 과연 도움이 되었을지…….."

"아니아니, 절대로 그렇지 않아! 엄청 도움이 됐어. 실수도 없었고. 하루키도 첫날에는 식기를 마구 쏟아버리는 실수를 저질렀으니까."

"어, 그랬나요?!"

"호오, 그건 나도 처음 들었어."

"내가 이야기했다는 건 비밀이다?"

그러면서 하야토가 어깨를 으쓱이자 카즈키와 미나모는 가볍게 웃었다.

한바탕 웃은 뒤, 카즈키는 해가 지는 하늘의 모습을 보고 스마트폰으로 시간을 확인하더니 조금 걱정스러운 목소리로 미나모에게 물었다.

"미나모 씨, 꽤 어두워졌는데 집까지 바래다줄까?"

카즈키다운 배려가 담긴 말에, 미나모가 아니라 하야토가 "아─……"라고 무어라 말할 수 없는 목소리를 흘렸다.

미나모를 둘러싼 작금의 상황은 복잡하다.

상대가 설령 카즈키라고 해도 쉽사리 이야기할 수는 없다.

어떻게 대답하면 좋을지 말을 고르는데, 미나모는 하야토를 향해 쓴웃음을 흘렸다. 그리고 부끄러운 듯 입을 열었다.

"카즈키 씨한테도 아버지 이야기, 했어요."

"! 그렇구나."

조금은 의외라는 생각과 함께, 지금의 카즈키라면 그럴 만하다고 납득하기도 했다. 하야토 일행과 마찬가지로 미나모의 변화를 깨닫고 말을 건넸을 테지. 카즈키와 눈이 마주쳐서 서로 쓴웃음을 흘렸다.

미나모도 카즈키를 돌아봤다.

"그게, 아버지랑 맞닥뜨린 현장에 여러분도 같이 있다가 이런저런 일이 있어서, 지금은 무라오 씨네 집에서 신세를 지고 있거든요."

"그건…… 여전히 너희들답네."

"우리답다는 게 뭔데."

"조금 억지스럽고 참견쟁이라는 점일까요?"

"미나모 씨?!"

하야토가 저도 모르게 딴죽을 날리자 아하하, 밝은 목소리가 돌아왔다. 그 반응에 어이없다는 표정을 짓자 카즈키가 자자, 라고 달래면서도 질문을 던졌다.

"하지만 무라오 씨, 아까 아이리랑 히메코와 같이 서둘러 가게를 나가서 어디로 갔잖아?"

"응, 가게를 나가면서 히메코가『오빠, 오늘은 저녁 늦을 거야!』라고 그랬어. ……그래서 손님들한테 그야말로 뜨듯한 시선을 받는 꼴이 되었지만."

"후훗, 하지만 마침 잘됐네요. 우리 집에 같이 들러줄 수 있을까요? 그게, 어제는 갑작스러운 일이었으니까 짐이라든지 이것저것……."

미나모는 조금 공포가 담긴 말을 흘렸다. 마지막에는 목소리가 꺼질 것만 같았다.

카즈키와 눈을 마주 보고 끄덕였다. 어제오늘의 상황을 생각하면 또 아버지와 맞닥뜨릴지도 모른다."

"물론이야! 카즈키도 괜찮지?"

"응, 기꺼이 함께할게."

차가운 가을바람을 받으며. 생각했던 것보다도 어두워진

길을 자그마한 미나모를 지키듯이 양쪽으로 서서 걸어갔다.

보이지 않는 무언가가 내리눌러 어쩐지 발걸음이 무거운 미나모. 그것을 떨쳐내듯이 애써 밝은 목소리를 의식하며 말을 꺼냈다.

"아버지는 재채기 소리가 큰 사람이었어요. 밥 먹을 때, 텔레비전을 볼 때, 갑자기 재채기를 해서는 빈축을 샀죠. 코도 시끄럽게 골고, 목욕하고 나서는 알몸으로 돌아다니고…… 하지만 갑자기 회사에서 전화가 오면 표정이랑 목소리가 돌변해서요. 평소부터 집에서도 그렇게 늠름하게 행동하면 좋을 텐데——."

그렇게 흔한, 어쩌면 자기 집에서도 본 적이 있을 법한 미나모 아버지의 이야기. 하야토와 카즈키는 "어어"라든지 "호오" 같은 맞장구를 쳤다.

미나모치고는 몹시 수다스러웠다. 하지만 그것 때문에 도리어 지금도 아버지를 생각하고 있다, 결코 지금도 나쁘게 생각하지 않는다는 마음이 느껴져서 가슴이 꽉 죄어들었다.

"쇼핑을 갈 때…… 항상 정해진 점심을 먹고……."

공원을 빠져나와서 주택가 안쪽으로 들어서고 집이 점점 가까워진다. 미나모의 목소리에서는 점점 힘이 빠지고 끝내는 말이 없어졌다.

미나모가 가슴 앞으로 꽉 움켜쥔 주먹에는 대체 얼마나 크나큰 마음이 담겨 있을까.

"……아."

“……!”

이윽고 미나모네 집이 보이는 길로 접어들었을 때, 그녀는 갑자기 걸음을 멈췄다. 하야토와 카즈키도 그녀를 따랐다.

이유는 바로 눈앞에 있었다.

마치 기다리고 있던 것처럼 서성이는 미나모의 아버지, 코헤이.

여전히 얼음장처럼 차가운 표정이라 감정을 읽을 수가 없었다.

하야토와 카즈키는 미나모를 감싸듯이 한 걸음 앞으로 나섰다.

“…….”

“…….”

“……웃.” “…….”

만날 가능성을 고려하기는 했다. 미나모도 그랬겠지. 어쩌면 만날 수 있을지도 모른다고 생각하던 구석도 있었다.

그래도 역시나 갑작스러운 일이었다. 바로 말이 나오진 않는 듯했다.

서로의 시선이 뒤얽히고 무거운 침묵이 내려앉았다.

하야토도 답답한 심정에 주먹을 꽉 쥐고 미나모를 흘끗 살폈다.

미나모는 시선을 헤매면서도 필사적으로 할 말을 찾는 듯했다.

그녀의 눈동자에 깃든 것은 강한 의지와 두려움의 기색.

하야토도 하고 싶은 말은 있지만 그런 그녀를 보면 입을 다물 수밖에 없었다.

가능한 일은 그저 친구로서 전력으로 미나모의 결의를 존중하고 지탱해주는 것뿐.

답답한 대치 상황 같은 시간이 흘렀다.

"……………………미안하다."

"……아."

이윽고 그것은 코헤이의 애절함, 후회, 또는 감회가 담긴 말로 끝났다. 간소하지만 그의 심경이 확실하게 느껴지는 복잡한 목소리였다.

코헤이는 마치 마주할 낯이 없다는 듯, 그렇게만 말하고 미나모 곁을 지나갔다.

미나모는 눈을 부릅뜨고서 흔들리는 눈빛으로 멍하니 아버지의 뒷모습을 그대로 보내려 하고──.

'……아.'

그때 문득 하야토는 어째선지 **하루키**와 헤어질 때를 떠올렸다. 떠올리고 말았다.

가슴속에 끓어오르는 것은 어쩔 수 없는 이별을 앞에 두었을 때의 힘겨운 감정.

이건, 안 된다.

인정할 수는 없다.

틀림없이 이대로 헤어진다면 결정적인 무언가가 망가져 버릴 것 같아서.

그래서 하야토는 날카로운 목소리와 함께 미나모의 등을
밀었다.

"미나모 씨."

그 목소리를 계기로 미나모는 번쩍 고개를 들었다.

"아, 아버지!"

"!"

반사적으로 미나모의 입에서 튀어나온 목소리에 걸음을
멈추는 코헤이.

잠시 늦춰진 찰나뿐인 유예.

그 사실을 잘 아는 미나모는 귀중한 이 기회를 허사로 만
들지 않겠노라 손을 뻗었다. 가슴속에 떠오르는 말을 얼른
던졌다.

"문화제…… 기다릴, 게요……."

그것은 또 만나고 싶다는 약속을, 최선을 다하여 던진 것
이었다.

코헤이도 그 사실을 모를 리가 없겠지. 돌아보는 그의 눈
빛은 가볍게 흔들리고 있었다.

미나모에게 정신이 아득해질 것만 같은 한순간의 주저.

"…………그래."

하야토와 카즈키가 마른침을 삼키며 지켜보는 가운데, 코
헤이는 그런 애매한 대답을 남기고 다시 걸어갔다.

이윽고 그의 뒷모습이 더는 보이지 않을 무렵, 미나모는
아직 조금 경직된 목소리로 툭하니 중얼거렸다.

“……엄청, 무서웠어요.”

미나모의 어깨와 다리는 떨리고 있었다. 무어라 말을 건네면 좋을지 알 수 없었다.

하지만 미나모는 두 사람을 돌아보고, 애써 미소를 머금었다.

“그리고, 고마워요.”

제6화 문화제

하늘은 청량하다는 말이 딱 어울리는 높고 투명한 파랑. 그것을 빗으로 빗어내린 것 같은 새털구름.

정원이나 도로변에 심어놓은 나무들도 이파리를 화사한 색깔로 갈아입고서 가을바람에 흔들리는 모습은 마치 축제에 들뜬 것만 같았다.

문화제 당일은 조금 서늘하니 가을다운, 그런 날이었다.

입구의 무지개를 본뜬 풍선 아트 게이트를 지나가면 각양각색 공들인 디자인의 노점이 늘어서 있고, 천차만별의 현수막이 학교 외벽을 화려하게 장식했다.

학교 여기저기에는 팸플릿을 들고서 신나게 돌아다니는 재학생만이 아니라 다른 학교나 주변 지역 같이 외부에서 찾아온 사람들의 모습도.

다들 문화제의 비일상적인 열기에 들떠 있었다.

그런 가운데도 하야토네 1-A반에는 이상한 분위기가 가득했다. 정확하게는 그곳만이 다른 세계가 되었다고 해야 할까.

『상수리나무 꽃~♪』

빈틈없이 인파로 꽉 찬 교실 안. 그곳에 만들어진 무대에서 한 몸에 주목을 모으고, 현란한 드레스로 몸을 감싸고,

당당하며 웅장하게 노래하고, 사람들을 이끄는 눈부신 카리스마를 펼치는 아름다운 공주.

숭배, 환희, 혹은 열광.

그런 분위기가 자리를 지배하고 있었다. 모두가 같은 광경을 환각처럼 보고 있었다.

피할 수 없는 전투를 앞두고서 필사적으로 공포를 억누르며 스스로를 북돋우고 모두의 마음을 한데 묶는 고무와 격려. 우리의 공주님을 위하여 모두가 눈에 불길을 활활 태우며 맞선다.

맹공, 열세, 악전고투.

하지만 누구도 상처받게 두지 않겠노라, 결코 굴하지 않고 누구보다도 앞장서서 싸우는 공주님. 그 모습에 끓어오르는 것은 분투, 결의, 물러서지 않겠다는 맹세.

승산이 높다고 할 수 없는 결기지만, 지혜와 용기를 짜낸 펼친 건곤일척의 반격 작전. 수많은 마음이 하나 되어 이루어낸 승리. 그와 함께 노래도 끝났다.

잠시 여운이 흐르는 가운데, "후우" 하고 작게 숨을 내쉬자 하루키의 분위기가 확 바뀌었다. 그녀는 그저 일개 여고생으로 돌아가서 머리를 꾸벅 숙였다.

『감사합니다!』

그 직후, 교실을 뒤흔드는 것만 같은 함성이 확 터졌다.

스태프로서 교실 구석에서 보고 있던 하야토도 호오, 하고 감탄을 흘렸다.

전날의 리허설과 비교해도 하루키의 라이브 완성도가 더 높아졌다.

가창력이나 퍼포먼스가 뛰어난 것만이 아니었다. 하루키가 연기하는 진조 흡혈 공주 브리깃을 통해서 마치 하나의 이야기를 체험하는 듯한 감각. 흥분이 식지 않은 관객들의 박수와 함성이 그칠 것 같지가 않았다.

어떤 의미로는 당연하겠지. 고등학교 문화제에서 볼 수 있는 퀄리티의 범주를 이미 넘어섰으니까.

그것은 흡혈 공주 카페 라이브의 성공을 의미했다. 하지만 동시에, 아직 부족하다는 관객의 불만도 엿보였다.

하루키 본인은 그저 어쩔 줄 몰라서 곤란하다는 표정으로 주위를 둘러보고 있었다.

그때 반의 리더격인 에마가 양손을 들어 머리 위로 크게 동그라미를 그렸다. 진행 사인.

리허설 단계에서 이미 그만한 소동이 벌어졌다.

당연히 이런 사태에 대비해서 앙코르가 필요한 상황도 이미 논의를 해두었다.

에마의 사인을 본 하루키는 어쩔 수 없다며 쓴웃음을 흘린 뒤, "스읍" 하고 크게 숨을 들이마셨다. 한 손을 드는 것과 함께 또다시 분위기가 돌변했다.

그 순간에 파도가 물러나듯이 교실을 적막이 뒤덮었다.

모두의 주목이 모이고 이번에는 또 무엇을 볼 수 있느냐는 기대감이 점점 높아지는 가운데, 하루키는 화사하게 미소를 짓고 세상을 변혁시키는 주문을 자아냈다.

『달려가는 산토끼~♪』

가볍고 경쾌한 리듬. 그 노래는 텔레비전 광고에서도 자주 나오는 이 게임의 주제가.

지명도가 높은 노래다. 게임을 한 적이 없는 하야토조차도 알고 있었다.

확실히 마무리로는 최적의 선곡이겠지.

조금 전과는 또 다른 모습으로 분위기가 고조되었다.

후렴구에 접어들자 하루키는 관객 쪽으로 마이크를 향하고 함께 노래했다. 하루키도 포함해서 하나가 되어 분위기가 달아오르고, 이윽고 절정을 지나 끝이 났다.

『이번에야말로, 정말 감사합니다! 인기 투표는 꼭 1-A에 해주세요!』

하루키는 그런 말로 마무리 짓더니 이번에는 얼른 퇴장해서 모습을 감추었다.

곧바로 에마와 츠루미 등등 여자들이 "뒤쪽에 계신 분들부터 순서대로 퇴장해주세요—" "이쪽부터 안내할 테니까요—"라고 외쳤다. 그렇게 교실 안에 꽉 들어찬 관객들을 밖으로 내보냈다.

빈 공간이 생기자마자 남자들이 얼른 복도에서 책상과 의자를 가져와서 카페 모습을 갖추었다.

하야토가 대형 테이블을 옮기는데, 맞은편에서 함께 옮기던 이오리가 감정이 가득 담긴 목소리로 말했다.

"그건 그렇고, 사람들 엄청 들어왔네."

"응, 라이브할 때는 무대만 남겨놓고 밖으로 다 뺀다는 건 대담한 발상이라고 생각했는데."

"나도 그건 과하다고 생각했는데, 정말로 가득 찼으니까."

"티켓 대신 사전에 와플을 판 것도 좋은 생각이었지."

"꽤나 공격적인 가격 설정이었는데―."

"바로 완판이라니 정말로 눈을 의심했어."

그러면서 하야토와 이오리는 쓴웃음을 흘렸다.

교실을 완전히 라이브 공연장으로 만들고 특별 가격의 와플을 사전에 티켓으로 판매한다는 것은 에마의 아이디어였다. 처음 들었을 때에는 정말로 대담한 변경이라고 귀를 의심할 정도였다.

하지만 뚜껑을 열어보니. 가장 앞 열에서 볼 수 있는 커스터드 와플을 둘러싼 쟁탈전까지 펼쳐지며 겁이 날 정도로 손님이 밀려들었다. 결과적으로 정답이었다.

아슬아슬한 한계까지 수용했지만 그래도 보지 못한 사람이 상당수 나와서 아쉬웠다. 그만큼 하루키의 라이브를 보고 싶어 하는 사람이 많았을 테지.

잠시 눈을 감고서 조금 전의 라이브를 떠올려보면 그것도 납득이 갔다.

하루키는 환하게, 눈부시게 보였다.

조금 전의 라이브만이 아니다. MOMO와 무대에 섰을 때도, 츠키노세에서 노래했을 때도.

재능.

선천적인 자질.

큰 무대에서 활약하는 존재.

그것은 의심할 여지 없는 진실이었다.

그런데도 이상하게 가슴이 술렁이고 미간에는 주름이 새겨졌다.

그때 이오리가 정말로 별생각 없이 툭하니 중얼거렸다.

"니카이도는 아이돌 같은 게 되진 않을까?"

"―――어."

퍽, 뒤통수를 강하게 얻어맞은 것 같은 충격을 느꼈다.

그것은 무의식중에 생각하지 않으려 하던 일이었으니까 더더욱.

하야토는 한순간 의식의 공백을 경험한 뒤, 본능적으로 부정하는 말을 던졌다.

"아니아니아니, 그렇게 간단히 될 수 있는 세계가 아니잖아. 무리야. 게다가 하루키 본인도 그런 건 별로 흥미 없어 보이고."

"아까 분위기 봤잖아? 게다가 MOMO랑 같이 찍은 영상도 꽤나 소란이 벌어졌고. 말도 안 되는 이야긴 아니라고 생각하는데―."

"그, 그건 아는 사람이니까 좋게 보는 선입견이 있는 게 아닐까? MOMO 때는 그야말로 MOMO랑 같이 있으니까 화제가 된 거고."

“으—음, 그런가?”

“그렇다고.”

그러기를 바란다는 듯 말투가 거칠어졌다는 건 스스로도 알았다. 심장은 기분 나쁘게 마구 뛰었다. 오히려 그것이 사실이라고 주장하는 것만 같았다.

그것을 인정해 버린다면 하야토와 하루키 사이에는 명확하게 거리가 생기고 만다. 그러면 더는 손이 닿지 않을 것만 같아서 부정하고 말았다.

잘 모르겠다는 표정으로 고개를 갸웃거리는 이오리가 조금은 원망스러웠다.

하지만 그것은 어디까지나 혼자 멋대로 하는 생각.

가슴속의 답답함을 토해내고자 대형 테이블을 놓으며 “후우” 하고 크게 숨을 내쉬었다.

그때, 하야토의 심경과는 달리 몹시 시원스러운 목소리로 하루키가 말을 건넸다.

“무사히 끝났어—!”

하루키는 흡혈 공주 의상을 이미 갈아입어서 평소의 교복 차림. 해방감과 달성감을 느끼며 쭈—욱 크게 기지개를 켰다.

그 모습에 하야토와 이오리는 얼굴을 마주 보며 쓴웃음을 짓고, 대형 테이블을 설치하고는 하루키에게 다가갔다.

“수고했어. 대성공이었네, 하루키.”

“나도 라이브 중에는 한 명의 관객으로서 빠져버렸어.”

"막상 난 노래하면서 가사를 틀리진 않는지 조마조마했던데다, 실제로 안무를 몇 번인가 틀려서 심장이 철렁했는데!"

"그랬어? 전혀 몰랐어."

"나도. 분위기를 보면 다른 녀석들도 눈치 못 채지 않았을까?"

"뭐, 혹시 누가 딴죽을 걸어도 애드리브였다고 하면 되지 않을까?"

하루키가 익살스럽게 어깨를 으쓱이자 하야토와 이오리만이 아니라 주변에서도 웃음이 터졌다.

그러는 사이에 차례차례 교실은 흡혈 공주 카페의 모습으로 다시 돌아갔다. 무대에는 급히 마련된 프로젝터와 스크린.

그것을 본 하루키가 조금 부끄럽다는 듯 중얼거렸다.

"아—, 저걸로 아까 라이브 때 촬영한 걸 트는 건가."

"잘 생각했네. 이러면 하루 종일 노래할 필요도 없고."

"게다가 기껏 제복 같은 걸 만들었는데, 카페 쪽도 선보일 차례가 있어야지. 자자."

이오리의 시선을 따라가자 그곳에서는 접객용 권속 의상을 입은 여자들이 기세등등하게 준비 중이었다.

빨강과 검정을 바탕으로 화려하면서 약간의 퇴폐미가 절묘하게 어우러진, 귀족 고용인다운 의상. 찾아온 손님들을 이 세계관에 푹 빠뜨려주겠지.

문득 에마가 이쪽을—— 정확하게는 이오리를 바라보는

것을 깨달았다.

이오리는 현재 말도 없이 멍하니, 정신없이 자기 애인을 바라보고 있었다.

접객 담당 중심에서 들떠 있던 에마도 자기 애인의 뜨거운 시선을 인식하자마자 점점 뺨을 붉게 물들이며 허둥대기 시작했다.

하야토가 "가봐"라고 이오리의 등을 밀고, 에마도 여자들의 성화에 앞으로 나섰다.

"에마, 귀여워. 잘 어울려."

"응, 고마워. 기뻐."

"하지만 그 모습으로 접객이라니, 좀 복잡한 심경이야. 독점하고 싶어."

"일이니까…… 다음에 단둘이 있을 때."

"어……"

"……에헷."

"…………."

그런 대화와 함께 금세 두 사람을 기점으로 달달한 분위기가 퍼져나갔다.

꺄아― 잔뜩 들뜬 일부 여자들. 잘 먹었습니다, 또는 가슴에 새겼습니다, 라는 듯 한숨을 내쉬는 이들.

하루키도 흐뭇함 반 어이없다는 기분 반이라는 표정으로 살며시 귓속말을 건넸다.

"하야토, 다음에 다른 예정은 없지?"

"응, 하루키 라이브에 맞춰서 와플 굽는 역할이었으니까."

"히메랑 약속한 시간까지 아직 여유 있잖아? 어디 좀 돌아볼까."

"가고 싶은 곳이라도 있어?"

"응~, 그만큼 노랠 했으니까 목이 마르네."

"그럼 일단 마실 게 있는 곳으로 갈까."

"그게 말인데, 캬바쿠라라면 마실 것도 있지 않을까?"

그러면서 하루키는 히죽 짓궂은 미소를 지었다. 놀려주겠다는 의도를 감추려 하지 않는 얼굴을 보고 하야토도 쓴웃음을 흘렸다.

덩치도 크고 근육질인 카즈키가 어떤 여장을 했을지 흥미가 있는 것도 사실.

하야토도 히죽대는 얼굴로 "응" 하고 대답하며 교실을 뒤로했다.

복도로 나왔더니 흡혈 공주 카페 앞에는 사람들이 길게 줄을 서 있었다.

지금도 줄이 점점 길어지는 중이었다. 그것을 본 하야토와 하루키만이 아니라 밖에서 인원을 정리하는 학생들도 표정이 굳어져 있었다.

두 사람은 그들에게 미안하다는 듯 한마디 건네고 카즈키네 반으로 향했다.

도중에 여기저기서 조금 전의 라이브에 대한 화제가 귀에 들어왔다.

진짜 브리깃 땅, 퀄리티가 미쳤다, 이세계로 끌려간다, 저건 안 보면 손해 등등. 열기가 담긴 찬사의 목소리가 대부분이었다. 아무리 하루키라도 부끄러운지 살짝 뺨을 붉히고서, 하지만 자랑스럽게 가슴을 펴고 당당하게 걸어갔다.

하야토는 그 모습에 쓴웃음 지으면서도 어떤 사실을 깨달았다.

슬쩍 주변으로 시선을 던져 봐도 하루키를 주목하는 사람은 없었다. 이만큼 소문이 돌고 있는 화제의 인물인데도. 그중에는 라이브를 직접 본 사람도 있을 텐데.

그 사실이 묘하게 신경이 쓰여서 말로 꺼내어봤다.

"그러고 보니 하루키가 브리깃이라는 거, 다들 모르나 보네."

"가장 첫인상이 일단 흡혈 공주 브리깃 땅일 테니까—. 머리카락 색깔도 옷도 분위기도 전혀 다르니까, 이렇게 사람들 사이에 섞여 있으면 잘 모를 거야."

"그런 건가?"

"그런 거야. 그만큼 첫인상이란 건 커. 유카타 사러 갔을 때도, MOMO도 수상한 사람?! 이라는 첫인상을 먼저 받았으니까 콧수염 안경을 벗을 때까지 아무도 몰랐잖아?"

"아, 그러고 보니."

"그리고 히메랑 아주머니도 처음에, 내가 여자라는 거 몰랐으니까."

“아, 아하하…… 내, 내용물은 변함이 없는데 말이지.”

“그렇지—.”

하야토도 처음에는 하루키인지 못 알아봤다. 그저 어색한 웃음을 흘렸다.

그래도 이런 분위기라면 밖에서 쓸데없이 소란을 부를 일도 없겠지.

게다가 만약 전날 MOMO랑 공연했을 때의 동영상처럼 유출되더라도 어디까지나 하루키 본인이 아니라 『굉장히 퀄리티 높은 흡혈 공주 브리깃』으로 주목받을 것이다.

카즈키네 반이 가까워지자 분위기가 점점 바뀌었다.

어딘가 들뜬, 부드럽고 플로럴한, 수많은 것들이 휘몰아치는 문화제에서도 한층 독특하고 이질적인 분위기였다. 의문이 앞서 얼굴을 찌푸리는데 하루키가 소맷자락을 꾹 잡아당겼다. 그러더니 시선으로 어떤 장소를 가리켰다.

“저건…….”

마침 카즈키네 반에서 나오는 사람들이 있었다.

사복이니까 외부 손님이겠지. 그들은 다들 황홀하게 헤실거리는 표정으로 휘청휘청 또다시 입구로 향했다. 그 모습은 마치 몽유병자, 또는 주정뱅이 같았다.

“대체 뭐야…….”

“신경 쓰이네.”

“일단 우리도 가보자.”

“응.”

카즈키네 반, 여장 캬바쿠라 입구는 몹시 반짝반짝 과한 장식으로 요란스러웠다. 살짝 악취미라는 말이 튀어나올 지경이겠지.

사람들의 눈길을 끈다는 점에서는 성공이겠지만 어딘가 들어가기에 저항감을 느꼈다. 하지만 동시에 강한 흥미를 끄는 것도 사실이었다.

실제로 지나가는 사람들도 손가락으로 가리키며 멀찍이서 수군대고 있었다. 문턱이 높다고 인식하게 만드는 것 역시 계획이었을까?

그것을 본 하루키는 조금 분하다는 듯 중얼거렸다.

"……꽤 괜찮은 느낌이잖아."

확실히 문화제라는 것을 생각하면 이것은 괜찮은 **이야깃거리**이자 적당히 **장난기**가 느껴지는 구성일지도 모른다.

옛날부터 장난을 좋아하던 하루키인 만큼 묘하게 대항 의식을 불태우는 거겠지.

"하루키, 일단 우리도 들어가 보자."

"그러네, 대체 어떤 건지 한번 보자고."

하야토가 쓴웃음 지으며 재촉하자 하루키는 투지를 활활 불태우며 문에 손을 댔다. 그대로 함께 들어서자 가게 안은 역시나 예상과 다르지 않은, 조금 어둡지만 몹시 휘황찬란한 모습이었다.

어딘가 달짝지근한 향기와 함께 형용하기 힘든 욕망으로 점철된 열기가 휘몰아쳤다.

파티션을 이용하여 ㄷ자로 구분된 가게 안에서 화려하게 장식한 **여자**들이 바쁘게 돌아다니는 모습은 마치 밤의 나비와도 같았다.

그들을 앞에 두고 어안이 벙벙해서 우뚝 서버린 하야토와 하루키.

생각하던 것 이상으로 본격적인 만듦새에 그만 놀랐는데, 갑자기 큰 목소리가 들렸다.

『히카루 테이블에 톡톡 타워 들어갑니다!』

박수와 함께 터지는 함성.

대체 무슨 일이냐며 쳐다봤더니 5단 샴페인 타워가 실린 카트가 나왔다. 그 앞에 자그맣고 폭신폭신 반짝반짝 생글생글 미소의 종업원, 몹시 헤실헤실하는 표정을 감추려 하지도 않는 외부 손님 삼인조 남자들이 섰다.

그들은 함께 준비된, 병에 든 진저에일을 탄산 거품의 경쾌한 소리와 함께 일제히 따서는 샴페인 타워 꼭대기에 쏟아부었다.

그러자 금세 다른 종업원들이 『귀여워, 귀여워, 완전 귀여워!』라는, 이상하리만큼 우렁찬 의문의 콜을 터뜨렸다. 그 목소리에 선망이나 은밀한 분노가 배어 있다는 것이 또 이상해서. 하루키가 곤혹스럽다는 목소리로 툭하니 중얼거렸다.

"우린 대체 뭘 보고 있는 거야……."

"뭐긴…… 여장 캬바쿠라잖아."

눈앞에서는 참으로 기이한 세계가 펼쳐지고 있었다.

비일상, 이라고 표현한다면 그저 그것뿐이다. 하지만 그곳에 존재하는 것은 확고하게 진심이 담긴 열의.

하야토와 하루키가 멍하니 바라보는 사이, 두 사람을 알아차린 종업원 하나가 샴페인 타워에서 잔을 두 개 들고 우아하게 다가왔다. 올 백으로 정리한 긴 머리카락, 나비넥타이에 검은색 조끼. 이른바 보이겠지.

"어서 오세요, 이런 가게는 처음이실까요?"

"으, 응."

"어, 어어……."

보이의 목소리가 무척 높았기에 잠깐 시간은 걸렸지만, 그가 여자임을 깨달을 수 있었다.

그와는 별개로 보이의 질문에 뭐라고 대답하면 좋을지도 알 수가 없었다.

이성으로는 이런 가게가 처음이든 어쨌든 어디까지나 이건 문화제라는 생각이 앞섰다. 하지만 주변의 열기가 더없이 진심으로 다가오는 통에 도저히 분위기를 깨는 발언은 할 수가 없었다. 그것은 하루키도 마찬가지인지 미간을 찌푸리고서 곤란해하는 표정이었다.

그런 반응도 이미 예상했는지 보이 여성은 살며시 미소 지었다.

하야토와 하루키는 더더욱 어떻게 반응하면 좋을지 알 수가 없어서 서로 얼굴만 마주 보았다. 그때 그들을 향해 "아!" 하는 목소리가 날아들었다.

그쪽으로 시선을 향했더니 예쁘고 화사한 **여자**가 한 명.

황갈색 머리카락이 크게 물결치는 모습은 밤에만 날아들어 사람들을 매료시키는 나비 그 자체. 마찬가지로 주위에서 어지러이 춤추는 나비들 중에서도 한층 더 화사하고 눈에 띄는 존재. 그 나비가 팔랑팔랑 춤추며 눈앞으로 다가와서 미소를 짓자 하야토와 하루키도 그만 시선을 빼앗겨버렸다.

이어서 **그녀**가 꺼낸 익숙한 목소리에 더더욱 눈을 크게 떴다.

"어서 와. 와줬구나, 하야토 군. 니카이도 씨."

"…………허?"

"어, 아…….."

"키리노 씨, 이제부턴 내가 맡을게."

"그래. 부탁할게, 카즈."

안으로 돌아가는 보이를 멍하니 바라보는 하야토와 하루키.

눈앞에 남은 **그녀**에게 도저히 믿을 수 없다는 듯 되물었다.

"카즈키, 인 거지……?"

"후후, 그래. 내가 생각해도 제대로 변신한 것 같은데."

"어, 놀랐어. 아직도 못 믿겠다고 할까, 본인인지 살짝 의심 중이야."

"아하하, 그건 영광이네! 니카이도 씨는 어때?"

카즈키는 빙글 돌더니 그럴듯한 포즈를 취했다.

하루키는 두세 번 눈을 끔벅거린 뒤, 슬쩍 시선을 피하며

분하다는 듯 입술을 삐죽였다.

"……그럴싸하네."

그 말을 들은 카즈키는 허를 찔린 듯 눈을 동그랗게 떴다. 그러더니 화사한 미소와 함께 양팔을 가볍게 펼치고 환영하는 말을 건넸다.

"그럼 다시. 매혹과 기만의 사교장, 여장 캬바쿠라『파피용』에 잘 오셨습니다. 도착적인 세계로 안내할게."

카즈키의 안내에 따라 자리에 앉아서 다시금 주변을 빙 둘러봤다.

교실 안 여기저기서 미소와 애교를 흩뿌리는 화려한 나비들은 어디를 어떻게 보더라도 **여자** 그 자체. **그녀들**은 여러 자리의 꽃에 이끌리듯이 교대로 오가며 날아들더니 야마노테선 게임[*]이나 트럼프, 손수건, 동전 같이 친근한 물건을 사용한 마술 따위로 분위기를 띄웠다.

자세히 보면 손님도 남자만이 아니고 생각보다 여자도 많았다. 거의 같은 비율일까. 하야토가 "호오" 하고 감탄을 흘렸다. 그러자 중성적이고 보이시한 느낌의 나비와 자그맣고 팔랑팔랑 하늘하늘하는 나비, 두 마리가 싱긋 웃으며 이쪽으로 날아들었다.

그녀들은 하야토와 하루키를 포위하듯 양쪽에 앉아서는

---

[*]특정 주제를 정하고 박자에 따라 주제에 맞는 단어를 말하는 게임. 단어를 말하지 못하거나 주제에서 벗어날 경우에 벌칙을 받는다. 같은 규칙으로 야마노테선의 역 이름을 말하는 게임에서 유래가 되었다고 한다.

잔을 높이 들었다.

"어서 오세요─. 자자, 건배하자고요."

""건배─.""

"거, 건배……." "……건배─."

그녀들의 기세에 떠밀리는 모양새로 잔을 짠 부딪쳐 건배했다. 중성적인 쪽의 그녀는 하야토의 눈을 빤히 바라보는가 싶더니 싱긋 미소 지었다. 그러더니 단정한 얼굴을 확 들어 올리듯 다가와서 후우, 고민스러운 한숨을 흘렸다.

"너, 속눈썹 기네."

"어?"

"꽤 귀여운 얼굴인데 몸은 탄탄하고. 부 활동 같은 거 해?"

"워, 원예부……."

"호오, 의외네~. 아, 하지만 원예 쪽 일은 꽤 중노동이라고 들었으니까 근육이 붙은 걸까?"

"어, 뭐……."

"난 도서위원인데, 최근에 손금 책에 빠져버렸거든. 응, 봐줄게!"

"어, 어어."

"흐응…… 생명선이 엄청 또렷하네. 건강하고 듬직하겠어. 아, 감정선은 엄청 두껍고 길게 뻗어 있네. 넌 애인한테 열정적이고, 육체보다는 정신적인 사랑을 원하는 느낌일까?"

"그, 글쎄……."

하야토의 머릿속은 곤혹스러운 탓에 어지러울 정도였다.

그녀는 절묘한 간격을 두고서 슬며시 어깨를 건드리거나 팔꿈치에 닿거나, 적절한 보디 터치. 이야기할 때는 입에 손을 대거나 제스처를 섞거나, 약삭빠르게 귀여운 동작.

달콤한 향기를 가득 풍기며 양손으로 손을 잡고서 손금을 보는 모습은, 아마도 가장 귀엽게 보이는 각도를 의식하고 있겠지. 그야말로 자신에게 마음이 있는 척하는 여자 그 자체. 이런 쪽으로는 둔한 하야토라도 알 수 있었다.

하지만 목소리는 남자. 그런데도 가슴은 이상하게 두근두근. 스스로도 정말로 무슨 상황인지 모르겠다. 옆에 있는 그녀는 그저 요염한 미소를 지을 뿐.

하야토는 시선을 슥 피하고는 옆에 있는 하루키의 분위기를 살폈다.

"정말 대단해—! 연습할 때 보러 갔는데, 브리 땅 진짜 브리 땅이었다니까!"

"아하하, 뭐…….."

"반짝반짝 빛나는 공주님, 동경할 수밖에 없지! 나도 저렇게 되고 싶다고나 할까, 원작도 엄청 좋아하거든! 캐릭터 상품도 열심히 모으는데, 이거 엄청 귀엽지 않아?!"

"어?"

팔랑팔랑 하늘하늘 지뢰 계열 패션 쪽은 데포르메된 집사 느낌의 박쥐를 본뜬 아크릴 열쇠고리를 여럿 늘어놓기 시작했다. 물건을 꺼낸 숄더백도 바로 그 디자인. 아무래도 진심으로 좋아하나 보다.

"이거! 이거 요전에 브리 땅 테마곡 듣고 제대로 찌릿했거든! 늠름한 느낌이랑 정말 딱 맞는다고 생각해서 찾아다녔는데……. 그러니까 이거, 받아주면 좋겠다고 할까……."

"아, 예."

"어, 받아줄 거야?! 정말로?!"

"이, 이 정도라면……."

"꺄━━━! 엄청 팬이거든! 받아준다니 정말 기뻐! 눈물이 다 나오려고 하네……."

"아, 아하하……."

마치 최애한테 직접 선물을 건네준 것처럼 기뻐했다. 그 모습은 진심으로 기쁨이 넘쳐나는, 귀여운 여자애 그 자체.

하지만 그의 목소리도 역시나 남자였다.

하루키도 어떻게 반응하면 좋을지 몰라서 곤혹스러워했다. 서로 아무 말도 못 하고 그저 마주 보는데 두 사람 앞에 잔이 탁 놓였다.

뭔가 싶어서 돌아봤더니 요염한 미소를 입가에 머금은 카즈키가 있었다.

"잔이 비었잖아. 그래서 또 가져왔는데, 두 사람의 이미지를 바탕으로 논 알코올 칵테일을 만들어봤어. 마셔봐."

"어? 어, 어어……."

"……고마워."

예상도 하지 않았던 서프라이즈였다. 옆에 앉은 접대 담당 두 사람도 "어, 그런 게 가능해?!" "굉장해!"라고 놀란 목소리를 흘렸다.

하야토의 눈앞에 있는 칵테일은 상쾌한 감귤 계열 향기가 톡톡 터졌다. 하루키의 눈앞에 있는 칵테일은 트로피컬한 색깔로 화사했다.

자신들을 이미지로 만든 칵테일에 가슴이 두근거렸다. 수줍기도 하고, 의문의 고양감도 샘솟았다.

맛은 어떨까. 호기심과 함께 입으로 옮기고는 눈을 크게 떴다.

"이건……!"

복잡하고 강렬한 향기가 탄산과 함께 코를 싹 지나갔다.

향신료가 제대로 느껴지는, 처음 경험하는 드링크의 감각에 햐아토는 혀를 내둘렀다.

그런 하야토를 본 카즈키는 해냈다며 득의양양하게 웃더니 장난기 가득한 목소리로 말했다.

"하야토 군 칵테일은 스파이시 위드. 코리앤더랑 카다멈이 자극적이지."

"응, 놀랐어. 이런 느낌의 음료도 있다니."

"후훗, 다행이네. 하야토 군이랑 같이 있으면 항상 자극이 강해서 놀라기만 했으니까. 하지만 그게 딱 맞는구나, 싶었거든."

"어, 그런가?"

"그래. 그 덕분에 나도 이래저래 변해버려서, 이젠 여자애가 됐다고."

"하핫, 그런가."

그러면서 카즈키가 여자답게, 무척 그럴듯하게 **교태**를 부렸다. 게다가 슬쩍 윙크까지 날리자 신기하게도 웃음이 터져 나왔다. 처음 만났을 때라면 태연히 이렇게 여장하는 모습은 생각도 할 수 없었을 것이다.

"그럼 하루키한테 만들어준 건 뭐야?"

"니카이도 씨 칵테일은 신데렐라라는 걸로 만들었어. 오늘은 공주님이었으니까. 입에 맞는다면 좋겠는데."

"……맛있어."

하루키가 조금 분하다는 듯 대답하자 하야토와 카즈키는 얼굴을 마주 보고는 아하하, 하고 웃었다.

그 웃음에 하루키가 뾰로통한 표정으로 남은 칵테일을 비우자 하야토도 잔을 비웠다.

입안에서 터지는 향신료와 탄산을 맛보다가 문득 가슴속에 무언가 솟구치는 심정이 있었다. 그것을 전하고자 조금 부끄러운 듯 입을 열었다.

"이 칵테일 말이지. 맛이 신선하고 놀랍기도 하지만, 역시나 내 이미지를 바탕으로 만들어줬다는 게 가장 기쁘네. 고마워, 카즈키."

자신의 이미지를 바탕으로 만들어준 칵테일.

이제까지 자신과의 관계, 또는 함께 보낸 시간. 그렇게 품은 이미지를 바탕으로 만들었을 테지. 무척 부끄럽다는 기분은 있었다. 하지만 그것은 고맙다는 마음도 더해져서 좋은 감정이라고 느꼈다. 그래서 감사하는 이 마음을 전해야 한다고 생각했다.

그 말을 들은 카즈키는 당황한 표정으로 눈을 깜박거렸다. 뺨을 붉히며 시선을 피하고, 입가에 손을 대고 가냘픈 목소리로 말했다.

"그래, 고마워……."

"……어, 응."

순간적인 반응이었을 테지.

하지만 카즈키의 그 모습은 완전히 여성의 가련하고 수줍은 태도 그 자체였다.

남자다, 카즈키다. 그 사실을 알면서도 그만 귀엽다고 생각해버렸다. 그것은 다른 사람들도 마찬가지. 접객 담당 두 사람은 숨을 삼키며 반짝반짝 빛나는 눈빛으로 카즈키를 바라봤다.

하루키도 경악해서 눈을 크게 떴다. 굳은 표정에 씁쓸한 목소리로 세상의 진리를 꺼냈다.

"이, 『이렇게 귀여운 애가 여자일 리가 없어』, 인가……."

한순간의 공백 후, 모두가 하루키를 주목하고는 크게 웃음을 터뜨린 것이었다.

그 후, 접객 담당이 교대로 몇 명 정도 찾아와서는 저마다 다양한 토크나 퍼포먼스로 즐겁게 만들어주었다.

무척 오래 머무른 바람에 어느샌가 히메코랑 사키와 약속

한 시간이 코앞으로 다가왔다.

그래서 여장 캬바쿠라를 나서려고 하는데, 카즈키도 자기 시간이 다 되었다면서 같이 가기로 했다.

점심시간이 가까워졌다. 외부에서 찾아온 손님들도 포함해서 문화제는 더더욱 성황이었다.

복도 창문으로 보이는 것은 안뜰이나 운동장에 펼쳐진 다양한 노점. 야키소바나 타코야키 같은 일반적인 음식부터 실제로 질그릇을 사용해서 조리하는 조몬 시대[*] 요리를 재현한 특이 요리까지 각양각색.

각 교실에서도 하루키의 흡혈 공주 카페나 카즈키의 여장 캬바쿠라 같이 이상한 가게만 여는 것은 아니었다. 귀신의 집이나 카지노, 방 탈출 같이 문화제의 대명사라고도 할 수 있을 가게들이 모두의 흥미를 끌고 있었다.

특설 무대나 체육관에서는 연극부나 취주악부 발표, 각종 콘테스트 등등 부 활동이나 개인 참가자의 이벤트가 펼쳐지겠지.

어디를 둘러봐도 즐겁게 만들어주는 것들로 넘쳐났다.

그것만이 아니었다. 각 학급의 전시물 선전인지 여기저기에 붕어빵 인형 옷이나 말 머리를 뒤집어쓴 사람이 입간판을 들고서 호객 중이었다.

흡혈 공주 카페의 제복을 입은 이오리와 에마가 함께 걷

----

*일본의 선사 시대. 일반적으로 기원전 15세기부터 기원전 3세기까지를 가리킨다.

는 모습도 조금 전에 보였다.

같은 반 아이들이 데이트 겸사겸사 내보냈을 테지. 그 모습을 상상하고 하야토와 하루키도 푸근한 표정을 지었다.

"……제대로 보여주시네."

"……그러게."

"후훗, 사실 나도 주목을 모으려 의식하고 있으니까."

그렇게 흥미를 끄는 수많은 것들 중에서도 여장한 카즈키는 무척 눈에 띄었다.

또각또각 구두 소리를 울리며 늘씬한 팔다리로 리듬감 있게 걸어가는 모습은 그야말로 모델. 아름다운 존재감에 여기저기서 "와, 저 아이 예뻐!" "키 크네! 모델인가?!" "MOMO랑 좀 닮았는데?!" "혹시 미스 콘테스트?!"라는 찬사의 목소리가 들렸다.

카즈키는 그들을 향해 이따금 손을 흔들며 "1-C 여장 캬바쿠라에 와줘!"라고 말했다. 한 박자 늦게 ""어어어~?!""하는 목소리가 터졌다. 그 모습에 장난이 성공했다는 듯 미소를 머금는 카즈키. 선전이라는 의미에서는 나름대로 성공이겠지.

그래도 마음에 걸리는 게 있었다.

"그건 그렇고 굉장하네. 확실히 언뜻 보기에는 여자 그 자체인데, 다들 목소리를 듣기 전에는 카즈키가 남자라는 걸 못 알아차리잖아?"

"어떤 의미로 여자의 매력이란 걸 그 여자 이상으로 잘 아니까.”

“하핫, 듣고 보니 그러네. 가게에서는 카즈키 말고 다른 애들도 다들 진지했으니까. 무엇보다도 다들 진심으로 의욕이 넘쳐서 그것도 놀랐어.”

“의욕이 넘치는 건 평소의 자신이 아닌 다른 사람이 되었기 때문이겠지.”

“자신이 아닌 다른 사람?”

“응. 전혀 다른 기분이나 시선으로, 달라진 세계가 신선하게 보였다고 할까……. 변신을 바라는 사람의 마음을 조금은 알게 된 것 같아.”

“그냥 이상한 문이 열려버린 것뿐이잖아?”

“후훗, 부정할 순 없을지도 모르겠어!”

“하핫!”

농담 같은 대화를 나누며 웃음을 터뜨리는 하야토와 카즈키.

그때 몹시 진지한 표정의 하루키가 굳은 목소리로 끼어들었다.

“카이도는………… 그, 지금의 자신을 바꾸고 싶어?”

“…………응, 그래. 정말로 그러고 싶어.”

그 말을 들은 카즈키는 두세 번 눈을 깜박인 뒤, 문득 부드러운 표정을 짓고 곤란하다는 듯 눈을 내리깔며 절실하게 말했다.

그것은 하야토에겐 의외인 대답이었다.

일찍이 뒤틀린 교우 관계를 품고 있던 무렵이라면 모를까.

하루키도 놀라서 작게 숨을 삼켰다.

하야토는 무심코 물었다.

"그래? 최근에는 가을 축제 이후로 변했다고 생각했는데."

"응. 그러네, 확실히 그날이 계기가 되었지만…… 난 아직 겁쟁이라서, 그저 무서워하는 것뿐이야."

"카즈키가?"

"그래. 난 좀 더 강하고 흔들리지 않는 내가 되고 싶어. 항상 올곧게 생각하는 그대로 나아가는 하야토 군이 정말 눈부셔."

"내가……?"

카즈키의 본심에서 나온 꾸밈없는 말이 가슴을 쳤다.

이런 모습이 예전부터 거북하게 느껴지는 점이기도 하다.

하야토는 "하아" 하고 크게 한숨을 내쉬더니 머리를 긁적였다.

카즈키는 이따금 거리감이 망가진 것처럼 지나치게 솔직하고 서투른 구석도 있다. 친구와 어울리는 것에는 익숙하지 않겠지. 지금도 하야토에게 마음을 허락하고서 자신의 본래 모습을 드러내고 있었다. 그래서 더더욱 질이 나쁘다.

"나한테는 카즈키나 하루키가 더 눈부시게 보이는데."

"……하야토 군?"

"아니, 아무것도 아냐."

그만 툭하니 흘린 그 말. 카즈키의 분위기에 이끌려서 그만 나와버렸을 것이다. 특히 하루키는 최근에 어딘가 손이 닿지 않는 곳으로 가버리진 않을까 생각한 적이 있다.

그런 생각을 뿌리치듯이 머리를 내젓고 다른 화제를 꺼냈다.

"그보다 시간 좀 내줄래? 미나모 씨네 반, 살펴보고 싶거든."

"……어."

"……응."

하야토가 제안하자 카즈키와 하루키도 마음을 다잡은 표정으로 끄덕였다.

미나모와 아버지 사이에 있었던 일은 다른 아이들에게도 전했다. 아마도 사키네 집에서 본인한테도 들었을 테지.

오늘 아침에 등교하면서 미나모와 만났을 때, 그녀는 어딘가 후련한 표정이었다.

그래도 미나모가 처한 상황을 생각하면 역시나 신경이 쓰였다.

이제까지 있었던 일을 생각하면 미나모의 행동에서는 가슴에 와 닿는 무언가가 있었다. 누구보다도 빨리 등교해서 화단을 돌보고, 사이가 좋다고는 해도 이웃집 대형견을 자주 산책시켜주고, 문화제 준비로 장을 보러 갔을 때에 다른 사람들 몫을 맡아준 것도 그렇겠지.

우연한 계기로 가슴속에서 넘쳐나는 초조, 분노, 비탄. 그 것들을 생각하지 않으려고 바쁘게 몸을 움직인다.

하야토도 어머니가 처음 쓰러졌을 때는 그랬다.

그렇게 생각하자 가슴이 꽉 죄어들어 저도 모르게 주먹을 댔다.

틀림없이 미나모는 짓눌릴 것만 같은 불안과 계속 싸웠을 테지. 누구에게도, 아무 말도 못 하고 계속해서 홀로.

이윽고 미나모네 반이 보였다.

교실 안이 잘 보이도록 창문이나 문을 떼어냈다. 천장에 걸려 있는 태양을 본뜬 모형이 시야에 날아들었다.

벽에는 별이나 별자리의 이야기에 대해서 컬러풀하게 엮은 전시물. 중앙에는 전시의 핵심이자 교실의 절반을 차지하는 플라네타리움, 바깥쪽에는 은하를 본떠서 그려진 그림.

플라네타리움의 존재감은 압권이었다. 복도에서도 잘 보이기에 많은 사람들의 흥미를 끌고, 완성도를 보고 싶어서 복도까지 길게 줄을 서 있었다. 상당히 성황이었다.

"미나모 씨는……."

"자자, 하야토. 저기 있어."

"……아."

하루키가 가리키는 곳을 보고 하야토는 복잡한 심경으로 얼굴을 잔뜩 구겼다.

미나모는 손님으로서 줄 안에 있었다. 옆에 있는 것은 다소 편안한 복장의 장년 남성, 그녀의 아버지인 코헤이. 아무래도 약속대로 와주었나 보다.

여전히 그의 표정은 딱딱하지만 두 사람 사이에 흐르는 분위기는 어제까지와 비교해서 무척 부드러웠다.

미나모도 마찬가지로 굳은 표정이지만 "알루미늄에 구멍 뚫는 거 엄청 힘들었어요" "골판지는 아무리 모아도 부족해서"라고, 어색한 말투로 설명하고 있었다.

문화제에 아버지가 찾아와서 긴장한 딸의 모습 그 자체. 실제로 주변에서도 그들을 흐뭇한 시선으로 바라보고 있었다.

"…………."

누가 보더라도 화기애애한 광경이 틀림없었다.

하지만 미나모는 대체 얼마나 용기를 짜내고, 얼마나 결의를 다지고서 저 자리에 있는 것일까.

그 마음을 생각하면 가슴이 찢어질 것만 같아서 어금니를 꽉 악물었다.

미나모에게는 하루키와 함께 무척 신세를 졌다. 계속 도움을 받았다.

그러니까 미나모에게, 이 도시로 와서 생긴 친구에게 힘이 되어주고 싶다. 그런 마음이 크게 자리 잡고 있었다.

하지만 아무리 생각해도 이곳에서 할 수 있는 일은 없다. 하야토가 답답하게 생각하는 사이, 갑자기 하루키가 다정하게 등을 툭 때렸다.

"하야토, 약속 장소로 가자."

"아니, 그래도."

"자자, 됐어. ……게다가 미나모는 괜찮지 않을까."

"…………하루키?"

안타까운 심정에 애가 타는 하야토와는 달리 하루키는 무척 차분했다.

한순간 박정하게 느껴지기도 해서 목소리가 그만 거칠어질 뻔했다. 하지만 하루키의 눈동자는 확신과 신뢰로 가득하고, 그녀의 표정에는 안도하는 기색마저 있었다.

하야토의 머릿속은 놀라움과 곤혹으로 덧칠되었다. 그대로 손을 잡아끄는 하루키를 따라서 미나모네 부녀에게 들키지 않도록 현관으로 향했다.

하루키는 문득 어딘가 먼 곳을 바라보는 눈빛으로 무언가를 떠올리며 말했다.

"미나모는 이제 한 걸음 더 내디디는 데 성공했으니까."

"……어?"

"나도 잘 알아. 그저 숨이 막히고 답답해서…… 지금 이 상황을 바꾸고 싶다, 빠져나가고 싶다. 그런 생각을 해도 어쩌면 좋을지 알 수가 없어서, 그저 무릎만 끌어안고 있을 수밖에 없었어. 하지만 그때, **하야토**가 내 손을 잡아당겨 줬으니까 난 그곳에서 빠져나올 수 있었어."

"하루키……."

하루키는 조금 부끄러운 듯 웃었다.

무슨 말이냐고 굳이 되물어볼 필요도 없었다.

그날, **하루키**의 사정도 모르고. 억지스럽게, 어린아이답게 제멋대로인 이기심으로 같이 놀자며 끌어냈다.

지금은 그것이 **하루키**에게 크나큰 전환점이었다는 것은 안다.

하지만 **하야토** 입장에서는 그저 같이 놀고 싶어서 끌고 나왔을 뿐이었다. 그러니까 그렇게 대단한 일을 했다는 생각도 없었다. 복잡한 심경에 어떤 표정을 지으면 좋을지 알 수가 없었다.

카즈키는 그런 하야토의 마음속을 들여다봤을까. 눈부시다는 표정으로, 부드럽고 조금은 신비한 목소리로 말을 건넸다.

"하야토 군은 아무렇지도 않게 그런 일을 하거든. 노리는 것도 아니고, 타산이 있는 것도 아니야. 그러니까 순수하게 마음을 울려. 가을 축제 때, 개들이 나한테 시비를 걸었을 때도 그랬지."

"그건 뭐, 그렇지만."

"그것도 하야토다웠지."

하루키는 쓴웃음과 함께 어쩔 수 없다며 어깨를 으쓱였다.

카즈키는 갑자기 진지한 표정으로, 가슴에 댄 손을 꽉 움켜쥐고서 말했다.

"어제 하야토 군이 등을 밀어준 덕분에 미나모 씨는 변할 계기를 얻었어. 변하자고 생각할 수 있었어."

"……그럴까."

"그래."

두 사람이 그런 대화를 나누는 사이. 하루키는 미소를 짓고서 마무리하듯 말을 이었다.

"걷기 시작했다면 이젠 나아가는 것뿐이야. 그러니까 지금은 우리가 나설 차례가 아냐.”

“…….”

그때 문득 큰 결의를 품고 도시로 찾아와서는 그들의 세계를 바꾸어놓은 한 살 연하 여자아이, 사키의 어느 말이 뇌리를 스쳤다.

『자신이 변하면 세계도 변한다는 걸요. 그러니까 저는 지금, 이곳에 있는 거예요.』

그녀가 건넨 자그마한 손길의 온기도 선명하게 다시 살아났다.

갑자기 가슴이 술렁거렸다.

무언가가 걸렸다.

그때 카즈키가 하야토의 마음속에 자리 잡은 미처 씻어낼 수 없는 불안을 대변하듯 입을 열었다.

“하지만 한 걸음 더 내디디는 데 성공했다고 누구나 잘 풀리는 건 아냐.”

“카즈키?” “……음, 카이도.”

부정적으로도 받아들일 수 있는 말. 불만스럽게 미간을 찡그리는 하루키.

카즈키는 그런 반응을 흘려 넘기고 양팔을 펼쳐 자신을 가리키며 쓴웃음을 흘렸다.

“바로 내가 그래. 조금 전에도 말했잖아? 실패하고, 주춤거리고, 되고자 하는 자신과는 아직 멀어. 하지만 확실히 변화는 있었지. 우선은 갈 곳을 정하고, 좌절했을 때에 친구로서 손을 내밀어주면 괜찮지 않을까?”

“카즈키…….”

“음…… 카이도 말이 옳을지도.”

웃으며 말하는 카즈키. 스스로에게 들려주는 말처럼도 들려서 그 말이 가슴속으로 쿵 떨어졌다.

“뭐, 이런 모습으로 돌아다니는 것도, 이 상황을 타개할 계기가 될 수 있다면 좋겠다고 생각해서 그런 거니까.”

카즈키가 농담처럼 그렇게 말하자 엄숙하던 분위기는 흩어지고 자연스럽게 웃음이 터졌다.

기왕이면 즐겨야지

현관을 나서자 밖은 건물 안과는 또 다른 종류의 활기로 넘쳐나고 있었다.

끊임없이 여기저기서 사람들이 오가고, 감탄과 열기가 뒤섞이며 높고 푸른 가을 하늘로 빨려 들어간다.

"여기도 사람들 엄청 많네……."

"히메랑 사키, 어디 있을까……."

일단 약속 장소를 정하기는 했지만 이렇게나 붐비니까.

살짝 발돋움하며 인파 너머로 빙 둘러보는데 바로 옆에 있는 하루키가 먼저 "아!" 하며 한 곳을 가리켰다.

"있다! 저기 아냐?"

"어, 있네……. 어라?"

다행히도 히메코와 사키는 바로 발견했다. 하지만 두 사람 바로 옆에는 모르는 여자가 하나 더 있어서 누구냐며 고개를 갸웃거렸다.

"저 아이, 히메랑 사키 친구일까?"

"글쎄……."

한마디로 표현하자면 굉장히 세련된 여자였다.

자연스럽게 다크 브라운으로 염색한 미디엄 롱 헤어에 늘씬한 몸매로 비대칭 스커트를 화려하게 소화하고 있었다.

조금 어른스러운 인상이지만 히메코, 사키와 함께 천진난만하게 웃는 모습은 나이에 걸맞아 보였다. 그런 언밸런스가 도리어 무척 매력적이었다.

그녀는 이런 인파 속에서도 월등히 아름다워서 무척 눈에 띄었다. 귀를 기울이면 여기저기서 "쟤는 누구야?" "너무 귀여운데?!" "말 좀 걸어보고 올게"라고 수군대는 목소리가 들렸다.

히메코와 사키의 지인일까? 기억을 더듬어 봐도 짚이는 사람은 없었다.

하지만 묘하게 마음에 걸렸다. 하루키도 그런지, 생선 뼈가 목에 걸린 것처럼 미간을 찌푸리고 있었다.

반면에 카즈키는 놀라서 눈을 동그랗게 뜨며 동요하는 목소리를 흘렸다.

"……설마, 아이리?"

"어?!"

"그, 그럴 리가?!"

그 이름에 하야토와 하루키도 경악해서는 그 여자를 다시 봤다.

듣고 보니 확실히 그녀의 인상은 남아 있었다. 하지만 원래의 요염한 갸루 스타일과는 달리, 지금은 그야말로 화사한 정통파 미소녀의 모습이었다. 너무나도 큰 변화. 당당하게 주목을 모으고 있는데도 요즘 한창 인기인 모델 사토 아이리라는 사실은 누구도 깨닫지 못할 정도다.

대체 어째서? 그녀한테 무슨 일이? 왜 히메코, 사키랑 같이 왔을까?

곤혹스러운 탓에 머릿속이 빙글빙글 헛돌았다. 그 자리에서 잠시 멍하니 있는데 주변이 갑자기 술렁이기 시작했다. 아이리 쪽에 접근하는 그룹이 있었다.

복장을 보면 재학생과 외부인이 섞인 그룹인 듯했다. 무척 들뜬 모습을 보기에, 틀림없이 축제의 분위기에 들떠서 기세를 탄 거겠지.

그녀들은 명백하게 곤혹스럽다는 태도였다. 히메코도 "같이 다닐 사람 따로 있으니까 됐어요!"라고 시원시원한 목소리로 단호하게 거절했다. 하지만 그들은 전혀 듣지 않고 계속 매달렸다.

"하야토, 빨리 애들이랑 합류하자!"

"아, 그러네── 아니, 카즈키?"

"!"

그때 카즈키가 용수철이 튕기듯이 달려 나갔다.

몸을 돌리는 히메코의 어깨로 손을 뻗은 남자의 손을 붙잡고 싱긋, 하지만 사나운 미소를 지었다.

"거기까지만 해줘. 끈질긴 남자는 미움 받는다고."

"어?"

"어…… 어라……?"

갑작스러운 제지에 남자들은 눈을 동그랗게 뜨고서 놀랐다.

자신들보다도 키가 크고 화사한, 그러나 남자 목소리를 내는 여자가 미소를 지으며 압박하는 상황이다. 어쩔 수 없겠지.

히메코와 사키 역시도 더없이 눈을 크게 뜨고 있었다. 하야토는 그 반응에 어쩔 수 없겠다며 쓴웃음을 흘렸다. 카즈키와 마찬가지, 그녀들을 지키듯이 사이로 끼어들었다.

"기다렸지, 히메코랑 사키 씨. ……그리고 사토 씨도."

"자자, 그 아이들은 우리랑 같이 돌 거니까 이만 가봐."

"……아, 오빠."

"오빠랑, 하루!"

이어서 다가온 하루키가 어깨를 으쓱이며 나무라듯이 말하자 그들도 분위기를 파악했는지 서로 얼굴을 마주 보고는 떠났다.

안도의 한숨을 흘리는 히메코와 사키. 간신히 안심한 표정이었다.

"어, 저기……."

히메코는 감사의 말을 건네려다가 말을 머뭇거렸다.

우아한 미소를 짓는 카즈키를 의심스러운 시선으로 바라본 뒤, 하야토 옆으로 스르륵 다가와서 귓가에 입을 가져다 댔다.

"저기, 오빠. 저 사람은?"

"카즈키야."

"……어?"

"후훗. 히메코, 이거 어때? 잘 어울려?"

"어어어어어어어어어어~~?!"

하야토의 말에 히메코는 한순간 어리둥절했다. 하지만 카즈키가 장난기 담긴 말과 함께 빙글, 모델 포즈를 취하자 이해하는 것과 동시에 뒤집어진 목소리를 터뜨렸다.

놀란 것은 히메코만이 아니었다. 호기심 어린 기색으로 눈을 반짝이던 사키 역시도 다가가서는 빤히 바라봤다.

"후와아, 굉장해. 확실히 카이도 씨 목소리야~! 화장 같은 건 어떻게 했나요?!"

"그거 나도 신경 쓰여. 그보다도 정말로 이거 카즈키 씨야?! 외모는 완전히 여잔데?!"

"스스로 조사하기도 하고 누나한테 물어보기도 하고. 꽤나 연구했어. 내가 봐도 괜찮은 느낌인 것 같은데, 어때?"

"응응, 좋아, 정말 좋아! 이렇게나 예뻐졌는데, 다음에 어디 놀러 갈 때도 이 모습으로 와요!"

"이만한 미인이라면 거리에서도 다들 쳐다보겠지. 생각만 해도 두근두근해~, 히메!"

"아, 아하하, 아무리 그래도 이건 문화제 때문에 꾸민 거니까……. 그래도 한 번 정도는 이 모습으로 놀러 가는 것도 괜찮을지도."

""꺄―!""

카즈키가 장난스럽게 한쪽 눈을 감으며 말하자 히메코와 사키가 새된 목소리를 터뜨렸다.

그 모습을 본 하야토는 참 넉살 좋은 녀석이라고 생각하며 하루키와 함께 쓴웃음을 흘렸다. 그때 갑자기 옆에서 커다란 웃음소리가 터졌다.

"아하하하하하핫, 확실히 예쁘기는 하지만 조금 부추긴 것만으로 그런 생각을 다 한다니!"

"아, 아이리?!"

"정말이지, **카즈키 군**은 완전히 변했구나. 정말로 좋은 친구들 덕분이네."

더는 못 참겠다는 듯 배를 잡고서 웃는 아이리. 그녀는 한바탕 웃더니 눈가의 눈물을 훔쳤다. 눈이 부신다는 듯이 하야토와 하루키를 바라보는 표정은 더없이 예쁘고 순수한 미소였다. 하야토는 하루키와 함께 그만 가슴이 두근거려 숨을 삼켰다.

아이리가 그렇게 놀리자 카즈키는 농담 같은 말로 답했다.

"……응, 그러네. 하지만 그건 좀 달라. 지금은 한창 변하려 하는 도중일까."

"흐음…… 카즈키 군, 혹시 여자가 되고 싶은 거야?"

"그 너머에 내가 되고자 하는 이상이 존재한다면, 기꺼이 그럴 수 있지 않을까."

"아핫, 그렇구나!"

카즈키는 몹시 진지한 눈빛이었다.

아이리가 떠보는 듯한 눈빛을 보내도 그저 마주 볼 뿐.

다른 사람들도 두 사람의 대화를 방해해선 안 된다며 지켜보기를 잠시, 이윽고 카즈키는 아이리가 이제까지와 다른 모습이라는 사실을 언급했다.

"그건 그렇고 아이리는 이미지가 무척 바뀌었네. 놀랐어. 하지만 그렇게까지 이전과 달라지면 일 쪽에 지장이 생기진 않을까?"

"그럴지도. 이건 그저 카즈키 군을 놀라게 만들려고 한 거니까. 머릿속에 일 생각은 없었어. 그러니까 오늘은 나랑 같이 어울려줘."

"그래요, 카즈키 씨! 뒷일은 우리한테 맡기고!"

"저, 저희는 신경 쓰지 말고요!"

"아, 아이리?! 히메코랑 무라오 씨까지?!"

그러면서 아이리는 이제까지와는 달리 억지스럽게 카즈키의 손을 붙잡고 끌어당겼다.

카즈키는 다른 사람들을 두고 가도 되느냐며 곤혹스러워했지만 히메코와 사키가 마치 쫓아내듯 두 사람의 등을 꾹꾹 밀었다.

하야토는 전날 과자 시로에서 히메코, 사키와 아이리가 대화를 나누던 것을 떠올렸다. 아무래도 카즈키와 아이리의 만남을 미리 준비했나 보다. 그리고 그것을 모를 카즈키가 아니었다.

카즈키는 쓴웃음과 함께 다녀오겠다고 인사하듯 한 손을 들더니 인파 속으로 사라졌다.

히메코와 사키는 생글생글 웃으며 손을 흔들어 카즈키와

아이리를 배웅한 뒤, 두 사람이 사라지자 서로 얼굴을 마주 보고는 ""꺄―!""라고 새된 목소리를 터뜨렸다. 서로 손을 맞잡고 팔짝팔짝 뛰었다.

하야토는 여동생과 친구의 괜한 참견을 보고 미간에 주름을 지었다.

히메코는 지금 어른스럽고 예쁜 캐주얼 복장이었다. 사키는 평소의 어른스러운 이미지에 큐트를 더한 것. 둘 다 얼핏 보면 평소와 같은 스타일이지만 명백하게 세련된 모습이었다. 그렇다, 아이리처럼. 원판도 좋은데 레벨을 더욱 끌어올렸다.

어쩌면 아이리가 두 사람을 꾸며준 걸까? 그렇다면 역시나 대단한 수완이었다.

하야토는 항상 보는 동생과 친구의 모습에 어느샌가 "호오"라고 한숨을 흘릴 만큼 빠져들고 말았다. 가까운 사이라서 좋게 보는 것도 있을지 모르겠지만, 둘 다 세간을 떠들썩하게 만드는 인기 모델 사토 아이리와 나란히 있어도 손색이 없었다. 새삼스럽게 가슴이 두근거렸다.

그렇게 쳐다보는 하야토의 시선을 알아차린 히메코가 씨익, 미소를 짓고서 이쪽으로 다가왔다.

"오늘 우리, 어때? 평소랑 다르지?"

"어, 어어, 프로의 기술은 굉장하구나 싶네."

"정말이지, 그렇게 말할 건 또 뭐야!"

하야토는 평소라면 건성으로라도 칭찬했을 테지만, 두근

거리는 속마음을 들키지 않으려고 무뚝뚝하게 대답하고는 머리를 긁적이며 시선을 피했다.

그 시선 앞으로 사키가 훌쩍 뛰어들어서 하야토를 올려다봤다.

"후훗, 실제로 저희도 구체적으로 어딜 어떻게 손을 봤는지 잘 모르겠거든요. 프로는 참 굉장하죠. 그래서 오빠, 오늘 이건 어때요?"

"어, 응, 그게, 굉장히 좋다고, 생각해."

"에헷!"

요즘 들어 급격히 활발해지고 적극적으로 변한 사키의 어필과 귀여움에 심장이 크게 두근거렸다. 뺨도 뜨거워지는 것을 알 수 있었다.

그 반응을 본 사키는 몇 번인가 눈을 깜박인 뒤, 싱긋 미소 지었다. 마치 속마음을 꿰뚫어보는 것 같아서 부끄럽게 느낀 하야토는 얼버무리듯 억지로 화제를 바꾸었다.

"그런데 왜 사토 씨랑 같이 있었어?"

"으음, 뭐라고 할까요……."

"오빠, 그야 당연하잖아. 사랑하는 소녀를 응원하는 거야!"

"사랑하는 소녀, 말이지……. 그 애를 위해 이 상황을 세팅했다는 거야?"

"그렇지!" "예, 뭐."

아무래도 아이리의 사랑을 응원하기 위해서 왔나 보다. 카즈키의 지인이라고는 해도 상대는 인기 모델. 대체 어디서 어떤 인연으로 만났을까.

쓸데없는 참견이라고 생각하지 않았다면 거짓말이다. 최근의 카즈키는 확실히 이래저래 벽이 사라졌다고는 해도, 이제까지 연애와 관련해서 분명히 많은 일이 있었다.

하야토가 살짝 미간을 찌푸리고 있는데 갑자기 사키가 말을 툭 흘렸다.

"그저 생각만 하고 있어서는 아무것도 변하지 않으니까요."

"그건……."

"지금을 바꾸려면 한 걸음 내디뎌야만 해요. 하지만 그건 무척 용기가 필요한 일이니까…… 그래서 저희는 그녀를 돕고자 등을 밀어준 거예요."

"…………."

가슴에 손을 대고서 말하는 사키의 모습은 마치 기도하는 것 같았다.

사키가 아이리를 얼마나 깊이 생각하는지 잘 알 수 있었다. 눈부시다고 느끼면서도 어째선지 살짝 부럽다는 생각도 들어서, 가슴이 욱신거리며 술렁이는 감정에 하야토는 곤란하다는 듯 더더욱 미간을 찌푸렸다.

"그런가. 그렇다면…… 하지만 카즈키가 여장을 한 타이밍에 이래서야 괜찮을까."

"어머, 사토 씨는 틀림없이 외모 같은 건 신경 안 쓸 거예요."

"오히려 카즈키 씨가 저렇게나 미인이 되었으니까 아이가 이상한 문을 열어버리진 않을까 걱정일지도—?"

히메코가 가볍게 농담을 던지자 자연스럽게 아하하, 하고 웃음이 터졌다.

그때 하루키가 감정 없는 목소리를 툭하니 흘렸다.

"히메, 카이도랑 저 아이가 잘 되라고 응원하는 거야……?"

"응응. 아이는 엄청 소녀소녀거든—! 솔직해지지 못하는 말이라든지 태도라든지 진짜 엄청 꽂혀! 잡지에서 본 것보다 훨씬 더 귀여워! 오늘도 여기 올 때까지 혹시라도 자신을 이상하게 보진 않을까, 예전 모습이 더 나았을지도 몰라, 하고 겁을 내니까 진짜 응원할 수밖에 없잖아!"

"그, 그렇구나……."

히메코는 흥분한 기색으로 떠들어대고 하루키는 굳은 표정으로 허둥댔다.

문득 하루키의 표정에서 무척 복잡하고 씁쓸한 감정을 느꼈지만 그것도 한순간.

하야토가 그것을 깊이 생각하기도 전에, 하루키는 살짝 연기를 하듯 손가락을 내지르며 외쳤다.

"히메, 저거 봐! 러시안 타코야키래! 엄청 매운맛이랑 엄청 단맛, 아니면 양쪽 다 들었대!"

"그거 뭐야, 장난 아냐!"

"배고파지네!"

"응, 먹으러 가자!"

제대로 하루키의 손바닥 위에서 놀아나는 히메코. 곧바로 반응해서는 줄 서자며 재촉했다.

여전히 여동생은 그런 쪽으로 참 단순했다. 하야토는 부드러운 표정으로 "정말이지"라고 중얼거리는데 갑자기 사키가 그의 손을 잡아당겼다.

"저도 아침부터 아무것도 안 먹어서 엄청 배고파요. 가요!"

"……어, 응!"

하루키가 발견한 러시안 타코야키 가게로 향했다.

간판에는 오하기* 같은 앙금 덩어리와 하바네로를 디포르메 의인화한 캐릭터가 파이팅 포즈를 취하고 있었다.『너의 도전을 기다린다!』라는 문자와 함께.

어떤 타코야키가 나올지 화기애애하게 떠드는 그룹이 여럿 줄을 서 있었다. 축제의 분위기도 어우러져서 무척 성황인 듯했다. 하야토 일행도 5분 정도 줄을 서서 구입했다.

겉보기에는 평범한 여섯 개들이 타코야키 그 자체. 마요네즈도 제대로 뿌려져 있었다.

"단맛 매운맛 평범한 맛, 뭐가 어떻게 들어 있는지 점원도 모른다고 그랬지."

"응. 갓 만든 걸 그냥 한꺼번에 넣는다고 그랬어."

어쨌든 이 러시안 타코야키에 두근두근 잔뜩 신이 난 키리시마 남매.

---

*찹쌀떡을 팥 앙금이나 콩가루 같은 고물로 감싸서 만드는 떡.

하루키도 그런 소꿉친구들에게 이끌리듯 몸을 들썩거리며 모두를 재촉했다.

"자자, 일단 한 사람당 하나씩 먹자."

"오, 그러네."

"자, 이건 사키 거! 그럼 하나, 둘, 셋—."

"어, 어어……."

히메코가 숫자를 세고는 타코야키를 입안에 덥석 집어넣고, 하야토와 하루키도 동시에 뒤따랐다.

갑자기 히메코에게 타코야키를 건네받은 사키. 눈앞의 타코야키와 세 사람을 번갈아서 쳐다보고는 "으으~" 하고 신음한 뒤, 단숨에 덥석 먹었다.

"……응, 다행이야. 평범한 맛이에요."

"내 것도 평범하네."

"나도 그래. 그냥 맛있는 타코야키네."

"음…… 조금 뜨거웠지만 내 것도 평범한 맛이었어."

아무래도 기적적으로 네 사람 모두 평범한 맛이 걸렸나 보다.

가게 사람의 이야기로는 네 개 중 하나의 비율로 꽝을 만들고 있다나. 그렇다면 여섯 개 모두 꽝이 아닐 확률은 3/4의 여섯 제곱, 대략 17% 이상. 그러니까 8할 이상의 확률로 나머지 두 개 중 하나가, 또는 둘 다 엄청 단맛이나 엄청 매운맛이라는 의미다.

네 사람 사이에 갑자기 긴장감이 흘렀다.

하루키가 그 순간에 외쳤다.

"안 내면 진 거, 가위바위보!"

"음!" "응?!" "어, 어……!"

익숙한 말에 무심코 다들 손을 내밀었다.

가위, 가위, 주먹, 가위.

져서 분한 듯 입술을 깨무는 히메코와 미간을 찌푸리는 하야토.

혼자 이겼는데도 어쩐지 안절부절못하는 사키.

하루키는 으그그 신음하면서도 아이콘택트. 마음을 다잡은 하야토와 히메코도 끄덕였다.

"가위바위보! 가위바위보! 보! 보…… 으아~."

"아싸!"

"으, 으으……."

바위, 보, 바위.

안도와 환희를 느끼며 승리의 포즈를 취하는 하야토.

패배를 곱씹으며 어깨를 풀썩 떨어뜨리는 하루키와 히메코. 남은 타코야키를 공허한 눈빛으로 바라보지만 이대로 넘어갈 수는 없다. 느릿한 움직임으로 이쑤시개를 들었다.

"셋에 먹는 거야, 히메……. 하나, 둘, 셋—!"

"음, 음………… 으으으으으응~~~~?!"

각오를 다진 표정으로 동시에 타코야키를 먹는 패배자 둘. 금세 히메코가 형용할 수 없는 비명을 터뜨렸다.

"매, 매워, 매워어, 아, 아파, 무, 물~~~~!"

히메코는 엄청 매운맛이 걸렸나 보다.

하루키는 평범한 맛이었는지 안도하며 가슴을 쓸어내렸다. 하지만 히메코는 눈물을 글썽이고 연신 거친 숨을 몰아쉬었다. 빨개진 혀를 내밀고서 매움과 통증에서 도망치듯 몸을 비틀었다.

하야토는 쓴웃음 지으며 음료를 파는 곳은 없는지 주변으로 시선을 향했다.

마찬가지로 조마조마해서 주변을 두리번거리던 사키가 "아!" 하고 목소리를 높였다. 그녀가 가리킨 곳에는 빙수라는 글자.

그것을 인식한 하루키는 곧바로 "내가 사 올게!"라면서 달려가더니 순식간에 사서 돌아왔다.

"히메, 이거 먹어!"

"고, 고마워. 냠, 응, 으응…… 으으으응~~~~?!"

황급히 빙수를 쓸어 넣은 히메코는, 이번에는 찡하게 아픈 이마에 손을 내며 눈을 엑스자로 만들었다. 변함없는 그 모습에 다들 어깨를 으쓱였다.

머리는 아프더라도 일단 빙수로 혀를 식히는 히메코를 지켜보는데 갑자기 촤아, 하고 큰 소리가 울렸다.

조금 떨어진 가게에서 연기가 피어오르고 눌어붙은 간장의 맛있는 냄새가 감돌았다. 하야토는 공복을 주장하는 배를 문지르며 말했다.

"어중간하게 타코야키를 먹어서 그런지 본격적으로 배가

고프기 시작하는데.”

“나도 식욕에 불이 붙어버렸어.”

“저도요. 이 냄새는 반칙이에요.”

“으음…… 일단 이것저것 먹으러 가자!”

빙수를 다 먹고 손을 들어 주장하는 히메코의 말에 부정하는 대답은 나오지 않았다.

우선은 연기와 냄새의 근원으로.

그곳에서 파는 것은 고기말이 주먹밥 꼬치였다.

달콤짭짤한 소스가 매력적인 감칠맛 가득 삼겹살과 밥의 상성은 엄청났다. 넷 다 공복이기도 해서 단숨에 해치웠다. 꼬치 덕분에 걸으면서 먹을 수도 있고 손도 더러워지지 않아서 좋았다.

아직 한창 부족한 그들이 다음으로 점찍은 곳은 노점의 제왕, 야키소바. 히메코가 놓칠 수 없다고 주장하는 모양새였다.

야키소바의 메인 재료는 돼지고기와 양배추. 향긋한 소스를 머금은 중화면이 재료들을 한데 모아서 훌륭한 조화를 만들어냈다. 생강절임도 적절한 악센트가 되었다.

오코노미야키도 같이 사는 히메코를 보고 사키가 “그, 그것도 먹는구나……”라고 말했지만, “이런 건 세트로 먹어야지!”라며 뺨을 빵빵하게 부풀릴 뿐이었다.

슬슬 공복도 가라앉았으니까 다음은 달콤한 음식을 공략하기로.

하루키는 신기한 것에 끌리다 보니 그녀의 요청에 따라 붕어빵 파르페를 골랐다. 입을 벌린 붕어빵에 아이스크림과 단팥, 생크림을 담고 초콜릿을 뿌린 것. 점원의 이야기로는, 해외의 붕어빵은 이런 스타일이라고.

하야토와 하루키는 전통적인 바닐라 아이스크림, 사키는 말차 아이스크림을 골랐다.

히메코는 딸기와 초콜릿 사이에서 잔뜩 고민하더니 끝내 축제라는 핑계로 양쪽을 모두 주문. 하루키와 사키는 말을 잃었다.

붕어빵 파르페를 한 손에 들고서 교정과 운동장을 걸으며 가게들을 돌아다녔다.

게이트 근처에서는 미술부의 골판지 아트를 전시하고 있었다. 곰과 공룡, 범선 같이 크고 사실적인 오브제는 박력이 있어서 가슴이 뛰었다.

다른 가게를 돌아봤더니 활을 사용하는 사격, 훌라후프를 사용하는 거대한 원반던지기 따위가 흥미를 끌었다. 하지만 손에 음식을 들고 있기도 해서 다른 사람이 플레이하는 모습을 구경하기만 했다. 비슷한 구경꾼도 있어서 보는 것만으로도 충분히 즐거웠다.

참고로 히메코는 "기본은 제패해야지!"라고 추가로 프랑크 소시지를 샀다. 딴죽을 거는 사람은 이제 아무도 없었다.

운동장의 특설 무대를 지나가는데 마침 자유 참가자 스무 명 정도가 춤을 선보이고 있었다. 그래서 걸음을 멈추고 구경하기로 했다.

조금 오래되었지만 정석적인 팝 음악과 함께 펼쳐지는 춤에서는 상당한 연습량이 엿보였다. 깔끔한 움직임, 하나의 생물처럼 전혀 흐트러짐 없는 연계, 무엇보다도 즐겁게 춤추는 그들에게 빠져버렸다.

그들의 퍼포먼스가 끝나는 것과 함께, 하야토는 주변 사람들과 같이 함성을 터뜨리고 크게 박수를 보냈다.

"이건 굉장한데. 저런 인원수니까 가능한 표현이라고 할까, 임팩트라고 할까."

"나도 놀랐어. 모두가 주인공이라고 해야겠네. 한 사람만 빠져도 이건 못 할 테니까."

"후아…… 실패하면 자기 혼자만의 책임인 신악무와는 다르게, 자신의 실패가 다른 사람의 발목을 붙잡게 된다고 생각하면 그것만으로 압박이……."

"응응, 게다가 저만큼 움직이면 밥도 맛있을 것 같아. 그 생각을 했더니 나는 보는 것만으로 또 배가 고파졌어."

"히메코…….""히메…….""아, 아하하……."

아직 더 먹을 생각이냐며, 히메코의 왕성한 식욕에 모두 전율했다.

그런 모두의 반응을 신경 쓰지도 않고, 히메코는 문득 무언가를 깨닫고 말을 꺼냈다.

"아, 그러고 보니 하루네 반은 교실에서 하던가?"

"그래. 내 차례는 아직 멀었을까? 보러 와줘."

“아— 그런가, 가족이니까 자리를 확보할 순 없을지 교섭
해야겠네.”
“어, 오빠. 확보한다니, 그렇게나 붐비나요?”
“그건…… 실제로 눈으로 보는 편이 빠르겠네.”
“응, 내가 하면서도 깜짝 놀랐어.”
“호오, 그건 기대되는데.”
“예, 저도 살짝 두근거리기 시작했어요.”
기대감 가득한 히메코, 사키와는 대조적으로 하야토와 하
루키는 조금 전의 일을 떠올리고 쓴웃음.
그 일로 소문이 퍼져서 오늘 아침 이상으로 북적댈 것 같다.
“그럼 바깥도 대충 다 봤으니까 이번에는 학교 안을 돌자.”
“오, 그러네.”
“찬성—.”
“학교 안에는 어떤 게 있을까요?”
히메코의 말에 찬성하며 하야토 일행은 현관으로 걸음을
옮겼다.

학교 안도 야외에 지지 않을 만큼 시끌벅적했다.
많은 사람들이 오가고, 현관은 드나드는 사람들로 가득
했다.
넓게 트인 장소에는 외부 사람으로 여겨지는 인파가 가득
했다. 그것을 눈치 빠르게 알아차린 히메코가 물었다.
“오빠, 저건 뭘까?”

"스탬프 릴레이야. 학교 안을 골고루 돌아보도록 하려는
거야."

"어, 재밌겠다! 우리도 받아오자, 사키!"

"어, 응!"

"하야토, 우리도 겸사겸사 해볼까?"

"그러네."

건네받은 스탬프 릴레이 프린트 중앙에는 크게 고양이
발바닥이 그려져 있었다. 포인트 다섯 곳을 도는 방식인 듯
했다.

프린트를 살펴보던 사키가 문득 중얼거렸다.

"뒤쪽에는 무대랑 체육관 이벤트 스케줄이 실려 있네요."

"아, 정말이네. 사키, 눈에 띄는 거 있었어?"

"아뇨, 딱히. 잘 모르겠어요……."

"응~, 일단 순서대로 둘러볼까."

"그러네요."

그리고 스탬프를 찾으며 돌아다니기로 했다.

교실 전시물은 특성을 생각하면 걸음을 멈추고서 보게 되
는 경우가 많다. 하야토네 반의 흡혈 공주 카페나 카즈키네
반의 여장 캬바쿠라, 미나모의 플라네타리움도 그렇겠지.

쇼와 레트로*를 모티브로 꾸민 전시에서는 당시의 생활
상을 그린 레포트 같은 것도 있어서, 신기하다 보니 찬찬히

---

*쇼와 시대(1926~1989)의 스타일을 현대적으로 재해석한 복고풍 디자인
 이나 문화 트렌드를 가리키는 말.

살펴보고 말았다.

일상을 테마로 한 사진전에서는 옷에 가격표가 붙은 상태로 외출하거나, 노트 처음은 마치 교과서처럼 무척 컬러풀하게 공들여서 사용하다가 후반부가 될수록 조잡해지거나, 감자칩 봉투를 뜯으려다가 그만 기세가 넘쳐서 확 쏟아져 버리거나 기타 등등. 누군가 사소한 계기로 저지르게 되는 일들을 스마트폰 등으로 찍은 사진이 잔뜩 전시되어 있었다.

그런 전시물 앞에서 관람객들도 "자주 있는 일이지" "요전에 나도 계산대에서……" "와, 웃긴데 웃질 못하겠어"라며 이야깃거리로 삼아서 수다 삼매경이었다.

복도나 계단 여기저기에도 미술부가 설치한 풍선 아트나 페트병 아트가 있었다. 그저 걸어다니는 것만으로도 즐거웠다.

그런 느낌으로 스탬프 몇 개를 모았을 때, 사람을 불러들이는 큰 목소리가 울렸다.

"이제 곧 참치 해체쇼를 시작합니다—!"

참치 해체쇼. 문화제와는 그다지 어울리지 않는 그 말에 무심코 걸음을 멈추고 서로 얼굴을 마주 보는 일행.

여기서? 어떻게?

주변에서도 비슷하게 반응하는 가운데, 하루키가 몹시 흥분해서 외쳤다.

"가자! 가자고, 하야토! 나, 참치 해체하는 거 본 적 없어!"

"응, 나도. 멧돼지 해체하는 건 도와준 적 있지만…… 그런데 정말로 할까? 여기서? 비용도 많이 들 텐데?"

"그런 게 신경 쓰이니까 가보자고!"

"뭐, 그러네. 가도 될까, 히메코? 사키 씨?"

"예, 전 괜찮아요."

"나도 좋아―. 참치라니, 재밌을 것 같아! 나 다진 참치 좋아해!"

들떠서 발걸음도 가벼운 하루키를 앞세우고서 스태프의 안내에 따라 참치 해체쇼가 열린다는 교실로 향했다. 마찬가지로 흥미를 품은 사람들이 많은지 상당한 인파였다.

중앙에는 책상을 붙여서 만든 커다란 무대가 있었다. 그곳에 자그마한 여자 정도 크기의 참치가 누워 있었다.

역시나 진짜 참치는 아니고 스티로폼으로 만든 모형이었다. 하지만 크기와 세세한 부분까지 신경 쓴 완성도는 무척 리얼해서 놀라웠다.

여기저기서 "진짜 같아" "예상보다 엄청 커" "저거 실물 크기일까" "등지느러미 노란색인데 원래 그래?" "인터넷으로 조사해봤는데, 황다랑어는 저렇게 선명한 노란색이래" "이름 그대로네"라는 목소리가 들렸다. 분위기는 무척 좋았다.

하루키만이 아니라 다들 무엇을 보여줄지 기대감이 점점 커지며 분위기가 달아올랐다. 곧 요리사 복장을 입은, 가짜 칼로 보이는 식칼을 든 남학생이 나타났다.

"지금부터 참치 해체쇼를 시작하겠습니다―!"

긴장한 목소리로 선언하자 사람들이 짝짝 박수를 쳤다.

남학생은 그 박수에 수줍어하며 시선을 아래로 떨어뜨리고 참치 모형을 해체했다.

"우선은 머리를 뗍니다. 머리의 여기 아가미 뒤쪽 부분은 조림으로 만들면 맛있는 부위죠. 다음은 등으로 칼을 넣고…… 자, 이 부분이 초밥으로도 인기 높은 중뱃살입니다!"

그러면서 그가 잘라낸 것을 들어 보이자 """오오~"""라고 함성이 터졌다. 참치의 내부 모형 역시도 공을 들였는지 뼈 같은 것까지 보여서 더욱 모두의 흥미를 끌었다.

해체쇼는 이어진다. 퍼포먼스와 함께 배 앞쪽의 이 부분이 대뱃살이라든지, 중앙의 큰 부분이 적신이라든지, 배 뒤쪽도 중뱃살이라든지. 그런 설명에 호오, 감탄이 터졌다.

그밖에도 꼬리 부분, 참치 머리, 볼살 같은 희소 부위도 설명했다.

이제까지 참치는 딱히 생각 없이 먹었다. 하지만 이렇게 먹을 수 있는 부위가 어떻게 되는지 해설을 듣는 것은 처음이라 무척 흥미롭고 호기심을 자극했다. 여기저기서 "호오" "헤에" 하고 감탄하는 소리가 들렸다.

이제는 뼈만 남은 참에 사건이 터졌다.

옆에서 스태프가 떡하니 진짜 뼈를 가져온 것이었다. 갑작스러운 일에 다들 술렁거리기 시작했다.

"이것이 참치 등뼈입니다. 정말 크죠? 이 뼈 주변에 있는 게 이른바 갈비살이라는 부위인데, 기름기가 돌아서 특유의 감칠맛이 있으니까 다져서 먹는다든지 하는 부위입니다. 이 등뼈, 깨끗하게 살이 발라져 있죠? 어떻게 된 일이냐면…… 바로 이겁니다!"

또 다른 스태프가 이어서 가져온 것에 "오오!" 하는 함성이 터졌다.

투명한 그릇에 담긴 다진 갈빗살에 채 썬 생강과 대파, 빵가루랑 달걀 같은 식재료. 소금과 간장, 미림 같은 조미료. 그리고 핫플레이트.

그것들을 본 히메코가 "와아!" 하고 함성을 터뜨리며 눈을 반짝였다.

"생으로 먹는 건 위생 관리 문제로 안 된다고 그러니까, 일본풍 다짐육 버거를 만들겠습니다—!"

갑자기 시작되는 실제 판매.

이제까지 참치에 대해서 잔뜩 이야기했다.

안 그래도 머릿속이 참치로 가득해졌는데 눈앞에서 반죽을 치대고 핫플레이트에서 취익, 기분 좋은 소리를 연주하며 식욕을 돋우는 향긋한 냄새가 감돈다. 금세 침을 꿀꺽 삼키고 입안은 일본풍 다짐육 버거로 가득 물들어버린다.

이미 잔뜩 먹은 상태인 하야토 일행조차 그랬다. 해체쇼 스태프가 "일본풍 다짐육 버거 구입하실 분은 이쪽으로 줄을 서주세요"라고 말하자 사람들이 다들 줄을 만들었다. 물론 하야토 일행도.

"너무하네. 이걸 보고 어떻게 안 사. 진짜 맛있기도 하고!"

"나, 배부른데도 먹고 싶어."

“아하하, 저도 그래요. 흔히 다른 배가 있다고 그러는데 정말이네요.”

“데리야키 소스가 엄청 맛있어!”

결국 조금 전에 잔뜩 먹어놓고도 복도로 나와서 버거를 먹는 하야토 일행. 서로 과식하는 것은 아닌지 곤란하다는 표정으로 마주 봤다. 해체쇼의 의도에 넘어가서 조금 분하다는 생각도 들지만 실제로 맛있었으니까 끽소리도 나오지 않았다.

그때 촤아, 하고 기름으로 튀기는 소리가 들렸다. 히메코가 “다짐육 커틀릿 버거?!”라고 반응한 그때, 복도 저편에서 “이런, 시작하겠어!” “작년에는 엄청났으니까!” “체육관 쪽!” “안 보면 손해야!”라는 목소리와 함께 사람들이 계곡물처럼 흘러왔다.

“어, 어, 이거 뭐야?!”

“꺅!”

“윽, 내 옆으로 와!”

“괜찮아? 날 잡아!”

운 나쁘게 그 인파에 말려들고 만 하야토 일행. 순식간에 인파에 묻혀 그대로 흘러갔다.

하야토는 순간적으로 떨어지면 안 된다며 가까이 있던 손을 붙잡았다.

한동안 인파를 견뎌내며 무사히 지나간 뒤, “후우” 하고 안도의 한숨을 흘렸다. 그때 손을 잡고 있는 소녀—— 사키가 미간을 살짝 찡그리며 중얼거렸다.

"히메랑 하루키 씨, 떨어져 버렸어요……."

제 8 화

그런 미래, 상상해보세요

"……큰일 났네."

"……예."

미간을 찌푸리고 중얼거리는 하야토.

사키는 붙잡은 손에 기분 나쁜 땀이 흐르면 싫지 않을까, 내심 두근두근하며 어색한 미소로 대답했다.

"전화는…… 안 되네. 어쩔 수 없지, 메시지만이라도 보내두자."

"저, 저도…….."

하야토를 따라서 사키도 떨어져 버린 히메코에게 메시지를 보내려고 했다. 하지만 손끝은 허공에서 맴돌다가 검은 화면에 착지했다.

그대로 잠시 미동도 하지 않았다.

사키는 입술을 꽉 깨물며 살며시 주변을 살폈다.

조금 전처럼 흘러갈 정도는 아니지만 여전히 사람들은 활발하게 이동하고 있었다. 귀를 기울여보니 아무래도 체육관으로 가는 듯했다. 무언가 중요한 이벤트가 진행되나 보다.

자세히 보니 인파를 피하기 위해서, 사키랑 하야토와 마찬가지로 복도 가장자리에 붙은 사람들도 여기저기 보였다.

그들 중 절반 정도가 남녀 조합으로 손을 잡고 있었다. 틀림없이 문화제 데이트겠지.

'우, 우리도 그렇게 보이는…… 걸까?'

사키는 메시지를 입력 중인 하야토를 보며 그런 생각을 했다.

금세 뺨이 뜨거워지는 것을 느끼고 황급히 눈을 돌렸다.

사랑하는 사람과 둘이서, 문화제 데이트.

그런 모습을 꿈꾸지 않았다면 거짓말이다.

하지만 히메코도 있고 하루키도 있다. 학교에는 미나모랑 카즈키, 에마랑 이오리도 있겠지. 아이리도 함께 왔다. 가까운 사람들은 무척 많았다.

──아이리와 카즈키를 응원한 것처럼.

이것은 갑자기 찾아온 천재일우의 행운이기도 했다.

도시에서는 수많은 일들이 갑자기 벌어져서 당황한 적이 많다.

그중에서도 이 상황은 특히 더 큰일이겠지.

마음의 준비가 미처 되지 않아서 조금 전부터 심장박동은 점점 빨라질 뿐.

하지만 언제나 세계에는 갑작스럽게 변화가 찾아온다.

겁먹고 있을 수만은 없다. 하루키를 생각한다면 자신이 조금은 비겁하게도 느껴진다. 하지만 어떻게든 이 기회를 자기 것으로 만들고 싶었다. 그런데도 좋은 생각은 떠오르지 않아서 사키는 그저 초조한 감정에 사로잡혔다.

그때 문득 잡고 있던 손이 떨어졌다.

“이런, 계속 잡고 있었네. 미안해.”

“아·········· 아뇨.”

그러면서 하야토는 부끄러운 듯 이제까지 잡고 있던 손으로 뺨을 긁적였다.

사키는 쓸쓸함과 아쉬움을 필사적으로 감추며 애써 미소를 지었다.

“……”

“……”

서로 대화는 없이, 애매하고 답답한 분위기가 흘렀다.

이대로는 안 된다.

조금 전에 잡고 있던 손이 떨어진 것처럼, 이대로는 곧 평소와 같이 일상의 세계로 돌아가 버리겠지.

사키는 가슴에 손을 대고 살짝 속눈썹을 내리깔고서 어쩌면 좋을지 필사적으로 생각했다.

모처럼 단둘이 있다. 무언가 이야기를 해야 한다.

문화제다. 틀림없이 이야깃거리는 근처에 얼마든지 굴러다닐 터.

“저, 저기.”

“어?”

뜻을 다지고 사키가 입을 연 순간, 하야토의 스마트폰에 메시지가 왔다.

하루키가 보냈을 테지. 애써 용기를 냈다가 좌절된 사키는 “아으” 하고 살짝 눈물을 글썽이며 입을 다물었다. 하야토도 미안하다며 한손을 드는데 제멋대로 계속 이야기할 수도 없었다.

불운한 타이밍과 주저하던 스스로를 원망하는데 하야토가 "으음" 하고 복잡한 표정으로 신음을 흘렸다.

"무슨 일 있나요?"

"두 사람은 체육관까지 흘러갔나 본데, 사람이 꽉 들어차서 나올 수가 없대."

"아…… 그렇게나 사람이 많았으니까요."

"그렇게 된 김에 그대로 보고 온대. 하루키 라이브 스케줄도 문제는 없을 것 같고, 게다가 히메코도 엄청 보고 싶어 한다는데."

"!"

하야토가 쓴웃음을 흘리자 사키는 숨을 삼켰다.

그 순간, 수많은 생각이 가슴속을 지나갔다.

이 기회를 놓치면 안 된다.

언령이라는 것이 존재하듯이. 마음이나 바람을 말이라는 형태로 만들어 입에 담으면 세계를 바꾸는 계기가 된다.

그날, 여름의 끝에서.

사키는 그것을 깨닫지 않았던가.

하지만 그것이 반드시 좋은 변화를 일으킬지는 알 수 없다.

권유했다가 거절당한다면? 민폐만 끼친다면? 이상하게 여겨져서 어색한 사이가 되면 어쩌지? 그런 약한 마음이나 불안감이 마음속에 드리운다.

‘……아.’

갑자기 아이리의 얼굴이 다시 떠올랐다.

그녀는 지금의 스스로를, 카즈키와의 관계를 바꾸고 싶어서 어떻게든 하고자 용기를 내어 한 걸음 내디뎠다.

여기서 사키가 겁을 먹고 만다면. 함께 힘내자고 맹세한, 이 도시에서 생긴 기묘한 인연의 친구를 대체 무슨 낯으로 마주할 수 있을까.

주먹을 꽉 쥐고, 처진 눈매에 최대한 힘을 실어서 자신의 바람을 이야기했다.

“우린 어떻게——.”

“저, 저희는 따로 데이트해요! 데이트, 문화제 데이트!”

“——데이트?!”

“그, 그게, 아직 돌아보지 않은 곳이 있잖아요!”

“어, 어어…… 아니, 사키?!”

사키는 들떠버린 목소리를 자각하면서도, 이번에는 자기가 먼저 하야토의 손을 잡았다.

“이, 이건 그러니까, 저희까지 떨어져 버리면 안 되니까요?”

“그, 그건…… 뭐, 응, 그러네.”

평소의 자신이라면 하지 않을 대담한 행동이라고는 생각한다. 덕분에 긴장해서 행동은 딱딱해지고 목도 바싹 말랐다.

그래도 아무것도 하지 않고 후회하는 것보다는 훨씬 낫다. 그것을 뼈저리게 느끼고 있었다.

용기를 내어 조금이라도 거리를 좁혀야 한다고.

굳이 데이트라는 단어를 사용한 것은 그가 자신을 이성으로 의식하도록 만들고자.

이상을 향해, 되고 싶은 자신을 향해 손을 뻗는다.

이것은 절호의 기회다. 마른침을 꿀꺽 삼키고 붙잡은 손에 힘을 꽉 싣자 하야토도 그에 응하듯 맞잡았다.

그것만으로 금세 어깨의 힘이 빠지고 가슴속에 천천히 따스한 기분이 퍼졌다.

'……아―아, 나도 참 단순하구나.'

너무나도 알기 쉬운 스스로의 모습에 어이없어하면서도, 사키는 오늘 중 가장 화사한 미소를 꽃피우며 하야토를 돌아보고 말했다.

"저희도 즐겨봐요, 오빠!"

"아, 응!"

하야토는 한순간 허를 찔린 듯 눈을 크게 떴다. 그러더니 사키가 정말 좋아하는 그 미소로 고개를 끄덕였다.

첫걸음을 내디뎠다면 이제는 기세 그대로 돌진할 뿐.

가슴속에 어렴풋이 남은 수줍음을 떨쳐내듯 앞으로, 또 앞으로.

마침 눈앞에 『불꽃놀이의 원리』라는 간판이 시야에 들어와서 걸음을 멈추었다.

"가을 축제 때 불꽃놀이, 예뻤죠. 근데 그건 어떻게 색깔 같은 걸 낼까요?"

"글쎄…… 나도 신경 쓰이네. 가볼까."

"예."

흥미가 이끄는 대로 과학부 교실로. 나름대로 사람들이 있고 그들은 중앙의 받침대 위에 있는 다양한 금속 막대와 금속 가루를 보고 있었다. 과학부원의 실험이 시작된 참이었다.

불에 다양한 색깔이 있는 진귀한 광경은 처음이라 사키는 눈을 반짝이며 잔뜩 신이 났다. 실험 시간은 순식간에 지나갔다.

조금 어린애 같았을지도—— 그런 생각에 하야토의 얼굴을 흘끗 봤더니 사키와 마찬가지, 불에 색깔이 생길 때마다 눈을 반짝반짝 빛내고 있었다.

그것이 어쩐지 기쁘기도 하고 우습기도 하고. 가볍게 웃음을 흘리자 그것을 알아차린 하야토는 부끄러운 듯 뺨을 긁적였다. 사키는 더욱 환하게 미소를 꽃피웠다.

"엄청 예뻤어요!"

"불꽃놀이는 저런 걸 파악하고 이것저것 계산해서 만드는구나. 장인들은 참 굉장하네."

"예, 정말이요. ……아."

"왜 그래, 사키. ……『꽃을 두르다』?"

"패션쇼 같네요."

"가정과부와 꽃꽂이부 합동인가. 흠…… 한번 볼래?"

"예?"

"신경 쓰이잖아? 얼굴에 쓰여 있어."

"아, 아하하."

남성은 패션쇼 같은 것에 별로 흥미는 없겠지. 하야토도 그건 마찬가지. 히메코도 패션에 무신경한 하야토 때문에 자주 불평을 흘렸다.

그런데도 함께 보자고 말해준 것이 이상하게 부끄러워서 마음이 흔들렸다. 풀어진 표정을 들키지 않으려 하야토의 손을 잡아끌며 안으로.

그곳에서는 이미 패션쇼가 한창 펼쳐지고 있었다.

조화를 사용해서 화사한 의상은 어딘가 현실과 동떨어진 모습이었다. 마치 동화 속의 세계를 구현화한 것 같이 화사해서 갈채를 보내며 시선이 못 박혔다.

하야토도 현란한 그 모습에 호오, 하고 감탄의 한숨을 흘렸다. 아무래도 지루하지는 않았나 보다. 그만큼 훌륭한 패션쇼였다.

"굉장히 예뻤어요. 저런 거, 그만 동경하게 되네요."

"응, 굉장했지."

"그래서 말인데, 저 옷 중에서 저한테는 어떤 게 어울릴 것 같나요?"

"그건……."

흥분이 식지 않은 듯 사키가 질문하자 하야토는 미간을 찌푸리며 낮은 신음을 흘렸다. 조금 짓궂은 질문이라는 건 알았다.

그래도 기껏 문화제에 놀러 왔는데 이 정도 장난기는 괜찮겠지. 딱히 대답은 기대하지 않았다.

게다가 곤란해하는 하야토의 표정은 조금 귀여웠다. 보고 있으니 자연스럽게 웃음이 새어 나왔다.

"단풍이랑 만주사화*를 덧붙인 옷이 어울리려나."

"……예?"

"무녀 모습이 인상 깊어서, 내 안에서 사키라면 붉은색이란 이미지가 있으니까."

"그, 그렇군요."

갑자기 그런 말을 들으니 그만 가슴이 두근거렸다. 뺨이 뜨거워지고 히죽히죽 풀어졌다.

──그런가, 난 그런 이미지구나.

그 사실을 되새김질하자 갑자기 가슴속이 술렁거리고 따스한 무언가가 천천히 퍼졌다. 이 순간, 앞으로 사키가 고를 옷의 기준이 하나 제정되었다.

그렇게 대화가 점점 활발해졌다.

불과 반년 정도 전까지는 제대로 대화를 나눈 적도 없었는데. 사키 본인도 놀랐다.

최근에 대화를 나누게 되었다지만 그래도 언제나 바로 옆에는 히메코랑 하루키가 있었다.

게다가 자신보다는 하야토 쪽에서 말을 걸기만 할 뿐.

---

*曼殊沙華. 우리나라에서는 석산이라 부르는 꽃으로, 일본에서는 피안화라는 이름으로도 불린다.

처음에는 둘만 있기는 해도 무슨 이야기를 나누면 좋을지 모르겠다는 불안이 있었다. 하지만 뚜껑을 열어보니 그런 불안도 어디로 가버렸는지.

틀림없이 문화제라는 마법에 걸려 있는 거겠지.

조금 전부터 계속 자연스럽게 대화가 이어지고 미소가 꽃피었다.

이렇게 함께 있어서 즐겁다면 조금 더 빨리 이야기할 것을 그랬다. 그런 생각도 들었다.

사키는 공백이 되어버린 시간을 메우듯이, 자신을 더더욱 알아달라며 말을 던졌다. 다양한 것들이 있는 이 문화제는 더없이 적절했다.

또다시 시야에 날아들어 흥미를 끄는 것을 발견하고, 사키가 말을 꺼냈다.

"포토 스폿…… 뭘까요?"

"이름만 보면 사진 촬영 장소…… 상상이 잘 안 가는데."

"가봐요!"

"응."

대체 뭘까 싶어서 들어간 방 안. 사키는 "와아" 하고 함성을 터뜨렸다.

ㄷ자 모양으로 반 평 정도씩 나뉜 공간이 죽 늘어서 있었다. 그곳에는 마츠시마, 아마노하시다테, 미야지마까지 일본삼경을 비롯한 유명 명승지 사진을 확대해서 붙여 놓은 곳, 다양한 촛불로 둘러싸인 공간, 삼면에 다양한 동물을 본

뜬 스테인드글라스를 둘러친 곳 등등 사진을 찍기에 좋아 보이는 공간이 펼쳐져 있었다.

여기저기서 찰칵찰칵 스마트폰 카메라 찍는 소리와 함께 시끌벅적한 목소리가 들렸다.

반짝반짝한 것에 둘러싸여서 참을 수 없는지 사키는 재촉하듯 하야토의 손을 잡아끌었다.

"저희도 찍어요!"

"그래. 어떻게 찍지? 셀카 찍어본 적 없는데……."

"그건 저도…… 기왕 같이 왔으니까 따로 찍지 말고 같이 찍으면 좋겠는데……."

"으―음……."

스마트폰으로 마음에 드는 것을 찍어본 적은 있지만, 자신을 함께 촬영하는 습관은 없었다.

그렇지만 이건 기념이다. 서투르더라도 찍어도 그것대로 괜찮겠지만, 사랑하는 사람과 함께라면 조금이라도 더 좋은 사진을 찍고 싶은 법.

그렇게 허둥대고 있었더니 옆에서 "저기" 하고 말을 건네는 사람이 있었다.

"제가 대신 찍어드릴까요? 서비스로 촬영해 드리거든요."

교복 차림의 그 여자는 《촬영 담당》이라고 적힌 완장을 차고 있었다. 아무래도 여기 스태프인 모양이었다. 그녀 말고도 몇 명인가 마찬가지로 촬영을 맡고 있었다.

사키와 하야토는 얼굴을 마주 보고는 끄덕이고 "부탁할게요”라며 스마트폰을 건넸다.

스테인드글라스가 있는 공간으로 이동해서 카메라로 시선을 향하고 나란히 섰다. 그러자 스태프가 “아!” 하더니 말했다.

“거기는 서로 마주 보는 포즈가 인기거든요—.”

“예? 그렇군요. 기왕 왔으니까, 오빠…….”

“어, 어어.”

“그래요, 그런 느낌! 그건 동물들이 결혼식을 축복해주는 구도니까 커플분들께 무척 호평이에요.”

“겨, 결혼?!” “커플?!”

결혼, 커플.

그 말에 단숨에 머리가 뜨거워지고 몸도 굳어버렸다.

스테인드글라스를 자세히 살펴보니 동물들도 꽃을 들고서 축하하는 것처럼 보였다.

스태프는 생글생글, 선의로 말해준 거겠지.

그러니까 그녀에게는 자신들이 커플로 보인다는 것이다.

하야토의 얼굴을 흘끗 살폈더니 사키에게 지지 않을 만큼 얼굴이 더없이 새빨갛게 물들어 있었다. 수줍음과 당혹감이 분명히 엿보였지만 딱히 거절하는 기색은 없었다.

“저, 저기, 우린——.”

“——!”

사랑하는 사람이 그런 말을 꺼내자 사키는 더 이상 말하지 말라는 듯 몸을 빙글 돌려 그와 마주 섰다. 다른 한쪽 손을 붙잡고 하야토의 얼굴을 가만히 바라봤다.

"오빠…….."

"!"

기대를 담은 시선으로 그를 부르고 눈을 감더니 입술을 내밀었다.

아무리 하야토라도 이 행위의 의미를 모를 리는 없겠지.

숨을 삼키는 소리가 들렸다.

하지만 무슨 표정인지는 알 수 없었다.

상스럽다고 여기는 것일까?

아니면 갑작스러운 일이라 이상한 아이라고 여길지도?

붙잡은 손은 땀으로 흠뻑 젖고 심장은 쿵쾅쿵쾅 터져버릴 것처럼 빨리 뛰었다.

잠깐의 시간이 마치 몇 배는 더 길게 느껴지는 감각.

꿀꺽, 침을 삼키는 소리가 들리는가 싶더니 찰칵찰칵 셔터 소리가 들려 의식을 되찾았다.

"좋네요, 아주 좋아요―! 아아― 부러워라, 나도 남친 있으면 좋겠다―!"

"!" "……앗."

그녀의 목소리를 계기로 황급히 한 손을 놓고 아주 살짝 거리를 벌리며 시선을 피했다.

그대로 스태프에게서 스마트폰을 받아들고는 찍힌 표정이 어떤지 확인할 틈도 없이, 그녀의 흐뭇한 시선에서 도망치듯이 그곳을 뒤로했다.

“…….”

“…….”

답답한 분위기, 말없이 뜨거워진 머리를 식히고 소란스러운 가슴을 진정시키기 위해 걸었다. 여전히 맞잡은 손에는 꽈악, 조금 전보다도 힘이 실려 있었다.

잠시 후, 하야토는 더 이상 침묵을 견디지 못하겠는지 낮게 신음하며 입을 열었다.

“그게, 갑자기 그래서 놀랐어.”

“조금 전에, 말인가요?”

“어, 응. 사귄다니 상상해본 적도 없었는데, 그걸 뛰어넘어서 결혼이라니 대체 뭐가 뭔지.”

무언가 얼버무리듯 빠른 말투로 말하는 하야토.

그 말에 왠지 짜증이 난 사키는 입술을 삐죽이고 조금 토라진 듯 중얼거렸다.

“전, 그렇지도 않았어요. 그런 거, 생각해본 적은 있었어요.”

“…………어?”

“츠키노세에 또래 남자라면 오빠밖에 없었잖아요. 그러니까 혹시―― 혹시 이대로 어른이 된다면, 그렇게 되진 않을까 생각하게 되는걸요.”

“사키…….”

믿을 수 없다는 듯 눈을 크게 뜨는 하야토.

사키 스스로도 축제의 분위기에 들떠 있다는 자각도 있었다.

자신만 그걸 의식했다는 사실에, 그만 입에서 튀어나와 버린 말이기도 했다.

그럼에도 한번 튀어나와 버린 마음은 움츠러드는 기분과 불만을 함께 드리웠다. 알고 싶지도 않았지만 사실은 알고 싶었던 그 심정을 담아서 조금 딱딱한 목소리로 질문을 던졌다.

"아니면 역시 오빠는 그런 상대로 계속 하루키 씨를 상상했나요?"

"그, 그건……."

말해버리고서 사키는 저질렀다는 듯 숨을 삼켰다.

그만 뾰로통해져서 튀어나온 말에, 밀려드는 불안과 후회. 현기증이 확 몰려들었다.

아아, 왜 그런 말을 던져버렸을까.

어릴 적부터 누구보다도 가까이에 있었고, 재회한 지금도 친한 여자에게 호감을 가지는 것은 당연하지 않은가. 도시에 온 뒤로도 얼마나 부러워했는지 모르겠다.

그건 알고 있다. 너무도 잘 안다.

모처럼 즐거운 시간이었는데 스스로 막을 내려버리는 것만 같은 행위.

그런 스스로가 어이없고, 분했다. 마치 처형을 기다리는 죄수처럼 그저 속눈썹을 파르르 떨고 있었다.

이윽고 하야토는 무언가 결심이 선 것처럼 "후우" 하고 크게 한숨을 흘리더니 무척 딱딱한 목소리로 말했다.

"……이 사실은, 하루키한테는 절대로 말하지 않았으면 좋겠는데."

"……예."

"사실은 이쪽으로 와서 재회할 때까지 하루키는, 그, 계속 남자라고 생각했어……."

"역시……………… 예?"

무척 맥 빠지는 목소리가 새어 나왔다.

몇 번이고 눈을 끔벅거리는 사키의 눈동자에는 마치 장난을 치다가 들켜버린 어린아이 같은, 겸연쩍은 표정의 하야토가 비쳤다.

"히메코도 계속 남자라고 생각했다는 거 못 들었어? 어머니도 그랬고 나도, 그게…… 처음에는 누군지 몰랐는데, 이야기하는 사이에 어찌어찌 하루키라는 걸 알아차려서, 그래서……."

"처음부터 여자인지 알았던 척을 했다고요."

"어, 응. 아마 아직 안 들켰을 거야. 그러니까 처음에는 엄청 당황했고, 하루키 상대로 그런 생각을 한 적은……."

당황한 듯 변명하는 하야토. 그러니까 도시로 올 때까지 하루키를 전혀 이성으로 보지 않았다는 의미다.

어쩌면 지금은 아닐지도 모르겠지만, 이성으로 보기 시작한 기간을 따지자면 사키와 그다지 차이가 있는 것도 아니었다.

계속 변명처럼 이야기하고 있는 사랑하는 사람을 바라보

는 사이. 점점 가슴속 깊은 곳에서 치밀어오르는 것이 있었다.

"후후, 하핫…… 아하하하하하하하하핫!"

"사, 사키?!"

조금 전까지 걱정과 불안에 사로잡혀 있던 자신의 모습을 다시금 떠올리자 그만 웃음이 터져버렸다. 아아, 얼마나 우스꽝스러운 모습이었을까.

그때 어떤 간판이 시야에 들어왔다. 그것을 본 사키는 기분 좋은 웃음을 흘리며 하야토를 억지로 끌어당겼다.

"저기 커플 상성점을 봐준대요! 우리도 봐달라고 해요."

"어…… 어어…… 아니, 잠깐만?!"

허둥대는 하야토를 향해 사키는 마치 선전포고하듯이 말했다.

"오빠도 저랑 그런 미래, 상상해보세요!"

이건 이미 자신의 속마음을 이야기하는 것이나 마찬가지다.

하지만 알게 뭐냐.

사키는 친구의 오빠를 향해 자신만만하고 당당한, 하지만 더없이 화사한 미소를 꽃피우는 것이었다.

친구 —— 라이벌

투명하게 푸르고 높은 하늘 아래, 문화제는 점점 더 시끌 벅적하게 진행되고 있었다.

화사하게 색이 든 나무에 둘러싸인 운동장 한 모퉁이. 여자 소프트볼부가 주최하는 스윙 볼링이라고 적힌 간판 아래에서는 아이리의 들뜬 목소리가 울렸다.

"후훗, 카즈키 군. 결국 핀에는 하나도 안 맞았네—."

"공에 맞히는 것만으로도 힘들었어."

"굉장한 공이었지. 난 스치지도 않았으니까, 부원들 다들 굉장해!"

"괜히 들떠서는 전력으로 던져달라고 해서야."

"아핫."

아이리는 어깨를 으쓱이면서도 소리 내어 웃었다.

스윙 볼링은 여자 소프트볼 부원이 던지는 공을 되받아쳐 골판지로 만든 거대한 핀을 쓰러뜨리는 게임이다. 공을 던지는 속도 등 난이도를 주문할 수 있어서 기왕이면 전력으로 던져달라고 했다.

결국에 점수를 내지는 못했지만 분하거나 아쉽다는 기분은 없었다. 오히려 상쾌할 정도였다.

아무래도 공을 던져준 것은 대회에서는 부진했지만 강속

구로 주목을 모은 선수라나.

그 선수도 전력으로 던진 상대는 두 사람이 처음이었는지, 박력 있는 그녀의 투구에 주변도 "빨라!" "언더핸드로 저런 속도가 나온다고?!" "도전해보자!" "한 번 정도는 맞추고 싶은데!"라며 떠들썩했다.

예상치 않게 좋은 선전이 되었나 보다.

아이리와 카즈키는 얼굴을 마주 보고 함께 웃었다.

배트를 반납하려고 가져갔더니 갑자기 퍼뜩 정신을 차린 스태프가 흥분해서는 카즈키의 손을 덥석 붙잡았다.

"괴, 굉장해! 베니 공을 때리다니!"

"예? 하지만 핀은 하나도 못 맞혔는데요⋯⋯."

"아니아니, 때릴 수 있다는 게 대단한 거야! 시합이라면 안타였을 거고, 마지막에 베니는 유치하게 진심으로 던졌으니까⋯⋯ 그보다 너 우리 학교야?! 몇 학년인데?!"

"1, 1학년인데요."

"그럼 꼭 우리 부에⋯⋯ 어라? 목소리가⋯⋯?"

"권유는 기쁘지만 전 남자니까요⋯⋯."

"어어어어어어어어어꺄아아아아아아아아?!"

"말도 안 돼, 진짜로?!"

"겉모습만 보면 전혀 모르겠어!"

"키는 엄청 크다고 생각했는데!"

남자라고 밝힌 카즈키 곁으로 금세 다른 스태프도 다가와서는 시끌벅적 소란스러워졌다. 아이리는 말려들면 안 되겠다고 얼른 거리를 벌렸다.

카즈키는 한순간 당황했지만 이미 익숙한 일. 금세 영업용 가면을 뒤집어쓰고 싱긋 미소 지었다.

"우리 반, 여장 캬바쿠라를 하고 있어서요. 다른 아이들도 수준 높으니까 괜찮다면 와주세요, 선배님♪"

"어, 여장 캬바쿠라?! 그거 뭐야?!" "엄청 신경 쓰이는데!" "그러고 보니 우리 반 남자애가 이야기하던데!" "끓어오르네~."

술렁이는 스태프들에게 "휴식 시간에 꼭 한 번 방문해주시길" 하는 말을 건네고, 자연스럽게 다른 손님이 와 있다고 시선으로 알리는 카즈키.

그 사실을 깨달은 스태프들은 부끄러운지 뺨을 붉혔다. 그녀들이 접객으로 돌아가는 참에 "기다릴 테니까요♪"라며 장난기 가득하게 한쪽 눈을 찡긋 감고 손을 흔들자 또다시 새된 목소리가 터져 나왔다.

조금 떨어진 곳에서 상황을 지켜보던 아이리는 배를 붙잡고서 소리 죽여 웃었다. 합류한 카즈키의 어깨를 눈물을 글썽이며 찰싹찰싹 때렸다.

"아핫, 이것 참— 어딜 가도 다들 여자로 착각하네—."

"뭐, 덕분에 제대로 선전이 되잖아?"

"그러네. ……그렇게 서비스 정신 왕성한 모습, **옛날**이랑 변함이 없네."

"그건."

"하지만 난 그렇게 조금은 장난기 있는 카즈키 군이 좋아."

"……어."

"아! 축제 코너래! 뭔가 이것저것 재미있어 보여! 가보자!"

"아, 아이리!"

별것 아닌 듯이 흘린 좋다는 말에 자기가 부끄러워하는 아이리.

그것을 얼버무리듯이, 하지만 슬쩍 카즈키의 손을 잡고 시야에 들어온 장소로 총총히 걸어갔다. 들떠 있다는 건 스스로도 알았다.

그곳에는 축제 노점을 따라 한 가게들이 잔뜩 늘어서 있었다. 낚싯대를 사용한 과자 낚시, 수조의 작은 접시에 백 엔 동전을 던져서 넣으면 경품을 주는 수중 코인 던지기 게임, 빨판이 달린 화살을 사용한 사격 등등. 아이리는 그것들을 즐기면서도, 이따금 고전하는 카즈키를 보고 유쾌하게 말했다.

"아하핫, 아까부터 계속 보면서 생각했는데 카즈키 군은 의외로 손재주가 없네."

"……그런 것 같아. 글씨도 빈말로도 예쁘게 쓴다고는 못하니까. 발로 하는 거라면 연습도 꽤 했으니까 나름대로 자신이 있는데."

"그리고 괜히 오기를 부리거나 어린애처럼 굴기도 하고."

"그건…… 조금만 더 하면 될 것 같은데 안 되니까 화나잖아."

"더 나빠지기만 했지 않아?"

"으…… 뭐, 어때."

카즈키가 토라져서 고개를 홱 돌리자 아이리는 자자, 하고 달래듯이 지극히 자연스럽게 어깨를 두드렸다.

스스로도 놀랄 정도로 마음 편한 대화였다.

그래서 그만 옛날의 모습을 떠올리고는 비교하게 되어버린다. 자조 섞인 말을 흘렸다.

"나, 카즈키 군을 전혀 몰랐네. ……가짜라도 애인이었는데."

"그건…… 주변에 보여주려는 퍼포먼스였을 뿐이니까."

"……그러네. 정말로 겉모습뿐인 애인이었지. 오늘 잠깐 함께 있으면서 그걸 절실히 깨달았어. 이렇게나 카즈키 군이랑 같이 노는 게 즐거울지 몰랐어."

거기서 잠시 말을 끊은 아이리는 눈을 내리깔고, 후회가 배어 나오는 마음을 떨쳐내듯이 있었을지도 모를 일을 물었다.

"혹시 있잖아, 그때 이런 느낌으로 사귀었다면 지금쯤 어떻게 됐을까?"

"그건…… ."

카즈키가 곤란하다는 듯 얼굴을 일그러뜨렸다.

그것을 보고 숨을 삼키며 굳어 있기를 잠시. 아이리는 이상한 소리를 해버렸다며 머리가 차갑게 식었다. 스스로가 바보 같다는 생각에 부드러운 미소를 머금었다.

“……뭐, 농담이야. 그때 나는 그저 나만 생각했고, 카즈키 군도 자기 일로 여유가 없었지. 그러니까 절대로 이렇게 놀 일은 없었을 테니까, 그때 그건 틀림없이 우리의 최선이었어.”

“응, 그러네. 정말이야. 난 이제야 겨우 그때로부터 빠져나오려—— 아니, 감화되어서 새로운 걸음을 내디디려 한다는 느낌이야.”

“그건 역시 하야토 군이랑 친구들의 영향?”

“응. 그 아이들은 항상 솔직한 말로 부딪치며 똑바로 다가오거든. 스스로를 애써 꾸미는 게 바보 같을 만큼. 아이리도 그렇지 않았어?”

“……응, 맞아. 정말로 그래.”

“아이리도 무척 변했네. 이제까지의 사토 아이리라고는 못 알아볼 정도니까.”

카즈키가 그러면서 눈부시다는 표정을 짓자 아이리는 조금 만족스럽게 웃음 지었다.

“이미지 체인지를 한 보람이 있었네. ……뭔가 저 아이들이랑 대화를 하다보면 진짜 나 자신이 끌려 나와 버리거든. 애써 자신을 꾸미려고 하는 게 하찮게 여겨져서. 그러니까 아마도 이게 지금의 진짜 나야. 어때?”

“정말 좋다고 생각해. 이제까지의 너랑 다르게 생생한 **아이리**가 보여서 매력적이야.”

“후훗, 고마워. 그럼 대성공이었네. 내일부터 시작하는 촬영도 이걸로 가야겠어. 다들 놀라겠지.”

“아까도 말했는데, 일 쪽은 괜찮은 거야?”

“글쎄?”

“아니…… 무슨 누나 같은 소리를.”

“아핫, 모못치 선배라면 그럴 것 같기도 해. ……뭐, 이미지가 망가졌다면서 안 된다면 그래도 상관없을 거야. 모델 사토 아이리는 그걸로 끝이란 느낌으로.”

“……어?”

“그러니까 아까도 말했잖아. 지금의 나를 봐줬으면 하는 건 카메라맨도 독자들도 아니라 카즈키 군…… 바로 너니까.”

헉, 하고 숨을 삼키는 소리가 들렸다. 아이리는 진지한 눈빛으로 카즈키를 바라봤다.

흐름을 타다가 그만, 하는 느낌으로 말해버렸다. 물론 아이리는 결코 모델 일을 가볍게 여기지는 않았다.

카즈키도 평소부터 모모카를 통해서 아이리가 얼마나 이 일에 진지하게 임하고, 자신이라는 브랜드를 가꾸고 지키며 소중히 했는지를 잘 알겠지. 결코 농담으로 이런 소리를 하지 않는다는 것도.

따라서 이건 그만큼 아이리가 진지하다는 뜻이었다.

아이리는 이제까지 쌓아 올린 것과 변하고 싶은 자신을 저울에 올려놓고, 지금 이곳에 있다.

아이리의 마음은 카즈키에게 올바르게 전해졌을 테지.

카즈키는 경악해서 눈을 점점 크게 떴다.

아이리의 심장은 이대로 터지지는 않을까, 싶을 만큼 빠르게 뛰고 있었다.

주사위는 이미 던져졌다. 여기서 도망친다면 본말전도겠지. 잠시 입술을 굳게 꽉 다물고 마주 보았다. 자신은 지금 대체 어떤 표정을 짓고 있을까.

이제는 차라리 자신의 마음을 확실하게 말로 전하는 편이 나을지도 모른다.

"있잖아——."

"저기, 아니시라면 죄송한데요. 혹시 모델 사토 아이리 씨 아니세요?"

"——어?!" "!"

그때 갑자기 누군가 말을 걸었다. 유행에 민감한, 화려하게 꾸민 여자 3인조 그룹이었다. 아이리가 잘못 반응하기도 했을 테지. 주변 경계를 게을리하던 탓에 그만 어깨를 들썩이며 시선을 헤매니, 그것은 긍정이나 마찬가지.

그녀들은 점점 얼굴에 희색을 드리우고 "꺄—!"라며 함성을 터뜨렸다. 금세 주변에서도 무슨 일이냐며 주목이 쏠렸다.

어쩌지? 무슨 대답을 하지?

"잘못 보셨어요! 가자, 이쪽이야."

"……아."

아이리가 허둥대고 있는 사이 카즈키가 바로 말을 던지며 손을 잡아끌었다.

그대로 따라가는 아이리. 우선은 사람들의 시선을 피하고
자 서둘러 달려갔다.

그렇게 찾아온 곳은 학교 뒤편.

문화제의 소란도 멀어졌다. 마치 얇은 천 한 장을 사이에
두고서 격리된, 하지만 열기는 느낄 수 있는 무대 옆쪽 같
았다.

"여기까지 왔으니까 괜찮을까?"

"……아."

손을 놓으며 퍼뜩 정신을 차린 아이리.

마음은 냉정을 되찾았지만 머릿속은 아직 엉망진창 그
대로.

카즈키 역시도 마찬가지겠지.

서로 애매한 표정으로 분위기를 살피는 듯한 시선이 오
갔다.

조금 서늘한 바람이 불어들어 문화제로 들떠 있던 열기도
식혀주었다.

"역시 눈썰미 있는 사람이라면 아이리라는 걸 알 수 있
구나."

"응, 아까 그 애들한테는 깜짝 놀랐어. 아아~, 평소랑 완
전히 다르니까 절대로 안 들킬 자신이 있었는데."

"그만큼 아이리를 열심히 봐주는 팬이 생길 정도로 모델
일에 최선을 다했단 거야."

"그만큼 내가 큰 각오를 다지고서 오늘 이 모습으로 여기

와 있다는 거고.”

“………….”

“………….”

침묵이 내려앉았다. 조금 전과 마찬가지다. 마치 다시 시작된 것처럼 긴장감이 분위기를 덧칠했다.

잠깐의 눈싸움 후, 아이리는 어떤 사실을 깨달았다.

카즈키의 표정에는 곤혹스러운 기색이 짙게 드리워 있었다.

그도 그렇겠지. 이번 일련의 행동은 예상도 하지 않았던 일이니까.

아이리도 다시금 냉정함을 되찾고 조금은 마음이 약해져 있었다.

의식하지도 않았던 상대의 호의라니 그저 민폐일 뿐——그 사실은 연예계 활동을 통해서 그야말로 통감하지 않았나.

다행히도 잘 모르는 상대는 아니다. 그런 의미에서 자신을 생각해주게 만드는 계기로서는 충분하지 않을까? 오늘의 성과로 보면 무척 훌륭하겠지.

어떤 모양새로 수습할지 생각하는데 갑자기 저벅, 하는 발소리가 울렸다.

“……아.”

날아든 목소리와 함께 그쪽으로 의식을 향했다.

조금 전에 그런 일이 있었기에 어느 정도 마음의 준비는 된 상태였다.

그런데도, 아이리는 이곳에 나타난 상대를 보고 도저히

경악을 억누를 수가 없었다.

"타카쿠라, 유즈……."

그녀의 이름을 중얼거렸다.

유즈는 잘 알고 있다. 애당초 아이리가 카즈키에게 위장 애인을 제안한 계기가 된 사람이다.

과거의 목표.

우연히 모모카와 거리를 걷다가 스카우트되었을 때에, 그녀를 끌어들여서 연예계로 뛰어든 이유다. 모델이라는 직함으로 무장하여 유즈에게 대항하기 위해서였다.

그런 유즈는 겉옷까지 제대로 갖춘 사무라이 의복, 칼을 차고 투구 장식을 본뜬 리본을 달고 있었다. 공주님이면서 무사라고도 할 수 있을 법한 모습이었다. 굳이 물어보지 않더라도 연극 따위에 사용할 의상임을 알 수 있었다. 아이리가 보기에도 화려하고 무척 근사해서, 무대에 서기에 딱 맞는 모습이라고 생각했다.

유즈는 놀라서는 눈을 크게 뜨면서도 잠시 아이리를 찬찬히 바라보고 눈빛이 슥 바뀌었다.

"목소리가…… 사토 아이리 씨, 였던가?"

"……예, 그래요."

마치 꿰뚫어 보는 것 같은 시선. 미인의 섬뜩한 모습이 몹시 박력 넘쳐서 그만 허둥대고 말았지만, 어금니를 꽉 깨물고서 견뎌내며 유즈를 힘껏 마주 봤다.

유즈도 아이리를 알고 있겠지.

자신이 손에 넣고 싶던 장소를 한 번은 손에 넣었던 여자.

임시라는 사실은 모르겠지만 의심하고는 있겠지. 지금 보내는 시선은 마치 수사를 통해 진위를 확인하려는 것만 같았다.

꿀꺽 침을 삼켰다.

아이리의 눈에 비치는 유즈는 여전히 강렬할 정도의 미모를 자랑했다.

중학생 때도 모모카와 인기를 양분할 정도로 소용돌이의 중심에 있는 사람이었다. 한동안 보지 않은 사이에 더더욱 미모를 갈고닦아서, 일을 하며 보는 모델이나 연예인이 무색한 수준. 그야말로 아이리 옆에 나란히 서도 손색이 없을 정도였다.

서로를 견제하듯 눈싸움이 시작됐다.

긴장의 실이 점점 팽팽해진다.

"……어?"

그때 유즈의 입에서 놀라 얼이 빠진 목소리가 새어 나왔다. 아이리도 갑작스러운 유즈의 반응에 그만 어깨를 크게 들썩였다.

그리고 아이리는 그녀의 시선 앞에 카즈키가 있는 것을 깨닫고는 "아아" 하고 쓴웃음을 흘렸다.

"혹시 카즈키, 군……?"

"맞아요, 타카쿠라 선배. 이거 어떤가요?"

"후훗, 잘 어울려. 한순간 누군지 못 알아봤을 정도야. 모모카 씨랑 조금 닮았다고는 생각했지만.”

“누나요? 헤어스타일이나 복장 같은 건 무척 다르게 골랐는데…….”

“눈매, 그리고 분위기 때문일까? 어딘가 모모카 씨가 떠올라서. 그리고 카즈키 군이라 생각하고 보니까 이젠 본인으로밖에 안 보여.”

“그런가요…… 처음으로 저라는 걸 간파당해서 조금 분하네요.”

“아핫, 그건 자신을 가져도 돼. 어딜 어떻게 보더라도 여자로밖에 안 보이는걸!”

유즈는 우아하게 입가에 손을 대고 방울이 굴러가는 것 같은 목소리로 재미있다는 듯 웃었다. 마치 어린아이처럼 천진난만해서 솔직히 조금 의외였다.

아이리는 이제까지 계속 주변을 속였던 카즈키를 유즈가 꿰뚫어 봤다는 사실에 눈을 동그랗게 떴다.

틀림없이 평소부터 그를 잘 보고 있었기에 알 수 있었을 테지.

그만큼 카즈키를 향한 그녀의 마음은 진짜다.

아이리의 가슴속에 질 수 없다는 불꽃이 확 퍼져서 입술을 꽉 깨물었다.

경계하는 아이리와 달리 유즈는 다정한 미소를 지었다. 눈꼬리에 고인 눈물을 훔치며 입을 열었다.

“그러고 보니 우리 반에서도 1학년 여장 캬바쿠라가 이상해 보이지만 본격적이라 빠져버릴 정도라고 하더라. 그거야?"

"예. 뭐, 저도 이상한 기획이라고 생각해요. 하지만 짓궂은 장난 같은 일에 진심으로, 진지하게 매진한다면 재미있을 것 같다고도 생각해서요."

"호오, 그럼 혹시 카즈키 군이 먼저 적극적으로 하자고 한 거야?"

"그래요. 잘 아시네요."

"후훗, 정말이지…… 카즈키 군은 변했구나."

"……변하고 싶다, 라는 마음이 있었으니까요."

카즈키는 수줍게 웃었다.

평소와는 전혀 다른 용모, 그야말로 외모는 같은 여성이었다. 하지만 부담 없이 자연스럽게 흘린 미소는 이제까지 이상으로 매력적으로 비쳐서 그만 빠져들고 말았다.

과거와 매듭을 짓고 카즈키는 변했다.

아이리도 유즈의 의견이 옳다고 생각했다.

그런데도 유즈는 슬픈 표정으로, 아이리와 카즈키를 바라보며 말했다.

"그건 역시, 정말 진심으로 좋아하는 사람이 생겼기 때문일까."

"……!" "……예?!"

예상 밖의 말에 한순간 의식이 날아가 버린 아이리.

연신 눈을 끔벅이며 두리번두리번, 카즈키와 유즈의 얼굴을 교대로 바라봤다.

곤란하다는 듯, 무어라 말할 수 없는 애매한 미소를 짓는 카즈키.

그 모습을 본 유즈는 자신의 예상이 빗나갔다는 듯이 눈을 깜박거렸다.

이윽고 유즈는 자조가 담긴 웃음을 흘렸다.

"카즈키를 변하게 만든 건 틀림없이…… 미안해, 아무래도 내 착각이었나 보네."

"아……!"

그러더니 유즈는 발길을 돌리고 한 손을 흔들며 떠났다.

그저 멍하니 그녀의 뒷모습을 바라보는 아이리.

가슴속은 폭풍처럼 술렁대고 있었다.

──카즈키한테, 진심으로 좋아하는 사람이 생겼다.

그것이 그저 그녀의 착각이라고는 여겨지지 않았다.

유즈는 정말 제대로 카즈키를 보고 있었다.

저 발언에도 아이리가 모르는, 그녀 나름대로의 근거가 틀림없이 존재하겠지.

카즈키는 말도 없이 우두커니 서 있었다. 얼굴에 들러붙은 미소가, 속마음을 누구에게도 들키지 않으려고 뒤집어쓴 과거의 가면과 너무나도 닮아 있었다. 그 모습이 유즈의 말을 더없이 긍정하는 것만 같아서.

"잠깐만!"

"아, 아이리!"

한순간 망설인 뒤, 아이리는 더 이상 참지 못하고 유즈를 쫓아갔다.

그야말로 전력 질주.

처음 방문한 학교라서 어디가 어딘지도 모른다. 지금 놓치다면 두 번 다시 만날 수 없을지도 모른다. 그런 초조함이 아이리의 등을 떠밀었다.

다행히도 유즈의 모습은 학교 모퉁이를 돌아가자마자, 체육관 뒤편으로 이어지는 좁은 길에서 발견했다.

쓸쓸하게도 보이는 그녀의 뒷모습을 향해 날카로운 목소리를 던졌다.

"타카쿠라 씨!"

"어, 사토, 씨……?"

설마 아이리가 쫓아올 줄은 몰랐을 테지.

유즈는 어깨를 크게 들썩이며 돌아보고 눈을 끔벅거렸다.

아이리는 놓치지 않겠노라 그녀의 팔을 붙잡았다. 거칠어진 호흡과 마음을 가다듬기 위해 심호흡을 한 번 한 뒤, 유즈의 눈을 똑바로 바라보며 말했다.

"물어보고 싶은 게 있어."

"……뭘까?"

"카즈키 군이 좋아하는 사람에 대해서."

"……그건."

"…………"

"…………"

그 물음에 유즈는 갑자기 분위기가 싸늘해지더니 아이리의 진의를 헤아리듯 진지한 눈빛을 보냈다. 아이리도 눈에 힘을 꽉 주고 마주 봤다.

유즈와 아이리는 복잡한 심경으로 서로를 노려봤다.

그녀는 대체 뭘 알고 있을까?

애당초 그녀는 연적이다. 동시에 사랑하는 사람의 정보를 그냥 가르쳐줄 리는 없다.

더없는 집중력으로 찰나의 시간을 길게 느끼며, 아이리는 머리를 계속 굴렸다.

최근에 카즈키는 변했다.

그것은 둘 다 똑같이 생각하겠지. 조금 전에 카즈키를 상대하는 그녀의 태도를 보아도 그것은 확실했다.

계기는 가을 축제. 히메코랑 사키한테 들었다시피 틀림없이 과거와 결별한 일이다.

하지만 그녀는 아직 그 사실을 모를 터.

그렇다면 유즈는 히메코와 사키가 모르는 이유로 카즈키가 변했다고 인식했다.

그 말은 즉, 이 학교에서 좋아하는 사람이 생겼다고 판단할 무언가가 있었다는 것이다.

……솔직히 말해서, 아이리는 그럴 가능성은 낮다고 생각했다.

하지만 유즈의 눈이 잘못되었다는 생각도 들지 않았다.

만약에 좋아하는 사람이 생겼다면 대체 누구일까?

카즈키는 능수능란하게 행동하는 것처럼 보여도 그렇지 않다. 겉으로 꾸미기만 잘하는 것뿐. 본질은 그저 서투른 남자아이다.

게다가 이성이 호의를 보내는 것에도 너무나 익숙하다. 대처하는 방법에도.

또한 카즈키는 좀처럼 자신의 마음으로 들어오는 것을 허락하지 않는다. 자신 역시도 타인의 마음으로 들어가지 않는다.

지금이라면 이유를 안다.

카즈키는 의외로 겁쟁이다.

그렇게 겁이 많은 카즈키가 먼저 다가가려고 하는 상대가 있다면…… 틀림없이 나름대로 교류를 쌓은 인간이겠지. 하야토 일행처럼.

하야토 일행 가운데 가장 친하고 교류가 깊은 상대라면 하루키다.

아이리 본인도 그녀와 무언가 있는 걸까 경계했지만 그것은 부정당했다. 그것도 본인의 입으로. 그때 들은 하루키의 목소리에 거짓은 없었다.

─그럼 누굴까…….

그런 생각이 빙글빙글 머릿속을 맴돌았다.

눈앞의 유즈는 타인이 접근하지 못할 법한, 험악하고 차가운 표정을 짓고 있었다.

틀림없이 아이리도 비슷한 표정이겠지.

서로가 양보할 수 없는 것이 있으니까.

"…………."

"…………."

팽팽한, 혹은 정체된 상황.

대화도 없이 칼날 같은 시선으로 주고받는 대화.

어쩌면 좋을까. 어금니를 꽉 악물고 주먹을 쥔 순간, 어찌된 영문인지 히메코와 사키의 얼굴이 뇌리를 스쳤다.

그래, 그녀들은 눈부셨다.

표리부동하지 않게, 올곧게 자신의 마음을 밀고 나가는 그녀들처럼 되고 싶다. 그렇게 동경했기에 지금 이 모습으로 이곳에 있는 게 아닌가.

'…………아.'

그러자 순식간에 이런 술수가 바보처럼 느껴졌다.

이럴 때, 최근에 알게 된 저 친구들이라면 어떻게 할까?

그렇게 생각하자 어깨의 힘이 훅 빠졌다. 무심코 웃음을 흘렸다.

"후훗."

"……?!"

아이리의 태도가 갑작스럽게 변하자 유즈는 놀라면서도 날카로운 눈빛을 보냈다.

원래부터 이렇게 서로 속을 떠보는 짓은 좋아하지 않는다.

무엇보다도 가슴속에 있는 이 마음을 속이고 싶지 않다.

아이리는 씐 것이 떨어져 나간 듯 화창한 미소로 노래하듯 말을 건넸다.

"카즈키 군 있죠, 가을 축제 때 싸웠대요."

"어?"

"중학교 시절에 카즈키 군이 편한 대로 이용당하던 건 알죠? 그 상대랑, 얼굴이 부어오를 정도로 크게 싸웠대요. 그래서 과거와 매듭을 짓고 앞으로 나아가기 시작했다는 거. 이게 내가 알고 있는, 카즈키 군이 최근에 변한 이유예요."

"그래……."

아이리는 알고 있는 사실을 단숨에 털어놓았다. 눈앞이 상쾌하게 뜨이는 감각. 마치 가슴속의 응어리가 쑥 내려간 것처럼 후련하게도 느껴졌다.

유즈는 아이리의 말이 의외였는지 당황해서 눈빛이 흔들렸다.

잘 생각해보면 딱히 감출 일도 아니었다.

감춘다고 얻을 수 있는 것이라면 고작해야 사랑하는 사람에 대해 그녀가 모르는 것을 알고 있다는, 보잘것없는 우월감.

정말로 바보 같다.

후우, 자조 섞인 한숨을 흘렸다.

아이리는 이것으로 이야기는 끝이라는 듯, 유즈를 잡고 있던 손을 놓았다.

확실히 유즈가 카즈키에게 좋아하는 사람이 있다고 생각하는 근거는 신경 쓰이지만, 딱히 억지로 물어볼 것까지는 아니겠지.

"이게 다예요."

"자, 잠깐만!"

"…………타카쿠라 씨?"

아이리가 그대로 떠나려고 하자 이번에는 유즈가 팔을 붙들었다.

유즈는 스스로도 어째서 이런 행동을 했는지 모르겠다는 표정이었다. 그렇게 망설이기를 잠시.

"싸웠다는 건 알고 있었어. 키리시마 하야토…… 그 애한테 들었으니까."

"그랬군요…….."

"하지만 카즈키 군이 변했다고 생각한 계기는 그게 아냐."

"…………예?"

한순간 주저한 뒤, 유즈는 살짝 시선을 피하며 조금 부끄러운 듯 입을 열었다.

"……문화제를 준비할 때 있었던 일이야. 우연히 카즈키 군한테 같은 반 아이가 고백 비슷한 걸 하는 모습을 봤는데…… 그때 거절하면서, 따로 좋아하는 애가 있다고 그랬어."

"그저 거절하려는 핑계는 아니고요?"

"그럴지도 모르겠다고 생각했어. 하지만 그때, 이제까지 와는 다르게 거짓말을 하는 것처럼 보이진 않았거든."

"……당신이 그렇게 느꼈다면 사실이겠죠."

"어머, 날 믿어?"

"당연하죠."

그런 쪽으로는 유즈를 확실하게 신뢰했다.

아이리가 단언하자 유즈는 눈을 동그랗게 뜨고는 못 참겠다는 듯 어깨를 들썩였다.

그리고 무척 다정한 표정으로, 눈부시다는 듯 눈을 가늘게 뜨고, 마치 체념한 것처럼 느껴지지도 하는 신기한 목소리를 흘렸다.

"너 변했네. 솔직히 이제까지 모모카 씨 옆에 붙어 있는 부록으로만 봤는데."

"어머나, 신랄하셔라. 하지만 예전의 모습을 생각한다면 어쩔 수 없겠네요. 의존……은 아니지만, 매우 의지한 건 분명하니까."

"그래. 그런데 지금은…… 카즈키 군이 좋아하는 사람이 너라면 납득이 갈 정도야."

"……안타깝지만 그건 아니네요. 정말로 그랬다면 지금 이렇게 눈치나 보고 있을 리가 없는걸요."

"후훗."

"아핫."

아이리는 어깨를 으쓱이며 말하고는 서로를 마주 본 뒤, 함께 웃음을 터뜨렸다.

무척 신기한 느낌이었다.

카즈키에게 자신이나 유즈, 주변에 있는 사람 말고 좋아하는 사람이 있다── 그 사실을 알고서 초조해하거나 질투를 느끼는 것보다도 먼저 어떤 사람인지 신경이 쓰였다.

그리고 그 사람과 친해지고 싶다, 그런 생각부터 해버리는 자신을 이해할 수가 없었다.

카즈키가 좋아하게 될 정도의 사람이다. 틀림없이 멋진 사람이겠지.

그런 생각을 하는데 문득 유즈가 절실한 마음을 담아 중얼거렸다.

"넌 어떻게 그렇게나 변할 수 있었을까? 카즈키 군처럼, 뭔가 계기라도 있었어?"

"친구가 생겼거든요. 나를 제대로 나로서 올곧게 봐주는, 그런 멋진 친구가요."

"카즈키 군처럼?"

"그래요, 카즈키 군처럼. 그건 똑같을지도 모르겠네요."

"후훗, 부러워라."

"있잖아요. 우리도 마찬가지로 친구가 될 수 있을까요?"

"·······················허?"

그 제안에 유즈는 놀란 나머지 그녀답지 않게 이상한 목소리를 흘렸다.

아이리 역시도 자신의 입에서 튀어나온 말이 믿을 수 없다는 듯 눈을 크게 떴다.

하지만 그것은 분명히 아이리의 본심에서 나온 말이었다.

그 마음이 올곧게 전해진 건지, 유즈는 그때까지 붙잡고 있던 손을 놓더니 가슴에 댔다. 그녀의 눈빛이 흔들렸다.

유즈가 얼마나 당황하고 동요했는지 여실히 전해졌다.

어째서 말을 해버렸을까, 싶기는 했다.

하지만 어떻게든 그녀에게 전해두고 싶었다.

각자가 스스로를 있는 그대로 드러내놓고 마주 보기를 잠시.

문득 유즈의 표정이 부드러워졌다.

"바보 같은 소릴 하는구나."

"난 바보니까요. 아니라면 얼핏 처세술이 좋아 보이지만 스스로를 죽이고 제멋대로 상처만 잔뜩 받는, 귀찮은 사람 따윌 좋아할 리가 없죠. 당신도 마찬가지잖아요?"

"후훗, 그러네. 아핫, 아하하하하핫."

"아하하하하하하하핫."

무척 우습다는 듯이 두 사람은 크게 웃었다.

유즈는 대답이라는 듯 손을 내밀었다. 아이리는 얼른 그 손을 붙잡았다.

유즈의 얼굴은 무척 밝았다. 그녀치고는 천진난만하고, 그만 빠져버릴 정도로 아름다워서 아이리는 숨을 삼켰다.

"유즈라고 불러."

"나도 아이리라고 부르면 돼요."

"그래. 잘 부탁할게, 아이리."

"천만에요, 유즈."

한번 솔직한 마음을 맞부딪치자 어쩐지 몹시 간질간질 부끄러웠다.

이렇게나 간단히 친해지는 거였다면 더더욱 빨리 이랬어야 한다는 생각도 들었다.

그때 이쪽으로 손을 흔들며 달려오는 사람이 있었다. 카즈키였다.

"아이리, 타카쿠라 선배!"

카즈키는 딱딱하고 복잡한 표정을 짓고 있었다. 조금 전까지 자신들의 모습을 생각한다면 당연하겠지.

그것이 어쩐지 우스워서 아이리와 유즈는 얼굴을 마주 보고 가볍게 웃었다.

"저기, 대체 무슨……."

"글쎄, 뭘까?"

"무슨 일이라고 생각해?"

아이리와 유즈의 사이좋은 반응에 곤혹스럽다는 표정으로 바뀌는 카즈키.

유즈는 그녀답지 않게 짓궂은, 하지만 무척 매력적인 미소로 아이리와 카즈키를 바라봤다. 그리고 마치 도발하듯 말했다.

"이제부터 내가 무대에서 혼신의 연기를 보여줄 테니까 꼭 보러 와달라고 그랬어."

"그래그래! 그렇다니까 가자, 카즈키 군!"

"아니, 어……?!"

그 말에 시원스러운 미소로 대답하는 아이리.

카즈키는 이상하게 친해진 두 소녀에게 희롱당하듯이, 손을 붙잡혀서 그저 끌려갔다.

모두가 보는 것

문화제의 소란을 차단하듯 암막을 친 체육관.

긴박한 분위기가 지배하는 가운데, 이곳에 있는 사람들은 다들 가슴을 두근거리며 무대를 바라보고 있었다.

그 안에서 하루키만큼은 믿을 수 없다는 듯 동요하며 곤혹스러워하고 있었다.

『항상 말하지 않느냐. 한 가지 기술을 숙달했을지라도 많은 것을 욕심내는 건 어리석은 짓이라고! 그와 마찬가지! 이 숙원을 이루는 것 말고는 모든 게 사소한 일이다!』

모두가 무대에 선 화려하고 찬란한 한 소녀—— 유즈를 중심으로 펼쳐지는 세계에 매료되었다.

솔직히 연극의 수준이라는 점에서는 학생의 영역을 벗어나지는 않았다.

하지만 유즈라는 별의 빛과 열을 맞닥뜨리자, 다른 사람들에게도 그 열이 전파되는 것 같았다. 그로 인해 연극의 수준도 더더욱 올라갔다.

대체 무엇이 모두를 그렇게까지 끌어들이는 것일까. 바로 열정이 담긴 그녀의 말과 표정이었다.

『설령 어떠한 간난신고(艱難辛苦)를 맞닥뜨릴지라도, 이 맹세를 다할 때까지는 절대로 포기하지 않겠노라고 결심했다.

결심했단 말이다!』

어떠한 고난일지라도, 얼마나 절망적일지라도 스스로에게 맹세한 이 마음만큼은 결단코 배신하지 않겠다고. 이루어내겠다고.

유즈의 그런 귀기 어린, 불굴의 의지가 담긴 대사와 표정이 보는 사람을 매료시켰다.

옆에 있는 히메코도 가슴 앞으로 양손을 주먹 쥐고, 유즈가 연기하는 무사 공주님이 어떻게 될지를 조마조마한 표정으로 지켜보고 있었다.

하루키는 유즈가 그만큼 박진감 넘치게 마음을 표현할 수 있다는 사실이 믿기지 않았다.

'어, 째서……'

그날 분명히 함께 보았다. 뼈저리게 깨달았을 터.

카즈키의 마음은 다른 누군가를 향하고 있다.

그녀의 마음이 이루어질 일은 없다.

그때 그것을 통감한 유즈의 창백한 얼굴, 영혼이 빠져나간 것 같은 목소리, 아무리 바랄지라도 이룰 수 없다는 사실을 깨달은 모습은 도저히 잊을 수가 없었다.

어떻게 해도 불가능한 일이 있다는 것을 하루키는 잘 안다. 뼈저리게 깨달았다.

그런데도, 어째서?

하루키의 눈에 지금의 유즈는 마치 카즈키를 향한 연심을 결코 포기하지 않겠노라 선언하는 것만 같이 비쳤다. 아니다, 실제로도 그렇겠지.

그러나 전날과 비교하면 너무나도 변했다.

대체 그녀에게 무슨 일이 있었을까.

『이 숙원을 이룰 때까지, 나를 따라와 다오!』

연극은 분위기가 최고조에 다다른 참에 끝났다.

배우 전원이 나와서 머리를 숙이자 금세 우레와 같은 박수, 새된 목소리로 날아드는 함성과 갈채가 터졌다. 그리고 끝나버렸다는 사실에 대한 불만도 살짝 느껴졌다. 연극은 대성공이었다.

하루키도 다른 사람들을 따라서, 하지만 기운이 빠진 표정으로 손뼉을 쳤다.

가슴속에서는 복잡한 감정이 빙글빙글 마구 맴돌았다.

멍하니 있기를 잠시, 이윽고 배우들이 퇴장하자 미처 흥분이 식지 않은 히메코가 말을 건넸다.

"아~~~~ 엄청 재미있었지, 하루!"

"으, 응, 박력 있었어."

"주인공 백설 공주가 결코 포기하지 않는 모습! 다들 영향을 받아서 마음이 바뀔 수밖에 없겠지."

"! 그, 그래……."

그러면서 눈앞으로 양손을 맞잡고는 극 중의 유즈를 다시 떠올리는지 황홀하게 한숨을 내쉬는 히메코.

반면에 마음이 바뀐다는 말에 가슴이 두근거리는 것을 느끼며 애매하게 끄덕이는 하루키.

확실히 유즈의 모습을 보면 마음에 울리는 무언가가 있었다. 어쩌면 카즈키의 마음을 흔들 수도 있겠다고 생각해버릴 만큼.

하지만 가을 축제 때, 우연히 엿본 카즈키의 너무도 애타는 그 마음은 바뀔 것 같지 않았다.

더더욱 영문을 알 수가 없었다.

하루키가 얼굴을 잔뜩 찌푸리고 있었더니 히메코도 비슷한 표정을 짓고 조금 아쉽다는 목소리로 중얼거렸다.

"으~음, 그건 그렇고 지금부터 시작되려는 부분에서 끝나버렸네~. 뒷이야기는 어떻게 될까?"

"그건…… 원전에 해당되는 야마나카 시카노스케는 붙잡혀서 처형당해 버렸고, 초소카베 모토치카도 전쟁에 져서 가신으로 들어갔어. 가장 분위기가 좋은 장면에서 끝낸 거 아닐까?"

"어어~, 져버렸다고?!"

"모, 모티브가 된 사람은! 저 이야기에서는 어떻게 될지 모르니까! 그런 것도 상상에 맡기려고 그렇게 끝낸 게 아닐까."

"그런가. 잘 됐으면 좋겠네!"

"으, 응."

진심으로 **그녀**가 그 마음에 결실을 맺길 바라는 히메코. 관객으로서 올바른 태도겠지.

하지만 혹시 유즈의 바람대로 잘 흘러간다면 최종적으로 무찔러야 하는 대상은 바로 히메코다. 참으로 복잡한 심경으로 하루키는 얼버무리듯이 미소를 지었다.

주변은 아직도 시끌벅적했지만, 암막이 걷히자 서서히 이곳을 떠나는 사람도 많아지고 문화제의 소란도 돌아왔다.

그때 하루키의 스마트폰이 메시지를 알렸다. 에마의 메시지였다.

『지금 어디야~? 복도에서 기다리는 손님 숫자가 굉장해서, 아직 좀 이르지만 라이브를 시작하고 싶거든. 어때? 어때?』

시간을 확인하니 아직 30분 이상 여유가 있었다.

에마는 당일 스케줄 조절을 도맡아서 아침부터 정신이 없었다. 모두가 추억을 만들 수 있도록 최선을 다하는 중이었다.

에마가 이렇게 연락을 보냈다면 그만큼 현장은 큰일이 벌어졌겠지. 곤란하다며 작게 웃음을 흘렸다.

친구로서 도와주어야 하겠지.

게다가 지금은 쓸데없는 생각을 버리고 싶기도 했다.

얼른 의식을 전환했다. 머릿속이 싸악 차가워지는 감각.

"무슨 메시지야, 하루?"

"에마가 보낸 거야. 우리 반 라이브, 앞당겨서 시작하고 싶대."

"와, 나도 갈래! 하루 라이브, 기대돼!"

진심으로 즐거워하는 히메코.

그 모습에 하루키는 너무나도 익숙하게 쓰던 자신의 가면이 일그러지는 것을 느꼈다.

에마의 호출에 돌아온 하루키는, 아침과는 전혀 다른 교실의 모습에 굳은 표정으로 눈을 끔벅거렸다.

"이거 뭐야……."

"사람 엄청 많아……."

옆에 있는 히메코도 눈을 동그랗게 뜨며 숨을 삼켰다.

아무래도 카페 영업은 종료하고 라이브를 준비 중인 듯했다.

그건 알겠다.

하지만 어찌 된 영문인지 하루키네 1-A반의 교실 문이나 창문은 전부 걷어냈다.

무대는 칠판 앞에서 창가 중앙으로 옮겨서 복도에서도 잘 보이도록 했다.

그것만이 아니라 넓이를 확보하기 위해서 조리나 옷을 갈아입을 공간도 철거하고, 복도에까지 입식용 스탠드를 설치했다. 마치 흡혈 공주 카페가 교실에서 튀어나와 복도나 옆 반까지 침략하는 것처럼.

실제로도 그렇겠지.

이미 그만한 인원이 밀려들었다. 복도에는 같은 반 아이들이 그들에게 대응하고자 필사적으로 정리와 유도를 진행 중이었다. 다들 전혀 여유가 없어 보였다.

여기저기서 "리허설이랑 완성도가 아예 다르니까!" "다들 보고 오라던데" "영상으로 봤는데 정말 엄청났어!" "저건 꼭 라이브로 봐야 해!"라는, 라이브에 대한 기대감을 부풀리는 말이 마치 홍수처럼 귀에 들어왔다.

선망의 열기는 조금 전 유즈의 연극과도 어깨를 나란히 할 정도였다. 아니다, 체육관과 다르게 좁은 교실이기도 해서 흥분의 밀도는 더 높을지도 모른다.

그런 가운데 와플과 커스터드의 달콤한 냄새가 가득한 것이 참으로 뒤죽박죽이었다.

하루키가 눈앞의 광경에 살짝 압도당한 사이, 두 사람을 알아차린 에마가 바로 달려왔다. 히메코는 에마의 의상을 보고 눈을 반짝였다가, 필사적이고 험악한 그녀의 분위기를 읽고 바로 입을 다물었다.

"하루키! 다행이다, 와줬구나! 대체 언제 오느냐고 압박이 장난 아니라서!"

"에마, 옆 반까지 넓힌 것 같은데 이거 괜찮아?"

"응, 그쪽은 이야기가 됐어. 오히려 저쪽에서 먼저 이야길 해서 협력을 받은 거야!"

"그, 그렇구나."

자세히 보니 줄을 정리하거나 바쁘게 무대를 준비하는 사람들 중에는 드문드문 유카타를 입은 사람이 섞여 있었다.

옆 반 가게 이름은 일본풍 카페 미야비. 정통적이고 왕도 그 자체로 안전한 선택이었다. 하지만 올해는 이색적이고 특이한 가게가 특히 많다 보니 솔직히 수수해서 눈에 띄지 않았다.

그런 B반 아이들은 단순히 준비를 돕는 것만이 아니라 말차나 엽차, 마시는 와라비모치 같은 음료를 판매하고 있었다. 확실히 제대로 된 역할 분담이라고 생각했다. 흡혈 공주 카페는 오전부터 입장료 대신 판매할 와플을 굽는 쪽으로 전력을 기울이고 있어서 도저히 음료까지 신경을 쓸 수가 없었다. 이것은 서로에게 이익이 되는 제휴겠지.

"어쨌든 옷 갈아입고 준비해! 아, 우리 반이 아니라 B반에서!"

"으, 응."

"아, 히메코도 미안한데 좀 도와주지 않을래?"

"어, 저도 말인가요?!"

그러면서 에마는 하루키의 손을 붙잡고 B반으로 데려갔다. 고개를 끄덕이고 따라가는 하루키.

미안하다는 듯 에마가 부탁하자 귀여운 권속 의상을 입을 수 있을지도 모른다며 신이 나서 승낙하는 히메코.

하루키는 그런 히메코를 보고 예비 의상이 있던가 생각하며 쓴웃음을 흘렸다.

B반 교실은 완전히 흡혈 공주 카페의 준비실로 바뀌어 있었다.

일본풍 카페의 테이블이나 의자 등은 구석으로 밀어냈다. 이곳으로 옮긴 조리 기구로 와플이나 음료를 척척 만드는 권속들과 유카타, 평범한 교복을 입은 사람들.

여기저기서 "커스터드 떨어지겠어! 얼음도!" "씨앗빵 곧

품절입니다!" "커스터드는 준비해 놓을게요!" "빙수 파는 같은 부 선배한테 받아온다더니?!" "OK래, 지금 가서 받아올게!" "아, 옷 풀어지려고 해!" "나 바느질 세트 갖고 있어! 나한테 보여줘!" "유카타 띠가 풀어져 버렸어……" "제가 맬 줄 알아요!"라는, 비명으로도 들리는 노성이 오가고 있었다.

카페 라이브 성공을 위해 모두 하나가 되어 있었다.

그리고 무대 뒤의 중심에는 하야토가 있었다.

조리나 남은 재료 파악, 급한 의상 수선은 그야말로 훌륭했다. 어찌 된 영문인지 사키랑 미나모도 다른 사람들과 함께 하야토의 지시를 원활하게 진행하고자 보좌를 맡고 있었다.

그런 하야토의 모습은 마치 엄마, 또는 의지할 수 있는 형님.

어쨌든 생활력으로는 고등학생의 수준을 벗어난 하야토의 맹활약이 펼쳐졌다. 그야말로 물 만난 고기처럼 활기차게 지시를 날리고, 다른 아이들도 그를 의지하는 것이 한눈에 보였다.

하야토는 옛날부터 그랬다. 한번 달리기 시작하면 금세 주변에 있는 사람들도 끌고 간다. 틀림없이 사키랑 미나모도 하야토에게 말려들었을 것이다. **그때**의 자신은 그런 하야토에게 얼마나 구원을 받았던가.

혼란스러운 주변 모습을 보면, 정말로 하야토이기에 저렇게 지시를 내릴 수 있는 거겠지.

그것이 **파트너**로서 자랑스럽기도 하고 조금 우습기도 해서 자연스럽게 웃음이 흘러나왔다.

"하루키가 와줬어—!"

그때 에마가 하루키의 도착을 알렸다. 곧바로 모두가 시선을 향하더니 와, 하고 함성을 터뜨리며 달려왔다.

"니카이도 씨 기다렸어!" "이쪽 준비는 다 됐으니까!" "손님들이 대체 언제 시작하느냐고 계속 물어!" "기대하고 있어!" "빨리빨리!"

"어, 저기 그게……."

노도와 같은 기세로 말이 쏟아지며 그들에게 휩쓸려버렸다. 스태프들 역시 손님들에게 지지 않을 만큼 열정적이었다.

침을 꿀꺽 삼키며 뒷걸음질 치는 하루키.

라이브의 성패가 자신에게 달려 있다고 새삼스럽게 자각하니 어쩔 수 없이 압박을 느끼고 만다. 조금 전에 유즈의 연극을 보았기에 더더욱. 그만큼 뜨거운 모습을 보여줄 수 있을까, 하는 약한 마음이 고개를 든다.

그때 하야토와 눈이 마주쳤다.

하야토는 어릴 적부터 익숙한, 장난기 가득한 미소를 짓고서 입을 열었다.

──한 방 먹여주자고, 하루키!

주위의 소란에 묻혀 목소리는 들리지 않았다. 하지만 하루키의 마음에는 분명하게 전해졌다.

마치 같이 놀자, 즐기자, 라고 전하는 듯한 마음이.

그래, 이것은 평소에 장난을 치자고 할 때와 똑같다. 옛날보다 규모가 조금 더 커졌을 뿐.

그 순간, 들뜬 마음으로 가슴이 두근두근하기 시작했다.

하루키는 주춤거리는 마음을 꾹 삼키고, 하야토와 마찬가지로 평소의 짓궂은 미소를 짓고는 한손을 위로 내질렀다.

"제대로 한 번 띄워볼까요!"

"""""""우오오오오오오오오오오!"""""""

하루키가 의기양양하게 선언하자 갈채가 터져 나왔다.

모두의 도움을 받아서 의상 착용과 화장을 제대로 마친 하루키는 전신 거울 앞에 섰다.

눈앞에 비치는 것은 흡혈귀 진조 공주님의 모습으로 변한 자신.

자신을 빙글 돌아보고 완성도에 마음속으로 좋았어, 라고 중얼거렸다. 화장을 도와준 반 친구나 B반 여자들도 꺄아! 함성을 터뜨렸다.

하지만 이것만으로는 부족하다. 그저 흡혈 공주 브리깃의 모습만 갖추었을 뿐.

하루키는 머릿속에서 최근에 만들어낸 브리깃 가면을 검색, 손에 들었다. 눈을 내리깔고 심호흡.

그 가면을 쓰는 것과 동시에 하루키의 분위기가 돌변했다.

『가자!』

"""""""────!"""""""

하루키의 그 한마디에, B반에 있는 모든 사람이 숨을 삼켰다. 동시에 긴장의 실이 팽팽해졌다. 모두의 표정이 바뀌었다.

그들을 보며 여유롭게 고개를 끄덕이고, 또각또각 신발 소리를 울리며 걸어갔다. 다른 스태프도 자연스럽게 뒤를 따랐다.

그 모습은 그야말로 위풍당당, 그들 위에 군림하는 자.

문 앞에 서자 에마가 자못 당연하다는 듯이 종자처럼 공손히 문을 열었다. 그대로 복도로 얼굴을 내밀었다.

그러자 시끄럽던 주변은 하루키를 중심으로 파문이 퍼지듯이 금세 적막해졌다. 마치 마법에 걸린 것만 같았다.

하루키가 걸음을 내딛자 마치 경의를 표하듯이 다들 한 걸음 물러나서 자세를 딱 바로잡았다.

그런 가운데, 엄숙하게 무대로 향했다.

무대에 선 하루키는 날카로운 분위기였다.

모두가 그 분위기에 삼켜져서 마른침을 삼키며 지켜봤다.

당장에라도 무언가가 터질 것 같은 갑갑한 분위기. 흡혈 공주 하루키는 한손을 앞으로 펼치며 그것을 신호로 세계를 바꿀 주문을 자아냈다.

『천 년의 꽃~♪』

서두도 없이 갑작스러운 시작.

연주도 허둥지둥 조금 늦게 뒤따랐다.

금세 이곳이 결전 전야의 요새 광장으로 바뀌었다.

처음에는 허를 찔린 것 같던 모두의 표정이 점점 바뀌었
다. 하루키에게는 그 모습이 잘 보였다.

고국의 위기를 앞둔 불안과 공포, 그리고 부조리한 상황
에 대한 분노.

그들이 섬기는 이 나라의 공주도 그것은 마찬가지.

전쟁 같은 건 싫다.

어째서 이런 일이 벌어졌는가.

누구도 상처받기를 원하지 않는다. 누구도 소중한 것이
망가지기를 바라지 않는다.

하지만 이대로는, 사랑하는 모든 것을 빼앗기고 만다.

그렇기에 하루키는, 그들을 이끄는 흡혈귀 진조 공주는.
겁을 먹고 공포심에 사로잡힌 그 마음을 필사적으로 고무하
며 떨리는 다리로 모두의 앞에 섰다.

그런 기특한 공주님의 모습에 마음이 움직이지 않는 사람
은 없다.

모두가 열광하고, 고양되고, 하나의 큰 흐름이 생겨나고,
그것을 한데 묶어서 이끈다.

지금 분위기는 가장 달아오르고 있었다.

──하루키의 계획대로.

그 사실에 하루키는 해냈다며 내심 득의양양하게 웃었다.

퍼즐 조각을 딱 맞춘 것 같은, 게임에서 적의 움직임을 보
고 제대로 카운터를 친 것 같은. 자신의 생각대로 일이 진
행되기에 얻을 수 있는 상쾌함.

이렇게 무대에서 얻을 수 있는, 그런 감정은 싫지 않았다.

흥분과 고양감을 느끼며 즐기는 것은 하루키만이 아니었다.

눈앞에 있는 관객들 모두도 흡혈 공주 브리깃을 따르는 가신이 되어 고난에 맞서고 있다.

이루 말할 수 없는 일체감이 몸을 뒤덮었다.

시선을 흘긋 움직여보니 하야토와 사키, 미나모랑 히메코, 물론 에마나 이오리 같은 반 아이들도 하나가 되어 즐기는 모습이 보였다.

어느샌가 교실과 복도 창문도 활짝 열어 두었다. 건물 밖으로 새어 나오는 노랫소리에 무슨 일인가 싶어 걸음을 멈추고 이쪽을 보며 귀를 기울이는 사람들의 모습도 보였다.

그만큼 이 라이브는 더없이 성황이었다.

처음에는 눈에 띄고 싶지 않다는 마음이 강했다. 그러나 여기까지 모두 함께 준비하며 이래저래 고생한 것을 떠올리면 이런 대성공이 기쁘고 자랑스러웠다.

『황금의 나날~♪』

이제 이대로, 모두가 바라는 대로 흡혈 공주 브리깃을 끝까지 연기하면 된다.

게다가 진조의 공주님은 하루키도 무척 좋아하는 캐릭터다.

이 라이브를 계기로 다른 사람들도 작품이나 캐릭터를 좋아하게 된다면 좋겠다는 생각도 있었다.

그때 창밖에 유즈의 모습이 보였다. 연극을 마치고 갈아입었는지 교복 차림이었다. 그녀 옆에는 아이리와 카즈키.

심장이 크게 뛰려고 했지만 어떻게든 버텨냈다. 제대로 얼버무렸다고 생각한다.

세 사람 역시 바깥에 있어도 이 라이브를 즐기는 것처럼 보였다.

그들이 보더라도 이 라이브는 있는 그대로 즐길 수 있는 수준이겠지.

하지만 하루키는 어째선지 조금 전 유즈의 연극을 다시 떠올리고 말았다. 미숙하다고도 할 수 있는 연기가 어째서 그런 열광을 만들어냈을까. 굳이 물어볼 필요도 없었다.

그것은 유즈 본인의 마음에서 튀어나온 말이었으니까.

그렇기에 그만큼 많은 사람의 마음에 울렸다.

츠키노세에서 본 사키의 신악무 역시 그렇겠지.

유즈도 사키도 이 라이브와 같이 누군가를 연기한 것이다.

그런데도 어째서 이렇게나 다를까?

둘 다 너무나도 눈부셔 보였다.

자신에게는 없는 진짜 열정과 색깔이 있었다.

반대로 지금 자신은 어떨까?

이것은 그저 흡혈 공주 브리깃을 베꼈을 뿐. 이 캐릭터라면 이럴 때 이렇게 한다고 따라 했을 뿐.

태양처럼 스스로 빛나는, 뜨거운 존재가 아니다. 그저 달처럼 진짜의 빛을 반사할 뿐인 가짜.

스스로 탄생시킨 마음은 없이, 그저 우스꽝스럽게도 가면을 뒤집어쓰고서 노래하고 춤출 뿐.

갑자기 지금 하는 일이 터무니없는 코미디처럼 여겨졌다.

입에서 흘러나오는 노래가, 마음을 표현하는 안무가 어딘가 마음을 겉도는 감각.

그러나 이것이야말로 **모두**가 원하는 것인데.

하지만 그렇다면, 어머니, 그리고 주위에서 바라는 **착한 아이** 가면을 쓴 것과 대체 어디가 다르단 말인가?

'————아.'

한순간 덮쳐드는 현기증과 함께 깨달았다. 깨닫고 말았다.

이곳에 있는 모든 사람의 눈에는 흡혈 공주 브리깃의 모습이 비치고 있다.

하지만——.

——아무도 하루키를, 나를 보고 있지 않다.

◇ ◇ ◇

스태프로서 교실 구석에서 라이브를 바라보는 하야토의 눈에는, 무대 위에서 빛나는 하루키의 모습은 역시나 눈부셔 보였다.

주변의 기대를 한 몸에 모으고, 멋지게 모두가 바라는 세계를 만들어내고 있었다.

걱정, 고무, 단결, 선동.

하루키가 연기하는 흡혈귀 공주님은 보는 사람의 마음을 다양한 형태로 뒤흔들었다.

하야토에게는 기억 속에 있는 모습이기도 했다.

어릴 적에 함께 놀면서 느낀 미지에 대한 기대, 두근거리는 가슴, 발견, 흥분, 그것들을 통해서 얻은 즐거움. 이것은 그 규모를 훨씬 확대한 것.

이렇게나 사람들을 매료시키는 하루키의 재능은, 더는 의심할 여지가 없었다.

'……하루키?'

모두가 하루키를 주목하는 가운데, 하야토는 작은 위화감을 느꼈다. 미간에 주름을 지었다.

라이브는 지금 용맹한 노래의 클라이맥스로 들어서며 최고조를 맞이하고 있었다.

록 같은 질주감, 흔하지만 힘찬 가사, 그리고 모두와 함께 고난을 무찌르고 승리를 거두러 간다는 내용. 이 게임에서는 보스전에 나오는 노래라고, 연습할 당시에 들었다. 관객도 그에 맞추어 손에 땀을 쥐며 끓어올랐다.

그런데도 어찌 된 영문인지 하루키에게서 느껴지는 딱딱하고 어두운 분위기.

처음 만났을 때와 같이 비장하고 절망적인, 자신의 껍질 안에 틀어박혀 있던 **하루키**가 겹쳐 보이고 말았다.

왜? 어째서? 모르겠다.

곤혹스러워하는 하야토.

가까운 사람이라면 마찬가지로 무언가 걸리는 걸 느낄지도 모른다.

그런 생각에 사키를 봤더니 가슴 앞으로 주먹을 쥐고서 마음을 졸이며 무대에 집중하고 있었다. 필사적인 그 모습은, 조금 전에 둘이서 문화제를 돌 때에 그녀와 나눈 이야기도 어우러져서 몹시 귀엽게 비쳤다. 심장이 두근거려서 황급히 시선을 피했다.

옆에 있는 히메코는 리듬에 맞추어 한 손을 흔들며 몰두하고 있었다. 평소 그대로인 동생의 모습에 쓴웃음.

어쨌든 두 사람은 딱히 아무것도 느끼지 못하는 듯했다.

하야토는 더더욱 의아해하며 얼굴을 잔뜩 일그러뜨렸다.

그러다가 미나모가 마찬가지로 씁쓸한 표정이라는 사실을 깨달았다.

"……미나모 씨?"

"! ……아."

하야토는 주변에 방해가 되지 않도록 작은 목소리로 이름을 불렀다.

미나모도 자신이 찌푸린 표정이란 자각이 있었을 테지.

미나모는 처음에는 얼버무리듯이 애써 미소를 지었다. 하지만 속을 들여다보는 것 같은 하야토의 시선에 이윽고 체념한 듯 "후우" 하고 작게 한숨을 내쉬더니 눈을 내리깔았다.

그 후, 하루키 쪽으로 고개를 돌리고 툭하니 거북한 감정이 담긴 말을 흘렸다.

"저, 아침에 이걸 들어두고 싶었어요."

"……어?"

갑작스러운 미나모의 말에 하야토는 미간을 찌푸리며 그 말의 의미를 생각했다. 하지만 도저히 알 수가 없었다.

미나모는 자조 섞인 미소를 짓고 더듬더듬 이야기했다.

"하루키 씨 노래, 굉장하네요. 듣는 것만으로 마음에 울리고, 무섭고 힘들어서 참을 수 없는데도, 그래도 소중한 것을 위해 일어서야만 한다는 용기가 생겨나요."

"그건……."

하야토는 무언가 말을 건네려다가 입을 다물었다. 다물고 말았다.

이 라이브는 설령 게임을 따라 한 것일지라도 확실히 소중한 것을 지키기 위해서 일어서려는 내용이다. 실제로 많은 사람들의 감정을 뒤흔들며 끌어당기고 있었다.

미나모는 그런 모두를 바라보며 감정 없는 목소리로 중얼거렸다.

"저, 오늘 아버지가 와줘서 엄청 기뻤거든요. 하지만 역시 어딘가 삐걱삐걱, 예전과 같은 분위기는 아니라서……. 이제까지와 비교하면 무척 진전이 있었거든요? 그런데도 역시, 아버지한테 중요한 이야기를 전혀 할 수가 없었어요……."

"미나모 씨……."

한 걸음은 내디딜 수 있었다.

그리고 나쁘진 않은 결과를 얻을 수도 있었을 테지.

하지만 그것은 결코 진심으로 바라던 최선의 결과가 아니다.

결국 제대로 마음을 전할 귀중한 기회를 놓치고 말았다.

──용기가, 부족해서.

그러니까 미나모는 그런 후회로 점철된 힘겨운 표정을 짓고 있었다.

귀중한, 과거를 되찾을 기회를 놓쳐버려서. 무서워서 해야 할 말을 꺼낼 수가 없어서. 조금 더 빨리 이 노래를 듣고서 용기를 받고 싶었다고.

그날, 하야토는 미나모와 그녀의 아버지가 나누는 대화를 지켜보았다. 그렇기에 그런 미나모의 마음을 잘 알 수 있었다.

가장 되찾고 싶었던 것이 스르륵, 손바닥에서 빠져나가고 말았다는 사실도.

오늘 아침, 미나모가 아버지와 함께 있는 모습을 보았다.

그때 말을 건네었다면. 어쩌면 무언가 할 수 있는 일이 있었을지도?

하지만 그랬다고 해도, 어떻게 해야 할지 알 수가 없었던 것도 사실.

게다가 이미 지나가 버린 일이다. 만약의 이야기를 지금 생각해봐야 의미가 없다.

그저 답답한, 그리고 지독히 기억에 박혀 있는 무력감이 하야토를 뒤덮었다.

하야토는 적어도 그것에 익숙해져서는 안 된다는 듯 어금니를 물고 주먹을 꽉 움켜쥐었다.

『──감사합니다!』

이윽고 하루키의 인사와 함께 터져 나오는 박수갈채.

주변에 맞추어 박수를 치는 미나모를 보고 하야토도 조금 늦게 손뼉을 울렸다.

도시로 나와서 처음 맞이한 문화제는, 이렇게 하야토의 가슴속에 응어리를 남기며 끝을 맞이했다.

제11화

후야제, 공개 고백

태양은 완전히 서쪽으로 기울었다.

주황색으로 물든 양떼구름은 마치 석양에 이끌려 집으로 돌아가듯, 거침없이 지평선 너머를 향해 헤엄쳤다.

외부 손님들은 대부분 돌아갔다. 문화제로 그렇게나 소란스럽던 교내에도 어딘가 차분한 분위기가 흐르고 있었다.

하지만 열기는 아직 식지 않았다.

문화제에서 많은 일이 있었던 탓인지, 하야토의 가슴속 깊은 곳에서는 무언가 답답한 것이 뭉실뭉실 맺혀 있었다.

어쨌든 이제부터 마지막으로 후야제가 시작된다.

기본적으로 참가는 자유. 하지만 뒤풀이라는 측면도 강해서 이 시점에 돌아가는 학생은 거의 없다.

하야토는 말도 없이 복도 창가에서 밖을 멍하니 바라보고 있었다.

운동장 중앙은 어느 정도 정리가 되었다. 그곳에 문화제에서 사용된 간판이나 해체된 노점 같이 큰 것부터 포스터나 사용한 종이컵, 종이 접시 같이 작은 것들까지 쌓여 있었다.

함께 운동장을 보던 히메코가 의아하다는 듯 중얼거렸다.

"오빠, 저기에 이것저것 모아뒀는데 뭘 하는 거야?"

"태운다나 봐. 일단 몸을 녹인다는 명목이지만, 요컨대 캠프파이어 같은 거겠네."

"어, 캠프파이어?! 사키, 캠프파이어래!"

"와, 와아! 캠프파이어라면 만화나 애니메이션, 게임에서밖에 못 봤어요! 마임마임* 같은 것도 할까요?"

"쓸데없는 걸 태우는 게 목적이니까 공식적으로 하진 않지만…… 뭐, 지원자들이 계획해서 출 순 있겠네. 여러 가지 이벤트도 있다니까."

그 말에 "꺄―!" 하고 함성을 터뜨리는 동생과 친구. 그 모습을 보고 하야토의 표정도 부드러워졌다.

그때 사키가 무언가 깨달은 듯 "아" 하고 입을 열었다.

"그러고 보니 새삼스럽지만, 저희도 후야제에 참가해도 되는 건가요?"

"문제는 없을 거야. 이대로 자연스럽게 해산하는 거니까. 혹시 안 된다고 해도 오늘은 사복차림인 학생도 많으니까 아무도 모르겠지."

"아핫, 그런 말을 들으니까 어쩐지 하면 안 되는 짓을 하는 것 같아서 두근두근하지, 사키."

"응."

그때 눈앞의 B반 교실 문이 드르륵 열렸다.

흡혈 공주 의상에서 교복으로 갈아입은 하루키가 크게 기

---

*이스라엘의 민요. 이 노래에 맞추어 포크댄스를 춘다.

지개를 켜며 나타났다.

“으응~, 기다렸지!”

“하루, 교복으로 갈아입어 버렸네.”

조금 아쉽다는 듯 중얼거리는 히메코.

주변을 둘러보면 이오리랑 에마처럼 여전히 권속 의상 그대로인 사람, 유카타를 입은 사람, 똑같이 맞춘 반 티셔츠를 입은 사람도 여기저기 보였다. 어느 옷이든 화사해서 이 문화제를 상징하는 모습이었다.

그 말에 하루키는 곤란하다는 듯 미간을 찌푸리며 대답했다.

“뭐, 땀을 잔뜩 흘렸으니까. 저거 꽤 무겁거든. 게다가 저 모습으로는 눈에 띄니까…….”

“아―, 확실히 그러네. 누가 본다면 노래를 좀 불러보라든지 그럴 것 같아.”

“그래그래, 마음이 놓이질 않을 것 같아.”

고개를 절레절레 내저으며 어깨를 으쓱이는 하루키. 치당한 그 이유에 히메코도 쓴웃음 지었다.

하루키의 얼굴은 피로의 기색이 짙게 드리워 있기는 해도 평소와 다름없어 보였다.

조금 전 라이브에서 느낀 위화감은 역시나 하야토의 착각이었을까?

‘…………’

이제까지라면 그런 생각에 그냥 입을 다물었겠지.

하지만 하야토는 하루키의 가정 사정이 특이하다는 것을 안다. 가슴속에 품은 고민도 알고 말았다. 이제 보고만 있는 것은 그만두기로 했다. 입술을 꽉 다물었다.

하야토의 그런 복잡한 표정이 의아했는지 하루키가 말을 건넸다.

"하야토도 수고했어. 뒤쪽도 엄청 힘들어 보이던데, 무슨 일 없었어?"

"아니, 그쪽은 문제없었어. 다만…… 신경 쓰이는 게 있다면 하루키 너인데."

"어, 나한테?"

"중간부터 엄청 힘들어 보였다고 할까, 우울해 보였다고 할까. 그런 느낌이었거든."

"…………어?"

얼빠진 소리를 흘리는 하루키. 의외라는 듯 눈을 끔벅거렸다.

방금 한 대화에 그렇게 놀랄 만한 요소가 있었던 걸까.

하야토도 곤혹스러운 듯 가볍게 미간을 찡그렸다.

옆에서 히메코가 어이없다는 듯 양손을 들고 한숨을 내쉬며 끼어들었다.

"오빠, 그런 분위기야 잔뜩 있었잖아. 노래 중간에 공격을 당해서 고전했을 때라든지."

"아니, 그런 게 아니고. 하루키 본인이 갑자기 우울해 보였다고 할까……."

“그런가?”

동생의 단언에 하야토는 역시 착각이었나, 하고 말았다.

착각이라면 그건 그것대로 딱히 문제없다.

그렇게 넘어가는데, 갑자기 하루키가 눈을 크게 뜨는가 싶더니 가볍게 웃었다. 그러더니 살짝 눈가에 눈물을 글썽이며 가슴에 손을 대고 혼잣말처럼 속마음을 흘렸다.

“하야토는 날 제대로 봐주고 있었구나.”

“당연하잖아?”

“……그런가.”

하야토는 자못 당연하다는 태도로 대답했다. 하루키는 갑자기 하야토의 팔을 붙잡고는 어깨에 이마를 툭 대고서 속삭였다.

“고마워.”

“아니, 하루키.”

“그 말로 조금은 구원을 받았을지도 모르겠어. 하야토는 항상 중요한 상황에 가장 원하는 말을 해주는구나.”

“그런가?”

“그래.”

하루키가 대체 무슨 일로 그런 말을 하는지 하야토로서는 알 수 없었다.

그래도 상상력을 발휘해봤다.

어쩌면 하야토가 모르게, 하루키는 의외로 압박감을 느꼈을지도 모른다.

다시금 생각해보면 실수 하나도 치명적인 결과로 이어지는 큰 무대였겠지.

게다가 오늘 아침 라이브에서도 하야토는 몰랐지만 실수를 했다고 그러지 않았던가.

하야토는 무사히 라이브를 성공시킨 **파트너**를 치하하는 마음을 담아서, 옛날에 자주 동생한테 한 것처럼 거칠게 머리를 쓰다듬었다.

고개를 든 하루키의 표정에서는 험악한 분위기가 사라졌다. 지금은 **평소의** 미소를 짓고 있었다.

하루키에게서 느낀 불온한 무언가는 해결이 되었나 보다.

가슴을 쓸어내리는 것과 함께, 문득 하루키와의 거리가 지나치게 가깝다는 게 마음에 걸렸다. 이제까지도 그랬지 않냐고 하면 딱히 할 말은 없다. 하지만 이성끼리는 이만큼 친근하게 접촉하진 않는다.

갑자기 부끄러워져서 하루키의 어깨를 밀어서 떼어냈다. 그때 명백하게 고개를 돌려 피하는 바람에 하루키가 의아한 듯 얼굴을 들여다봤지만 그저 애매하게 웃으며 얼버무렸다.

다시금 하루키를 보니, 가까운 사이라서 어느 정도 편애가 섞인 것을 제외하더라도 무척 단정한 얼굴에 아름다운 용모였다. 라이브 성공은 결코 연기나 가창력만으로 이루어낸 것이 아니겠지.

평소에는 마음에 두지도 않는 생각이 계속 떠올랐다.

어째서 그런지는 알고 있다.

조금 전, 사키와 둘이서 문화제를 돈 탓이다.

하야토는 바로 그 사키가 이쪽 둘을 계속 지켜보는 것을 깨달았다.

사키와 눈이 마주치자, 그녀는 어쩔 수 없다는 듯 미간에 주름을 짓더니 곤란해하는 미소를 머금었다.

하야토는 마치 꺼림칙한 모습을 들켜서 질책을 당하는 것처럼 느끼고 말았다.

어떻게 반응해야 할지 모르겠다. 마음속이 이래저래 복잡했다.

그때 "여러분!" 하는 목소리가 들렸다. 그 상대를 보고 하루키가 신나서 외쳤다.

"미나모!"

"하루키 씨! 라이브, 엄청 좋았어요!"

"어, 봐줬구나?"

"예! 제대로 힘내자~라는 기분이 됐어요."

"아핫, 그런가~."

미나모에게 달려간 하루키는 그녀의 손을 붙잡고 둘이서 시끌벅적 떠들어댔다.

하야토는 그 모습을 보고 살짝 미간을 찌푸렸다.

표면적으로는 화목하고 흐뭇한 광경이었다. 하지만 라이브 당시에 미나모의 말과 표정이 여전히 눈에 선했다.

"오, 수고했어."

"카즈키."

카즈키도 오른손을 흔들며 다가왔다. 여장도 그만두고 평소의 교복차림이었다.

카즈키는 하루키를 눈부시다는 듯 바라보며 깊이 감동한 듯 말했다.

"니카이도 씨, 굉장했지. 난 애석하게도 교실까지 보러 갈 수가 없어서 밖으로 흘러나오는 걸 들었지만…… 주변에서도 오가는 사람들이 걸음을 멈추고는 점점 빠져들던데. 인파도 그렇고 무대 구성도 그렇고, 엄청 힘들지 않았어?"

"시작하기 전까지는 진짜 정신이 없었는데, 라이브 중에는 다들 하나가 되었다고 할까 통제가 잘 되었다고 할까……. 뭐, 스태프로서는 편했어."

"그렇구나. 확실히 밖에서 듣던 사람들도 저 분위기에 삼켜져 버렸다는 느낌이었으니까. 나도—— 정말로 마음이 움직였어."

"그런가……."

카즈키는 가슴에 손을 대고 참으로 복잡한 심경으로 말했다. 무언가 의미심장한 분위기가 여실히 전해지는 표정이 조금 전의 미나모와 겹쳐 보였다.

정말로 좋아하는 사람이 생겼다. 갑자기 유즈의 그 말이 떠올라서 어떻게 반응할지 몰라 허둥대는 하야토.

카즈키가 온 것을 알아차린 히메코가 다가왔다.

"아, 카즈키 씨다! 여장은 이제 안 하는군요……."

“하루 종일 가발을 쓰고 있었더니 머리가 엄청 덥더라고.”

“으음, 결국 진득하게 보진 못했네요. 아깝다.”

“아하하, 그건 다음에 또 같이 놀 때라도 해보자고.”

“정말인가요?! ──아.”

그때 히메코의 스마트폰이 울렸다. 메시지였다.

내용을 확인한 히메코는 눈을 몇 번 끔벅거리더니 히죽 미소를 지었다.

그러더니 카즈키의 팔을 잡아당기며 재촉하듯 말했다.

“운동장에 가요! 캠프파이어 말고 다른 이벤트도 잔뜩 한대요!”

“어, 어어.”

명백하게 무언가 꾸미고 있다는 분위기를 풀풀 풍기는 히메코. 카즈키는 쓴웃음 지으면서도 그대로 따라갔다.

뒤에 남겨진 하야토 일행도 서로 얼굴을 마주 보고는 두 사람을 뒤따랐다.

이미 전시물이나 가게 영업 모두 종료된 교내. 하지만 남은 식재료를 나눠 먹거나 전시물을 가지고 놀거나, 여기저기서 문화제에 대해 이야기를 나누며 조금씩 들떠 있었다.

하야토네 반의 식재료는 거의 다 써버렸지만 도중에 합류한 B반의 화과자는 남아 있어서, 그것으로 함께 성공을 서로 치하했다.

전체적으로 기분 좋은 피로감에 감싸여 가라앉음에도 불구하고, 어딘가 아직 두근두근 활기가 느껴졌다. 히메코와 사키가 여전히 시끌벅적하기에 더더욱.

그때 카즈키가 말을 건넸다.

"왜 그래, 하야토 군?"

"아니, 이상하게 붕 뜬 느낌이구나 싶어서."

"아, 니카이도 씨 탓일지도."

"어, 내 탓?"

갑자기 본인에게 이야기가 돌아오자 하루키는 손가락으로 자신을 가리키며 눈을 끔벅거렸다.

한편 미나모와 히메코는 카즈키의 말에 동조하듯 끄덕이고, 사키는 가슴 앞으로 손을 맞잡으며 말했다.

"하루키 씨 노래 엄청났어요! 의욕이 나게 해주고, 등을 밀어준다고 할까요!"

"응응, 나도 뭔가 가슴이 확 뜨거워져서, 뭔가 해야 한다는 느낌이었어!"

"이해해요! 저도 앞으로 열심히 해야 되겠다 싶은 마음이었으니까요!"

사키, 히메코, 미나모가 흥분한 기색으로 "그치—" 하고 입을 모으자 하루키도 조금 부끄러운 듯 뺨을 붉적였다.

하야토는 미간을 찡그리면서도 그렇구나, 하고 납득했다.

하루키의 라이브는 역시 모두의 마음에 불을 지폈나 보다. 그렇기에 이렇게 지금부터 뭔가를 하자며 달려갈 것 같은 분위기인 것이다. 그 라이브에는 그만한 힘이 있었다.

미나모에게 흘끗 시선을 향했다. 아버지를 향한 마음을

듣고 만 지금, 하야토의 가슴속에는 초조함 같은 무언가가
뭉쳐 있었다.

아아, 나도 역시나 하루키의 노래에 영향을 받고 있구
나──.

그런 상황에서 카즈키가 딱딱한 목소리로 툭하니 말을 흘
렸다.

"하지만 난 앞뒤 생각하지 않고 돌진해버리는 건 저항감
이 좀 있네."

"어?"

갑자기 들린 그 말에 물음표를 띄우는 하야토.

"세상은 자신이 아무리 노력해도 어쩔 수 없는 일로 넘쳐
나잖아."

"그건……."

마치 붕 뜬 이 분위기에 대한 경종, 이제부터 벌어질 일에
대한 근심을 나타내는 혼잣말. 카즈키의 얼굴은 갈등으로
가득했다.

머리에 찬물을 확 끼얹은 것 같은 감각.

문득 미나모와 하루키를 봤다. 그녀들에게는 어떻게 하더
라도 바꿀 수 없는 환경이 있다.

그러는 사이, 모두 밖으로 나왔다.

많은 사람들이 모여서 어쩐지 들뜬 분위기가 흘렀다.

이제까지와는 무언가가 달라질지도 모른다── 그런 분
위기였다.

무대에서 나타난 시라이즈미 선배가 캠프파이어 비슷한 것에 불을 붙이며 후야제가 시작되었다.

낮에 시끌벅적한 축제를 위해 사용된 자재를 땔감으로. 캠프파이어는 열광의 잔재를 흩뿌리며 학교를 환하게 비추었다.

문화제는 아직 끝나지 않았지만, 이 자리에 걸린 비일상의 마법에는 확실하게 끝이 다가오고 있었다. 모두가 그것을 느끼고 그리움 같은 분위기가 감돌았다.

그때 갑자기 무대에서 큰 목소리가 울렸다.

『난 이공계 대학으로 진학해서, 자격증을 따고 대기업에 취직해서 게임을 만드는 사람이 될 거야—!』

조금 경박한, 분위기가 가벼워 보이는 남학생이었다. 하지만 그의 외침에는 가슴속 깊은 곳에 있는 무언가에 불을 붙여 완전히 태워버리겠다는 느낌이 담겨 있었다.

금세 갈채가 터지고, "너무 현실적이라고—!" "좀 더 큰 꿈 같은 걸 말해—!"라는 야유가 날아들었다. 그도 "시끄러워! 장래를 착실하게 설계하는 게 잘못이냐!"라는 노성으로 답하자 주변에서 웃음이 터져 나왔다.

『저는 역시 만화가가 되고 싶으니까, 겨울방학 중으로 지금 그리는 걸 반드시 마무리해서 만화상에 응모하겠습니다—!』

이번에는 수수하고 얌전해 보이는 여학생이었다.

터지는 박수와 함께 "어, 만화 그려?!" "다음에 보여줘!"라고 놀라는 목소리가 날아들었다. 그녀는 얼굴을 붉히면서도 "응!" 하고 힘차게 끄덕였다.

그런 그녀와 교대하듯 나온 것은 진지해 보이는 안경 남학생.

『난 아이돌이 너무너무 좋아! 가장 가까운 곳에서 여자 아이돌을 보고 싶으니까 미디어나 연예계 쪽 회사에 취직하고 싶어! 어느 대학 어느 학부가 좋을까?!』

그가 말하자마자 주변에서 웃음이 크게 터지고, "욕망에 충실하네!" "오히려 시원시원해!" "일단 입결 높은 곳이겠지!"라는 말이 나왔다.

"저건 뭐야……."

갑자기 시작된 소동에 어안이 벙벙한 하야토.

하루키와 미나모도 무슨 일인가 싶어서 얼굴을 마주 보는 한편, 히메코와 사키는 ""와아!"" 하고 함성을 터뜨리며 눈을 반짝거렸다.

카즈키가 조금 어색한 미소를 지으며 말했다.

"아, 공개 고백이야."

"어, 저게?"

상상하던 것과는 달라서 눈을 동그랗게 떴다.

그런 하야토를 본 카즈키는 어깨를 으쓱이고 무대를 돌아보며 말했다.

"보고 있으면 알아."

카즈키를 따라서 하야토도 시선을 되돌렸다.

무대에서 외치는 목소리는 계속되었다.

파티시에가 되고 싶으니까 프랑스로 유학을 가고 싶다. 일본 최고의 프로 게이머가 되겠다. 다음 기말고사에서는 한 과목도 낙제하지 않겠다. 기타 등등.

각자가 마음속에 간직한 생각을 외쳤다.

누구든 의욕과 결의로 가득해서 듣는 사람의 가슴을 강하게 쳤다.

그들이 품은 진심이기 때문이겠지.

자신이 되고 싶은 모습, 장래 희망을 향한 결의를 표명하는 것이었다.

하야토는 그들이 눈부셔서 얼굴을 확 일그러뜨렸다.

그리고 하루키의 라이브와는 다른 일체감이 몸을 뒤덮었다.

마음속에 연기만 내던 무언가에 점점 불이 붙는 감각.

자신도 무언가를 하고 싶다며 몸이 근질거렸다.

하지만 자신의 가슴속에 물어봐도 딱히 되고 싶은 것, 하고 싶은 일 따위는 없었다. 하물며 재능이나 열정 따위는 전혀.

하루키와 사키를 흘끗 봤다. 라이브, 무녀 춤이 떠올라서 가슴이 욱신거렸다.

『졸업할 때까지 여친 만들 거야—!』

그때 밝은 색깔로 머리를 염색한 남학생이 그런 말을 외쳤다.

금세 주변에서 "나도!" "여친 모집 중입니다!" "제발 아무나!"라고 동조하는 목소리.

『학원에서 신경 쓰이는 다른 학교 애가 있는데, 이미지 체인지를 해볼 생각이야! 괜찮은 가게 있으면 가르쳐줘—!』

『최근에 친해진 애랑 관계를 쌓으려고, 크리스마스에 데이트를 신청할 거야!』

『난 올겨울에 다이어트 성공해서 좋아하는 사람한테 고백할래요—!』

잇따르는 사람들도 연애와 관련된 이야기뿐.

여기저기서 꺄꺄, 새된 목소리가 터지며 한층 더 달아올랐다.

주변의 분위기가 그런 쪽으로 점점 넘어가고 있었다. 하야토가 피부로 그렇게 느끼는 가운데, 말이 없어 보이는 남학생의 외침이 이곳의 분위기를 결정지었다.

『2학년 D반 키타사토 메구미 씨, 저랑 사귀어주세요!』

금세 모두가 터질 것 같은 대함성을 내질렀다.

히메코와 사키도 "꺄—!" 하고 손을 맞잡으며 팔짝 뛰었다. 하루키와 미나모도 뺨을 붉히며 눈을 동그랗게 뜨고 숨을 삼켰다.

이곳에 있는 모두의 시선이 한 곳으로 향했다.

그곳에 있는 것은 활발해 보이는 단발머리 여학생. 그녀는 "어? 어?"라고 주위를 두리번두리번 둘러봤다. 하지만 곧 자신이 고백받았다는 사실을 이해하고는 더없이 얼굴을 새빨갛게 물들이며 고개를 숙여버렸다.

어떻게 할 거냐, 주변에서 기대가 담긴 시선이 확 쏟아졌
다. 그 자리에서 잠시 몸을 떠는가 싶더니.

이윽고 머뭇머뭇 양손으로 머리 위에 동그라미를 그리자
폭풍 같은 박수.

이것을 계기로 비슷한 고백이 이어졌다.

『1학년 때부터 좋아했어요!』

『한 번이라도 좋으니까, 다음에 같이 놀러 가요!』

『더 이상 친구로만 지내는 건 싫으니까, 애인이 되어주
세요!』

다들 이 분위기에 등을 떠밀렸는지, 또는 삼켜져 버렸는
지. 차례차례 가슴속에 품은 마음을 밝히고 상대는 그것을
받아들이며 커플이 성립되었다.

주변은 완전히 연애 분위기로 물들었다.

◇ ◇ ◇

하루키는 눈을 동그랗게 뜨고서, 열심히 외치는 그들을
그저 바라봤다.

가슴속에 간직한 그 마음을 얼마나 절실하고 소중하게 가
꾸었는지 잘 알 수 있었다.

그것을 상대에게 던지는 것이 얼마나 용기가 필요한 일인
지도.

자신의 마음을, 품고 있는 그것을 드러내는 것은 무척 용

기가 필요한 일이다.

그것은 자신의 약한 모습을 드러내는 일이기도 하니까.

하루키도 어머니와 관련된 가정 사정을 누구한테도 이야기할 수 없지 않나.

그런데도 모두가 열기에 들뜬 것처럼 그런 마음을 밝히는 것은, 틀림없이 후야제라는 비일상의 마법에 삼켜졌기 때문이겠지.

게다가 넘쳐버릴지도 모를 마음을 계속 품고만 있는 것도 무척 힘겨운 일이다.

가을 축제 날.

하루키는 간접적이기는 하지만 카즈키를 통해서 그 열기와 접촉했다.

자신의 몸을 태워버릴 것만 같은 폭력적인 감정.

과연 자신에게는 그만한 감정이 있을까.

문득 카즈키를 살펴봤더니 그는 무표정했다.

하지만 그것은 아픔을 견뎌내는 것 같은 표정으로도 보였다.

이곳의 분위기에 삼켜지지 않으려 필사적으로 견디는 걸까. 무척 힘겨워 보여서 하루키는 얼굴을 잔뜩 일그러뜨렸다.

그와 같은 마음을 품고 있을 또 한 사람.

몰래 사키를 봤더니 그녀는 조마조마하게 가슴에 손을 대고서 하야토를 흘끗흘끗 보고 있었다. 이곳을 지배하는 마력 탓일까. 안절부절못하는 그 모습은 마치 자신의 마음을 전할지 고민하는 것 같았다.

가슴이 술렁거리기 시작했다.

──사키가 하야토에게 고백한다.

충분히 있을 수 있는 일이다.

그녀의 마음은 진짜니까.

아니라면 츠키노세에서 이런 도시까지 쫓아오지는 않는다.

이럴 때는, **친구**로서 그녀의 고백을 응원해야 하겠지.

간단한 일이다. 사키도 말하고 싶은 게 있잖아, 그렇게 속삭이고 살며시 등을 밀어주면 된다.

사키는, 어릴 적부터 소꿉친구 하야토를 계속 좋아했던 이 친구는 무척 귀여운 여자아이다.

한결같고 성실하고 여자아이다운 성격. 그뿐만이 아니라 외모도 어딘가 신비하고 예쁘다.

게다가 하야토도 사키에게 호감이 있겠지.

지금 눈앞에서 펼쳐지는 마법의 힘을 빌린다면 틀림없이 잘 풀릴 것이다.

사키가 무대에서 고백하는 말이나 모습을 간단히 떠올릴 수 있었다.

수줍어하며 하야토가 받아들이는 모습도.

하지만 그 모습을 상상한 것만으로 가슴이 욱신거렸다. 아팠다.

마치 마음이 하야토를 데려가지 말라고 외치는 것처럼.

'나, 나는…….'

그러나 과연 자신에게 사키를 막을 자격이 있을까?

하야토를 어떻게 생각하느냐고 묻는다면, 망설임 없이 소중하고 둘도 없는 상대라고 대답하겠지. 당연하다.

그에게 얼마나 많은 도움을 받았는가. 그는 얼마나 커다란 존재가 되었는가. 하루키 스스로도 알 수가 없을 정도다.

그렇다면 사키와 마찬가지, 하야토에게 고백하는 자신을 상상해봤지만── 전혀 그려지지 않았다. 건네야 할 말조차 떠오르지 않았다.

미나모 때와 마찬가지.

그때 갑자기 사키와 눈이 마주쳤다.

사키는 점점 눈을 동그랗게 뜨더니 미안하다는 표정으로 다시 앞을 봤다.

뜻하지 않게 하루키가 사키를 견제해버린 것 같은 모양새가 되었다. 미안함을 느낌과 동시에 자신이 안도하고 있다는 사실도 깨달았다.

그런 스스로에게 충격을 받는 하루키.

'⋯⋯⋯⋯!'

아아, 너무나도 한심하다.

아니다, 그게 아니다.

자신의 가슴속에 있는, 하야토를 향한 감정. 그것은 사키가 품은 진짜와는 모습도 열정도 다르다.

그러니까, 그러니까──.

◇ ◇ ◇

하야토는 눈앞에서 펼쳐지는 뜨거운 고백에, 그만 사키랑 하루키를 떠올리고 말았다.

두 사람 모두 매력적이라 가슴이 두근거릴 때가 있었다. 좋아하느냐고 묻는다면 망설임 없이 좋아한다고 단언할 수 있겠지. 이성으로서 이끌리는 것도 사실이다.

하지만 그것이 연애 감정이냐고 묻는다면 모르겠다. 눈앞에서 외치는 그들을 보면 더더욱. 둘 다 대등하게 소중한 존재다.

지나치게 생각에 빠져서 머릿속은 다양한 재료가 마구 뒤섞인 잡탕처럼 변했다.

지금 자신은 냉정하지 않다.

조금 머리를 식혀야 한다며 시선을 돌리자 몹시 싸늘한 표정을 짓고 있는 카즈키가 시야에 들어왔다.

작게 위화감을 느끼는 것과 함께 무언가가 부족하다는 걸— 히메코, 사키와 함께 왔을 아이리가 없다는 사실을 깨달았다.

외모는 화사하지만 그녀는 근본적으로 성실한 사람이다. 이럴 때, 아무 말도 없이 멋대로 돌아갈 법한 사람이 아니다.

문득 이제까지 아이리의 언동, 그리고 이 상황을 미루어 보고 퍼뜩 깨달았다.

"카즈—!"

하야토가 카즈키에게 말을 건네려던 순간, 주변이 갑자기 조용해지더니 곤혹스러워하는 기색과 함께 술렁이기 시작했다.

무슨 일인가 싶어서 무대 쪽으로 시선을 향하고, 숨을 삼켰다.

그곳에는 아이리, 그리고 어찌 된 영문인지 유즈도 함께 서 있었다.

무대 위에 있는 아이리와 유즈는 그저 그곳에 서 있는 것만으로 그림이 될 만큼 화사했다. 모두의 시선을 모았다.

그건 그렇겠지.

유즈는 교내에서도 손꼽히는 유명인. 그녀에게 지지 않는 미모를 자랑하는 아이리는 요즘 한창 인기 있는 유명 모델. 소란이 벌어질 수밖에 없다.

주변에서는 "와, 엄청 예뻐!" "타카쿠라 씨 옆에 있는 애 누구야?!" "어라, 어디서 본 것 같은데……" "혹시 사토 아이리 아냐?!" "설마! 분위기가 완전히 다른데" "하지만 닮았잖아?!" 등등 소란이 벌어졌다.

저렇게나 눈에 띄는 장소에 당당히 나오면 정체를 들킬 수밖에 없겠지.

미간을 찌푸리는 하야토만이 아니라 모두가 곤혹에 빠져 있었다.

히메코와 사키에게도 예상 밖의 사태였는지 둘 다 "허?" "어라"라는 말을 흘렸다. 연신 눈을 깜박이며 당황한 심정을 감추지 못했다.

게다가 아이리와 유즈는 둘이서 마이크 하나를 들고 있었다.

이 흐름에서 무엇을 하려는 것인지는 일목요연. 같은 말을 하려는 것이다.

하지만 그것은 확실하게 둘 중 하나는 보답을 받지 못한다는 것을 의미했다.

그것만이 아니다. 공개 고백에서 실패한다면 더 이상 애인이 생기지 않는다는 징크스도 있다.

갑자기 긴장감이 확 높아졌다.

모두가 마른침을 삼키며 지켜보는 가운데, 역시나 상상하던 그대로의 말이 나왔다.

『카이도 카즈키 군, 좋아해요!』

맑고 또렷한, 그리고 의연한 목소리였다.

그렇기에 그녀들의 마음이 진심임을 듣고 있던 사람들도 잘 알 수 있었다.

모두가 숨을 삼켰다. 지금 이곳을 지배하는 것은 찌릿찌릿 피부를 찌르는 것 같은 적막감.

하야토도 무심코 땀이 밴 손을 움켜쥐었다.

모두의 시선이 카즈키에게 쏠아졌다.

카즈키는 이 일을 마치 예상하던 것처럼 딱딱한 표정으로 그녀들의 마음을 확실히 받아들이고, 한순간 괴롭고 씁쓸한 표정을 짓고, 자신의 마음을 진정시키기 위해 작게 숨을

내쉬었다. 그리고 의지가 담긴 확고한 말투로, 곧바로 대답했다.

"미안해, 나한테는 좋아하는 사람이 있어."

그것은 괴로운, 하지만 확고하게 중심이 잡힌 거절의 말이었다. 아이리와 유즈의 마음을 아플 정도로 알 수 있었기에, 그에 응할 수 없다는 미안함과 애틋함이 배어 나왔다.

그렇기에 카즈키의 말이 진실임을 깨닫고 말아서.

하야토는 깜짝 놀라고 말았다.

유즈의 말이 맞았다.

카즈키한테 좋아하는 사람이 있다니, 전혀 깨닫지 못했다.

어느새? 그런 기색이 있었던가? 대체 누구를?

수많은 생각이 빙글빙글 뇌리를 맴돌았다.

히메코와 사키도 믿을 수 없다는 듯 더없이 크게 눈을 뜨더니 연신 카즈키와 무대 위의 두 사람을 쳐다봤다. 하루키와 미나모는 거북한 듯 카즈키에게서 살며시 시선을 피했다.

다른 사람들도 아이리와 유즈가 차였다는, 그다지 환영할 수 없는 이 흐름에 어쩌면 좋을지 몰라서 말을 잃었다.

그런데도 무대 위의 두 사람은 마치 알고 있었다는 듯, 카즈키의 대답을 당당한 미소로 흘려넘기고 카운터처럼 대답했다.

『그래도 포기하지 않아.』

『무시당하는 것도 처음이 아니니까.』

"⋯⋯⋯⋯어?"

그 직후, 카즈키의 얼굴이 딱 굳었다.

카즈키는 신음하듯 목소리를 흘리고 시선을 헤맸다. 마치 들러붙어 있던 가면이 치워져 동요를 감추지 못하는 것처럼.

너무나도 올곧고 흔들림 없는 그녀들의 말에 하야토도 찬물을 뒤집어쓴 것처럼 놀랐다. 히메코와 사키, 하루키랑 미나모도 눈을 동그랗게 뜨고서 당황했다.

주변도 별안간 소란스러워졌다.

『따로 좋아하는 사람이 있다는 걸 알아도, 좋아한다는 내 마음이 변하진 않는걸.』

『게다가 아직 사귀는 것도 아니잖아?』

『가능성은 없지 않아, 앞으로 나한테 반하게 만들어줄 테니까!』

『그래, 각오해!』

후훗, 매력적인 웃음을 흘리는 아이리와 유즈.

주변에서 환호성이 확 터졌다.

여기저기서 "힘내라!" "응원할게!" "젠장, 부러운 녀석!" "도망치지 말라고!"라며 그녀들을 응원하는 목소리가 연이어 들렸다.

하야토도 그 마음을 잘 알 수 있었다.

차였는데도 무대 위의 아이리와 유즈는 위풍당당했다. 어딘가 자랑스럽게도 보이고, 눈부실 만큼 빛나고 있었다. 강렬하게 느껴지는 그녀들의 진지한 그 마음은 하야토의 가슴을 강하게 쳤다.

그야말로 선전포고. 하지만 그녀들을 힘껏 응원하고 싶어진다.

설령 마음이 통하지 않을지라도 전하고 싶다, 상처를 받더라도 절대로 후회하고 싶지는 않다. 그만큼의 각오가 전해졌으니까.

그녀들은 이 어찌나 강한 것일까.

그때 갑자기 미나모가 감동한 듯 말을 흘렸다.

"좋아하는 사람한테 제대로 좋아한다고 말할 수 있다니, 굉장하네요. 저는 상처받을 게 두려워서, 아버지한테 제대로 말하지 못했는데……."

그것은 용기가 부족해서, 손바닥에서 소중한 것을 놓쳐버렸다는 회한. 미나모는 후회의 기색이 드리운 표정이었다.

그녀의 얼굴이 처음 만났을 때의 **하루키**와 겹쳤다. 겹치고 말았다.

그와 함께 전날 히메코의 말이 가슴속에 떠올랐다.

──『그래. 그럼 오빠가 또, 거기서 데리고 나와줘야지.』

금세 마음에 불이 붙고 번져나갔다.

그래, 저런 표정은 인정해선 안 된다. 인정할까 보냐. 보고만 있는 건 그만두기로 했다.

지금 미나모를 구하지 않는다면, 틀림없이 그때의 **하루키**도 구할 수 없을 것만 같아서.

틀림없이, 지금부터라도 늦지 않았다.

"그럼 지금이라도 말할 수 있어! 가자, 미나모 씨! 아버지한테!"
　"……흐에?!"

제12화 진심이 담긴 거짓말, 진정한 마음

"어?"

하루키의 눈에도 미나모가 동요한 것이 분명히 보였다.

들썩이는 어깨, 헤매는 시선, 당황해서는 흘리는 목소리.

미나모가 당황하는 것도 당연했다.

하루키도 무슨 상황인지 제대로 받아들이지 못하고 눈만 깜박거렸다.

하야토는 가끔 갑자기 엉뚱한 이야기를 꺼낸다. 자기 멋대로 남을 휘두를 때가 있는 녀석이다. 하지만 그 행동에 얼마나 구원을 받았던가.

츠키노세에서 홀로 무릎을 끌어안고 있었을 때도.

도시에서 재회하고 계속 혼자 살았다는 사실을 들켰을 때도.

조금 전에도 하루키를 제대로 보고 있었다는 말을 해주었다.

하야토는 하루키가 어둡고 답답한 곳으로 빠져버릴 뻔했을 때, 언제나 끌어올려서는 밝은 곳으로 데려다준다.

문득 미나모의 말이 떠올랐다.

『저, 그래도 역시 아버지가, 좋아요..』

공포, 불안, 애틋함이 뒤섞이고, 그럼에도 포기할 수 없다는 마음이 느껴지던 그 목소리가 귀에 들러붙어 있었다.

자세한 사정은 모른다.

오전에 아버지와 있던 모습을 보고서는 일이 잘 풀렸다고 생각했다.

하지만 지금, 하야토가 미나모를 향해서 손을 뻗고 있었다.

──하루키가 잘 아는, 처음 만났을 때와 똑같이 당당한 그 미소로.

틀림없이 미나모도 그때 하루키와 같은 모습이겠지.

혹시 망설이고 있다면 등을 밀어주고 싶다.

"미──."

하지만 무언가 말하려다가 그만 말문이 막혀버렸다. 그 이상 아무 말도 나오지 않았다.

해야 할 말 자체는 안다. "가자"라든지 "괜찮아"라든지 "우리가 함께 있어"라든지. 하야토의 손을 붙잡으라고 응원해주는 말이다.

조금 전부터 무대에서 펼쳐지던 말들과 비교한다면 어느 말이든 그저 가볍고 얄팍할 뿐. 그야말로 가짜처럼 여겨졌다.

이래서는 미나모의 마음을 움직일 수가 없다.

생각해보면 항상 그저 겉치레만, 그때그때 마음에도 없는 말을 연기했다.

그러니까 진짜 열정이 담기지 않은 공허한 말, 계산된 거짓말밖에 못 한다.

──어째서 진심이 담긴 말이 나오지 않는 걸까?

하루키는 안타까운 나머지 입술을 깨물었다. 답답한 심정이 가슴속에 마구 맴돌고, 분한 마음에 눈물이 글썽였다.

그래도 미나모를 위해, 친구를 위해 무언가 하고 싶다.

그때 문득 무대 위 유즈의 모습이 보였다.

체육관에서 그녀가 연기하던 모습이 뇌리에 되살아났다.

기술적으로는 아직 부족하다고 할 수 있는 그녀의 연기가 어째서 그다지도 가슴을 두드렸나.

그것을 떠올린 하루키는 반사적으로 미나모에게 말했다.

"나, 미나모한테 들려주고 싶은 게 있어!"

그러더니 하루키는 튕기듯 달려갔다.

"하루키?!" "하루키 씨?!" "하루?!" "하, 하루키 씨?!"

"미안해, 잠깐 좀 지나갈게!"

다른 아이들의 놀란 목소리를 제쳐놓고, 주변의 "뭔데뭔데?!" "어, 쟤!"라며 곤혹스러워하는 목소리를 가르며 앞으로, 또 앞으로. 앞쪽에서 헤치고 들어가듯 억지로 무대에 기어 올라갔다.

갑자기 하루키가 나타나자 당혹을 감추지 못하는 아이리와 유즈.

그녀들의 눈에도 하루키가 무엇을 하려는지는 명백했다.

아이리와 유즈는 진지한 표정으로 얼굴을 마주 보고 끄덕였다. 하루키는 그녀들이 건넨 마이크를 받아들며 작게 "고마워"라고 인사한 뒤, 몸을 빙글 돌렸다.

하루키가 무대 위에서 주변을 휙 둘러보니 다들 갑작스러운 난입자를 보며 술렁대고 있었다.

그런 가운데 미나모의 모습을 포착한 하루키는 눈을 감고 천천히 숨을 들이쉬었다.

눈꺼풀 안쪽에 비치는 것은 최근에 잔뜩 뒤집어쓴 가면, 흡혈 공주 브리깃.

모바일 게임을 통해서 본 그녀의 갸륵한 모습은 하루키의 가슴을 쳤다. 조마조마했다. 고난에 맞서는 용기에는 몹시 감동했다. 고작해야 게임이라고 할지도 모른다. 하지만 확실하게 감동했고, 마음에 큰 울림을 느꼈다.

하루키만 그렇게 느낀 것이 아니다. 인터넷 여기저기서 본 글, 같은 반 아이들, 그리고 조금 전에 브리깃으로 변신했던 라이브에서도 그랬다.

게임 캐릭터라면 결국 만들어진 허구다. 하루키도 마찬가지다.

하지만 브리깃은 진정한 마음을 담아서 만들어낸, 사람의 마음을 흔들 수 있는 진짜다.

후우, 숨을 내쉬었다.

『미나모!』

하루키는 고개를 숙인 채, 그러나 확고한 의지를 담아서 친구의 이름을 짧게 불렀다.

그것을 신호로 운동장이 조용해졌다.

가슴에 손을 대고 스스로에게 물었다.

항상 주변에 맞추어 적당히 얼버무리고 누군가와 깊이 엮

이려 하지 않았다.

표면적인, 말하자면 거짓된 관계뿐.

——하야토와 재회하고 친구들이 잔뜩 생길 때까지는.

그래서 이럴 때, 진심이 담긴 말이 나오지 않는다. 나와주지 않는다. 무슨 말을 하면 좋을지 모르겠다. 그런 스스로가 한심하다.

하지만. 그렇지만.

자신의 말을 만들어낼 수 없을 때는 빌리면 그만이다.

설령 하루키 본인이 거짓된 말만 할 수 있을지라도, 허구의 말만 나올지라도. 가슴속에 있는 마음은 분명히 진짜니까.

틀림없이 가슴속에 있는 진짜 마음을, **진짜**의 노래에 싣는다면 미나모의 마음에 닿겠지.

하루키는 가면을 모조리 벗어던지고 결의에 찬 표정으로 고개를 들었다.

태어나서 처음으로 하루키는 하루키 그대로, 이제까지 잔뜩 불렀던 그 노래에 자신의 마음을 담아서, 단 하나의 친구를 위해서 진심의 거짓말을 자아냈다.

『천마의 이슬~ ♪』

◇ ◇ ◇

하루키의 노래를 들은 순간, 사키의 심장이 크게 뛰었다.

'——어?'

명백하게 이제까지 하루키의 노래와 달랐다.

하지만 이제까지의 어떤 노래보다도 **하루키답다**고 느껴지는 노래였다.

무언가를 말하고 싶은, 하지만 말로 할 수 없는.

그런 답답함 심정과 서투른 모습을 노래에 실어서 전하고 있었다.

마치 친구만을 위해 부르는 응원가 같았다.

그저 한결같이 친구를 걱정하고, 훤히 드러낸 자신의 마음을 올곧게 부딪치는 노래. 그것은 옆에서 듣는 사람의 마음도 강하게 두드린다.

조금 전의 라이브와 마찬가지.

아니다, 그 이상이다.

무척 존귀한 마음이라 느꼈다.

모두가 말을 잃고 마음을 빼앗겼다.

히메코도, 조금 전까지 소란의 한복판에 있던 카즈키도, 무대 위의 아이리와 유즈도.

하야토만이 제대로 저질렀구나, 라는 듯이 유쾌한 미소를 짓고 있었다.

그것을 깨달은 사키는 숨을 헉 삼켰다.

가슴속에서 끓어오르는 것은 약간의 질투와 초조함, 그리고 아마도 하야토랑 하루키와 같은 사명감.

미나모는 무언가 내려놓은 것처럼 하루키를 바라보고 있

었다. 그녀의 눈동자가 흔들렸다.

하루키의 마음은 그녀에게 올바르게 전해졌을 테지.

하지만 그녀의 얼굴에서는 살짝 주저하는 기색이 엿보였다.

사키에게는 더없이 기억에 남아 있는 표정이었다.

미나모는 하야토의 손을 잡으면 된다. 잡아야 한다.

하지만 마음만으로 성급하게 행동해봐야 해결되지 않는 일이 있는 것도 사실.

틀림없이 감정으로는 그러길 바랄지라도 머릿속의 냉정한 부분이 그만 망설이게 만들겠지.

사키는 그녀의 큰 걱정 하나를 덜어주고자 가방에 있는 봉투를 꺼내어 미나모에게 떠넘겼다.

"미나모 씨, 이걸!"

"어? 저기, 이건……."

"돈이에요. 오늘 쓰려고 준비한 돈 말고도 수도세, 광열비나 식비도 같이 뽑아둔 거니까 나름대로 큰 액수일 거예요!"

금세 사키의 의도를 알아차린 이오리가 하야토를 향해 자기 지갑을 던졌다.

"하야토, 이거 다 가져가! 오늘 꽤 썼지만 교통비에 보탬은 되겠지."

"아, 하야토 군, 이거! 내 것도 가져가!"

"미, 미타케 씨, 내 지갑도 가져가!"

"어, 어, 난 오늘 전부 써버렸어! 대신에 캐러멜이랑 초코

쿠키바, 배고플 때라도 먹어!"

"아니, 다들 갑자기 던지지 말라고!"

"어어."

던져서 넘긴 지갑을 공중에서 허둥지둥 낚아채는 하야토. 갑작스러운 일에 항의하듯 째려봤지만 다들 씨익 웃으며 엄지를 세울 뿐이었다.

사키는 그런 그들의 모습에 쿡쿡 웃었다. 마찬가지로 에마랑 히메코가 돈과 먹을 것을 떠넘겨서 곤란해하는 미나모의 등을 살며시 밀어주며 진심이 담긴 말을 건넸다.

"다녀오세요, 아버지한테. 진정한 미소를 붙잡으러!"

"…………예!"

미나모는 모두의 미소를 둘러보고, 친구의 마음에 대답하듯 힘차게 끄덕이며 만면의 미소를 꽃피웠다.

그리고 미나모는 하야토가 건넨 손을 붙잡고 밖을 향해 달려갔다.

노래를, 말을, 모두의 응원을 받으며 멀어지는 하야토와 미나모를 보고 하루키와 사키는 저마다 어깨를 으쓱였다.

갑작스러운 일에 미나모도 놀랐을 테지.

그런 짓을 벌이다니 정말로 하야토답다고 생각하는 것과 동시에, 이것으로 미나모는 이제 괜찮다는 확신도 있었다.

하야토는 갑자기 생각도 하지 않은 소리를 꺼내어 주변을 휘둘러댈 때가 있는 녀석이다.

그래서 하루키와 사키의 마음에는 어리던 그 무렵부터, 하야토라면 어떻게든 해준다는 동경과도 같은 확신이 있었다.

게다가 하야토에게 구원을 받은 것은 분명 자신들만이 아니다.

카즈키가 변하려고 하는 것도.

아이리가 저렇게나 변한 것도.

아마도 조금 전, 아이리와 함께 무대에 선 유즈도.

언제나 하야토는 아무렇지도 않게 손을 내밀거나 등을 밀어주는 말로 누군가를 바꾸어 버린다.

하야토는 주변 사람들이 웃고 있지 않으면 못 견디는 녀석이다. 그런 녀석인 것이다.

자신들도 그랬다.

하루키와 사키는 같은 마음으로 다시 떠올렸다.

그날, 모두에게 기피당하며 어둡고 쓸쓸한 세계에서 홀로 무릎을 끌어안고 있었을 때.

그날, 색이 없는 무미건조한 세계에서 그저 시키는 대로 신악무를 추고 있었을 때.

억지로 환하게 빛나는, 웃으며 지낼 수 있는 세계로 데려가 줬으니까.

올곧은 말과 눈빛으로, 이 세계가 화사한 빛깔로 가득하다고 가르쳐 주었으니까.

만약 그때 만나지 못했다면, 지금도 틀림없이 누구에게도 마음을 열지 못하고 홀로 있었을 테지.

만약 그때 말을 건네어주지 않았다면, 틀림없이 지금도 츠키노세에서 담담하게 춤을 추고 있었을 테지.

지금은 이제 자신의 그런 모습은 상상할 수도 없다.

그는 그런 자신의 존재 방식을 바꾸어버렸다.

생각해보면 만나지 못한 7년은 너무나도 쓸쓸했다.

생각해보면 이야기를 나누지 못한 7년은 너무나도 답답했다.

이미 마음속 깊은 곳에, 그가 진즉에 뿌리를 내리고 말았다.

책임을 지라고, 말하고 싶은 참이었다.

이윽고 하야토와 미나모의 모습이 사라졌다. 둘이서 어딘가 가버렸다.

하루키와 사키의 뇌리에는 맞잡은 두 사람의 손이 강하게 새겨져 있었다.

자신이 아닌 여자와 함께, 그녀의 아버지를 향해 달려가는 모습. 어째서 옆에 있는 게 자신이 아니냐는 생각이 들어 가슴이 찌릿 아팠다.

그런 유치한 질투에 하루키와 사키는 스스로가 어이없었다.

하지만 어쩔 수 없겠지. 그렇게 생각해 버리도록 이 마음이 변했으니까.

게다가 알고 있다.

저렇게 누군가의 미소를 위해, 옆에서 함께 달려주는 것이 하야토라는 사실도.

──그런 하야토를 좋아하게 되어버렸으니까.

──좋아하게 되어버렸다.

"──아."

노래하며 그 마음을 깨닫고 만 순간, 하루키의 온몸이 확 뜨거워졌다.

숨이 막히고, 눈앞이 붉게 반짝반짝 빛나고, 다리는 휘청거리며 그 자리에 무릎부터 무너져버렸다. 심장은 당장에라도 터져버릴 것처럼 빠르게 뛰어서 교복 가슴께를 꽉 붙잡았다.

"커, 헉⋯⋯."

신음하듯 공기를 원하며 숨을 흘렸다.

그것은 그야말로 폭발이었다.

가슴속 깊은 곳에 불이 확 붙는가 싶더니 커다란 감정의 격류가 온몸을 돌며 하루키의 모든 것을 불태웠다.

너무나도 큰 열량에 사고는 날아가 버리고, 그저 하야토를 좋아했다는 사실이 마음을 가득 채우며 그녀를 마구 휘둘렀다.

그야말로 자신의 몸을 모조리 불태우는 마음의 발현.

진짜만이 가지는 정열.

그런 것이 자기 안에 있었다니 도저히 믿기지 않았다.

지금 이 순간에도 하루키 자신이 변하고, 그녀를 둘러싼 세계가 변하는 것을 알 수 있었다.

──어째서?

스스로에게 물어봐도 해답은 명백했다.

어릴 적부터 계속 마음속에 있던 좋아한다는 기분. 어느 샌가 그것이 연심으로 바뀌어 버렸다는 사실을 깨닫고 말았을 뿐.

주변에서는 하루키가 갑자기 그 자리에 몸을 웅크리자 무슨 일이냐며 술렁대고 있었다. 지금은 그것이 조금 귀찮았다.

하루키는 계속 술렁대는 가슴에 손을 대고 하야토에 대해서 생각했다.

옛날, 스스로는 어쩔 수도 없는 실의에 빠져 있었을 때. 처음으로 미소를 가르쳐준 남자아이.

시골의 강에 풀숲, 산속.

도시의 집과 학교, 번화가.

화내고, 토라지고, 억울해한다.

놀라고, 신나게 떠들고, 삐지고.

다양한 장소를 떠올리면 언제나 다양한 표정을 보여주는 하야토가 있었다.

앞으로도 계속 그럴 것이라 믿고 있었다.

그만큼 마음속의 소중한 곳에 하야토가 자리 잡고 말았다.

앞으로 자신의 인생에서 하야토가 없는 모습을 상상할 수가 없어서.

이 마음을 확인하고자 마음속의 저울에 많은 것들을 얹어봤다.

처음 생긴 친구.

무엇을 하더라도 함께하는 파트너.

하루키의 가정 사정을 알고서도 동정하지 않고, 하루키 본인을 봐주고 함께해주는 상대.

그 밖에 많은 것들을 얹어봐도 좋아한다는 마음으로 기울어버린다.

그때 문득 고개를 든 곳에서, 자신을 걱정스럽게 바라보는 사키를 발견했다.

얼굴이 점점 일그러졌다.

——어째서?

또다시 그 말이 머릿속에 떠올랐다.

가슴이 꽉 죄어들고 눈물이 배어 나왔다.

이 마음은, 사키도 어릴 적부터 계속 품고 있었다.

그런데도 하야토는 한 사람밖에 없다.

하루키와 사키가 각자 바라는 미래는 나머지 하나가 상처 받는 그 너머에만 존재한다.

좋아해선 안 되는 사람을 좋아했음을 깨달은 것만 같은 감각.

하지만 자각해버린 이 마음은 더 이상 감출 수 없으니.

아아, 어째서 이 세계는 이렇게나 마음대로 되지 않는 일들뿐일까.

마음속은 그리움, 애달픔, 미안함, 사랑스러움, 슬픔, 죄책감 등등. 많은 감정으로 엉망진창이었다.

감정을 제대로 처리할 수가 없었다.

애당초 처음 경험하는 일이다. 어떻게 처리하면 좋을지 도저히 알 수가 없다.

머리가 어떻게 되어버릴 것만 같았다.

유령처럼 일어선 하루키는 숨을 천천히, 크게 들이쉬었다.

그것은 괴로운 심정에서 도망치기 위한, 순간적인 감정의 발로. 하루키가 아는 유일한 방법.

머릿속에 떠오른 것은 우연히도 츠키노세에서 부른, 슬픈 사랑을 이야기하는 노래.

하루키는 무의식중에 이 열정에서 벗어나고자, 그 마음을 노래라는 형태로 만들었다.

『당신에게 한눈에 반해서~♪』

◇ ◇ ◇

"──어?"

일어선 하루키가 노래를 시작한 순간, 히메코의 등줄기가 확 오싹해졌다.

그것은 츠키노세에서도 들은, 일찍이 한 시대를 풍미하며 모두가 아는 유명 드라마의 주제가.

하지만 그때 들은 것과는 전혀 다른 노래였다.

진즉에 좋아했다. 생각해보면 한눈에 반했다는 것을 깨닫고 말았다. 하지만 사실은 좋아해선 안 되는 사람이니까 마음을 닫으려 했다. 그런데도 어쩔 수 없이 좋아한다는 마음이 넘쳐나고 말았다.

힘겹고, 슬프고, 괴롭다. 하지만 좋아한다, 어쩌지.

하루키는 그런 적나라한 속마음을 앞뒤 가리지 않고 외쳤다.

좋아하고 또 좋아한다, 참을 수 없이. 도저히 어쩔 수 없는 그 마음이 여실하게 전해졌다.

너무나도 서투르고, 애절하고, 도저히 감당할 수 없다고 이야기하는, 서투른 사랑의 노래.

이것은 틀림없는 고백이었다.

하루키의 강한 그 마음이 모두의 가슴을 두드려 눈을 뗄 수가 없었다. 그중에는 공감한 나머지 눈물을 흘리는 사람마저도.

히메코는 그녀가 대체 누구를 향해서 노래하는지 바로 알 수 있었다. 모를 리가 없잖아.

그것은 하루키를 잘 아는 상대 역시도 그럴 것이다.

카즈키는 믿을 수 없다는 듯 더없이 눈을 크게 뜨고, 이오리와 에마는 부끄럽다는 표정으로 뺨을 물들이며 고개를 숙였다. 사키는 곤란하다는 표정을 지으면서도 부드럽게 미소 지으며 하루키를 지켜보고 있었다.

하지만 히메코는 어떤 표정을 지으면 좋을지 알 수가 없었다.

가슴이 따끔거렸다.

오빠와 이 소꿉친구는 옛날부터 그렇게나 사이가 좋았다. 어떤 의미로는 당연하다고 할 수 있겠지. 솔직히 어울린다는 건 안다.

하지만 순수하게 축하하는 마음이 들지 않아서.

히메코는 아픈 가슴에 손을 대고 눈을 감았다.

눈꺼풀 뒤쪽으로 어린 **하루키**가 나타났다.

그 옆에는, 똑같이 어린 **히메코**.

히메코가 자신의 마음이 얼마나 큰지 외친다. 지금 무대 위의 하루키처럼.

그러자 하루키는 놀라고, 미소를 머금고, ——곤란하다는 얼굴로 "미안해"라고 대답한다.

"——아, 그런가……."

혹시 그랬다면—— 마치 해답을 맞춰보듯, 미안하다는 그 말은 분명하게 들렸다.

지금 **하루키**의 노래에서.

눈을 뜨고, 자신의 마음을 외치는 하루키를 보고. 눈물이 뺨을 타고 흘렀다.

히메코는 가슴속 깊은 곳에 희미하게 남아서 아련하게 빛나는 자그마한 첫사랑을 완전히 끝내고자, 그 사실을 말이라는 형태로 만들었다.

"하루키는 훨씬 어릴 때부터, 진즉에 **오빠**를 좋아했어."

제13화

마음, 전해져라

　모두의 응원을 받고서 튀어 나간 하야토와 미나모. 두 사람은 미나모의 아버지인 코헤이가 있는 그녀의 고향으로, 가라앉는 해를 쫓아가듯이 달려갔다.

　신칸센을 타고 처음 듣는 사유 철도로 갈아타며 다다른 곳은 산으로 둘러싸인 지방의 중심부.

　하야토는 그곳이 츠키노세의 산기슭에 있는 마을과 마찬가지로 정령지정도시[*]와 인접한 위성도시라고만 들었다. 그래서 상상 이상으로 번화한 모습, 특히 역 앞 로터리의 수많은 버스 정류장을 보고 허를 찔린 듯이 눈을 깜박였다.

　"저기, 11번 정류장은……."

　"이쪽이에요."

　하야토가 안내판 지도를 찾아서 두리번거리는 사이, 미나모가 익숙한 태도에 담담한 말투로 방향을 가리켰다.

　퇴근하는 직장인들 사이에 섞여서 줄을 섰다.

　이윽고 나타난 버스를 타고 창밖을 바라봤다.

　해는 이미 저물었다.

　연기처럼 아련하게 빛을 발하는 거리.

---

*일본 지방자치법에 따라 지정된 대도시. 인구 70만 명 이상을 기준으로 내각의 정령(政令)에 따라 지정된다.

서쪽 하늘에는 산에 걸린 초승달.

“………….”

“………….”

이제까지 하야토와 미나모는 거의 대화를 나누지 않았다. 기껏해야 조금 전처럼 사무적인 대화 정도.

하지만 가슴속 깊은 곳에서는 사명감과도 같은 감정이 뜨겁게 타오르고 있었다.

미나모도 같은 심정이겠지. 눈동자에는 결의가 불타오르고 있었다. 입을 다물고 있는 것은 아버지와 만나서 던져야 할 그 마음이 미리 튀어나오지 않도록 애쓰는 것만 같았다.

쓸데없는 짓이라는 건 알았다. 애당초 남의 가정 사정에 제멋대로 간섭하는 짓이다. 얼마나 방약무인한 짓인지는 본인이 가장 잘 안다.

설령 미나모가 바라지 않는 결과일지라도, 크게 상처를 받을지라도.

아아, 그렇다 해도.

과거에 매듭을 짓고, 앞으로 찾아올 미래에 진정한 미소를 붙잡기 위해서는 필요한 일이라고 생각한다.

문득 눈을 감자 뇌리에 하루키와 사키, 히메코나 카즈키, 이오리랑 에마 등등 모두의 힘찬 미소가 떠올랐다.

——괜찮아, 결코 혼자가 아냐.

모두의 마음도 가슴속에 함께 있다.

『——앞, ——앞.』

이윽고 목적지 정류장에 도착, 버스에서 내렸다.

주변은 신흥 주택가 같은 곳일까. 눈앞에는 집으로 돌아가는 손님을 노린, 도시와 비교하면 몹시 넓은 주차장을 가진 편의점이 주변을 환히 비추고 있었다.

"그럼 이쪽인가."

"그런, 것 같아요……."

편의점 쪽은 단란한 한때를 보내고 있을 집들에서 불빛이 마치 연기처럼 새어나오는 주택가.

반대쪽은 논밭인지, 먹물을 쏟아놓은 것 같은 어둠이 끝없이 펼쳐졌다.

이 너머에, 코헤이가 사는 사택(社宅)이 있는 것인가.

하야토와 미나모는 코헤이의 직장에서 들은 주소를 스마트폰으로 확인하며 조심스럽게 걸어갔다.

처음 온 지역은 마치 이세계 같았다.

그것은 미나모도 마찬가지일까. 주변을 신기하다는 듯, 조심스럽게 연신 살피고 있었다.

입술을 꽉 다물고 걷기를 5분 남짓.

목적지는 바로 알 수 있었다.

"운카이 하이츠…… 여긴가?"

"……아마도요."

눈앞에 있는 것은 건물 하나를 모조리 사택으로 임차했다는, 나름대로 큰 4층짜리 아파트.

주변을 둘러봐도 달리 공동 주택은 보이지 않았다. 틀림없이 이 건물이겠지.

"가자."

"……"

미나모는 역시나 긴장한 듯했다.

대답도 없이 그저 작게 끄덕이고, 그래도 자기 문제니까 앞장서서 걸음을 옮겼다. 하야토도 그녀를 뒤따랐다.

미나모는 마치 기도하듯 가슴 앞으로 양손을 맞잡고 204라고 적힌 방 앞으로.

메모를 확인했다. 명패는 없지만 주소는 분명히 여기였다.

인터폰을 누르려고 오른손을 들었지만 거기서 멈춰버린 미나모. 그녀의 갈등을 상상하는 것만으로 가슴이 조여들었다. 하지만 여기까지 왔다면 이제는 지켜볼 수밖에 없다.

하야토는 답답한 심정에 주먹을 꽉 쥐었다.

초조한 분위기 가운데, 이윽고 미나모는 마음을 진정시키듯 심호흡을 하고 기세 좋게 인터폰을 눌렀다.

『……예.』

"저예요, 미나모예요."

『미, 미나모?!』

미나모가 조금 딱딱한 목소리로 대답하자 문 안쪽에서 우당탕탕, 요란한 소리가 나고 문이 철컥 열렸다.

목 늘어난 스웨트셔츠를 입은 코헤이는 경악해서 더없이 눈을 크게 뜨고 있었다.

미나모는 미간에 살짝 주름을 지으며 애매한 미소로 그를 바라봤다.

"미나모, 왜 여기에…… 학교, 문화제는 어쨌어?"

"으음, 아마도 지금쯤이면 끝났을 테니까……."

"아니, 그렇겠지만, 그게……."

"후야제 도중에 이쪽으로 왔어요……."

"아아, 음……."

"…………웃."

사정을 받아들이지 못하고 혼란에 빠진 코헤이, 허둥지둥 두서없이 대답하는 미나모. 미나모의 얼굴에서는 역시나 본인을 앞에 둔 당혹스러운 감정이 엿보였다.

그건 그렇겠지. 자신의 마음을 드러낸다는 것은 지독히 용기가 필요한 일이다. 공개 고백도 후야제라는 비일상의 마법에서 힘을 빌린 것이다. 그 마법은 이곳까지 닿지 않는다.

그때 문득 코헤이와 시선이 마주쳤다.

점점 그의 표정이 험악해지고, 날카로운 눈빛과 위압감이 담긴 낮은 목소리로 물었다.

"너는 요전에 나한테 덤벼들었던…… 그래, 미나모의 남자 친구구나. 미나모가 말하기 힘들어할 일이라면 혹시…… 서, 서, 서, 설마 단순한 관계가 아니라 아아아아이를."

"아, 아니."

"에잇, 꼴사납게 변명이라니! 솔직히 말해라, 나도 이해심 없는 사람은 아냐! 기도할 시간 정도는 주마!"

"그러니까…… 하핫, 아하하하하하하하하핫!"

"아, 아버지! 아니, 하야토 씨?!" "너 이 자식, 뭐가 우스운 거냐!"

"아, 아니 그게……."

참으로 기시감 느껴지는 코헤이의 지레짐작에 그만 참지 못하고 웃음을 터뜨린 하야토.

생각해보면 미나모랑 그녀의 할아버지와 만났을 때도 그랬다. 아아, 정말. 그들은 역시 **가족**이다.

무언가 말해야 한다. 하지만 무슨 말을 하면 좋을지 모르겠다. 그래도 어떻게 하면 좋을지 자연스럽게 이해했다. 뇌리에 떠오르는 것은 **파트너**의 모습.

하야토는 눈가의 눈물을 훔치고 스으읍, 크게 숨을 들이마셨다. 눈을 감으면 눈꺼풀 안쪽으로 하루키랑 사키, 그리고 이곳으로 올 수 있도록 등을 밀어주던 친구들의 미소. 그들의 마음을 받아들여, 음치든 뭐든 개의치 않고 노래했다.

"『달려가는 산토끼~♪』"

음정은 전혀 맞지 않는, 빈말로도 실력이 좋다고 할 순 없을 노래. 그리고 하루키가 미나모의 등을 밀어주고자 부른 응원가.

갑작스러운 일에 의아해하는 코헤이와는 달리 미나모는 숨을 헉 삼켰다. 그러더니 부드러운 표정으로 가볍게 웃고 아버지와 마주 봤다.

"아버지. 오늘 제대로 못 했던 말을 하려고 왔어요."

"제대로 못 했던 말? 그런 건 전화로 해도……."

"아뇨, 이건 직접 이야기해야 하는 거니까요. 그 전에 이걸."

그러면서 미나모는 오는 도중에 집에 들러서 가져온 물건을 건넸다.

받아든 코헤이는 놀라움과 의문으로 표정이 일그러졌다.

"DNA 감정 키트……?!"

"제 검체는 채취해뒀어요. 모든 걸 확실하게 하자고 그랬죠."

"아니, 하지만 그건——."

"저, 저는!"

미나모는 코헤이의 말을 가로막듯 그녀답지 않게 큰 목소리를 내고 심호흡을 한 번 했다.

모든 것을 감싸는 듯한, 자애가 넘치는 미소와 함께 자신의 마음을 밝혔다.

"저는 설령 피가 이어지지 않았어도, 아버지를 정말 좋아해요!"

어디까지고 순수하게, 꾸밈없이 올곧은 말이었다.

미나모의 본심이 더없이 확고하게 담긴 그 말. 뒤에서 듣고 있는 하야토의 가슴에도 스르륵 스며들었다.

눈앞에서 직접 맞닥뜨린 코헤이에게는 과연 어떨까. 그는 마치 심장을 꿰뚫린 것처럼 숨을 삼키고 굳어 있었다.

“어…… 아니…… 나, 나는…….”

이윽고 코헤이는 금이 간 가면이 무너져 내리는 것처럼 얼굴이 마구 구겨졌다.

“……이 세상에 갓 태어난 미나모는, 정말로 작아서 당장에라도 부서져버릴 것만 같았지. 내가 지켜줘야만 한다고 생각했어. 그 후로 계속 함께 있었고, 점점 자라는데, 누구보다도 곁에 있었는데…… 아…… 아아…… 미안해, 미안해, 미나모…….”

코헤이는 자신의 두 손을 바라보며 부들부들 떠는가 싶더니 무릎부터 무너져 내리고, 그리고 매달리듯 미나모를 끌어안았다.

“나도 좋아해. 정말 사랑한다. 그래, 진짜 중요한 걸 잊고 있었어. 너무나도 단순한 이야기야. 미나모는 분명히 계속 내 딸이었어. 딸을 싫어하는 아버지가 있을 리 없잖아……!”

태어나서 이제까지의 미나모를 다시금 떠올렸을 테지. 코헤이의 눈에서 끊임없이 눈물이 넘쳐나고 오열이 새어나왔다.

미나모도 마찬가지로 눈물을 흘리고, 같은 추억을 공유하는 아버지를 힘껏 끌어안았다.

“아버지…….”

“아, 흐윽, 흐아아아아아아아아아아아아!!”

그것이 방아쇠를 당긴 듯, 코헤이는 목이 찢어질 것처럼 소리 높여 통곡했다.

◇ ◇ ◇

십여 분 뒤. 코헤이의 방에서 미나모는 아버지와 단둘이 마주 앉아 있었다.

하야토는 두 사람을 배려했는지 다른 애들에게 연락하겠다며 밖으로 나갔다.

조금 전의 일을 생각하면 부끄럽지만 그래도 마음은 후련했다.

그것은 코헤이도 마찬가지인지 시원스러운 표정으로 물었다.

"정말로 놀랐어. 이런 시간에 찾아온 것도 그렇고."

"저도 설마 여기에 올 줄은 몰랐어요."

"그건 역시 저 아이 덕분인가?"

"글쎄요? 그럴지도 모르겠어요. 억지로 손을 잡아당겼으니까."

"그런가…… 저 아이는 역시……."

"아하하, 그런 사이 아니에요."

한순간 심장이 크게 뛰었다.

좋은 사람이라고는 생각한다. 실제로 원예부에서 이것저것 신세를 지기도 했고, 남자 중에서는 가장 친할지도 모른다.

그래도 좋아하느냐고 묻는다면, 친구로서 좋아할 뿐이겠

지. 이성으로 생각했을 땐 아무래도 그를 더없이 사랑하는 두 친구의 얼굴이 먼저 뇌리를 스친다.

그녀들 역시도 오늘처럼 하야토에게 도움을 받은 적이 있었을 테지.

둘은 그 마음을 계속해서 간직하고 가꾸어 온 것이다. 도저히 이길 수 없을 것 같다.

게다가 미나모가 이성으로 누구를 의식하는지 스스로에게 물었을 때—— 어떤 남자의 얼굴이 떠올랐지만 황급히 고개를 내저어 부정했다. 그도 매력적인 두 소녀에게 고백을 받지 않았나. 게다가 사랑하는 사람이 있어서 그것 때문에 고민한다는 것도 알고 있다.

미나모가 그런 생각을 하며 복잡한 표정을 짓고 있는데, 코헤이가 머뭇거리며 물었다.

"저기, 그러니까, 그게…… 미나모, 이쪽에서 다시 같이 살지 않겠니?"

"음~, 지금은 아직 저쪽에 있는 게 나을 것 같아요."

"그, 그러니…… ."

미나모가 즉답하자 고개를 숙여버리는 코헤이.

그런 아버지의 모습을 본 미나모는 황급히 이유를 이야기했다.

"아니에요! 아버지랑 사는 게 싫다는 게 아니라, 할아버지가 막 퇴원하셨으니까 걱정되기도 하고, 게다가—— 저쪽에서 친구가 생겼어요!"

"친구? 저 아이처럼?"

"그래요! 하야토 씨만큼이나 멋지고, 오늘 여기로 오는 걸 응원해준 소중한 친구들이 잔뜩이요!"

"그런가…… 하핫, 그렇다면 어쩔 수 없구나."

"음…… 아, 그렇지! 아버지가 이쪽으로 와요. 할아버지랑 같이 사는 거예요!"

"뭐?!"

코헤이는, 이번에는 갑작스러운 이야기에 놀라면서도 "그러고 보니 저쪽에 인원이 부족하단 이야기가……"라며 진심으로 검토하기 시작했다. 미나모는 그런 아버지의 모습에 눈을 끔벅거린 뒤, 후훗 웃음을 터뜨렸다.

이제 모든 것이 원래대로 돌아왔다.

이것도 전부 친구들 덕분이다.

그러니까 빨리 도시로 **돌아가서** 잘 해결되었다고 보고해야 한다.

——이제까지와 변함이 없는 모습으로, 미소와 함께.

에필로그

태양이 저문 것은 언제였을까?

캠프파이어 불꽃은 진즉에 꺼졌고, 많은 사람들은 집으로 돌아갔다. 학교의 불빛도 드문드문.

이따금 쓸쓸하게 불어드는 가을의 밤바람이 축제 그다음을 노래했다.

하루키는 홀로 무대 옆 자재 위에 앉아서 하야토가 미나모를 데려간 방향을 멍하니 바라보고 있었다.

두 사람을 보내고 상당한 시간이 지났다. 지금쯤이면 아버지와 만나고 있을까?

사키랑 히메코가 같이 저녁을 먹자고 했지만 이런저런 이유를 달아서 거절했다.

대체 어떤 표정으로 대해야 할지 알 수가 없었다. 특히 사키는.

가슴속은 어느 정도 가라앉았지만 온몸은 아직 뜨겁고 다리는 휘청휘청 불안했다. 심장은 여전히 꽉 죄어든 상태.

"재생수 장난 아냐!"

"어느 SNS든 전부 트렌드에 올라왔으니까."

"이렇게 잘 불렀으니까 뭐~, 솔직히 소름 돋았어."

"라이브로 봐서 진짜 다행이다!"

“저거 그 1학년 카페에서 라이브하던 아이였던가?”

“그쪽도 꽤 대단하던데.”

하지만 지나가는 학생들이 수군대는 이야기에 숨을 헉 삼켰다.

조금 전에 무대에서 부른 노래가 동영상으로 퍼지고 있나 보다.

귀를 기울이자 다들 조금 전 무대에서 하루키가 부른 노래에 대해 이야기하고 있었다.

어리석었다.

뇌리에 어머니의 얼굴이 스치고 단숨에 핏기가 가셨다.

게다가 전날 MOMO와 있었던 일로 이미 못을 박지 않았나.

하지만 그때는 이것 말고 자신의 마음을 전하거나 발산할 방법을 알지 못했기에.

대체 어떻게 변명을 하면 좋을까.

그때 교문 쪽이 갑자기 시끄러워졌다.

“어, 저 사람 뭐야.”

“우와, 엄청 미인이야!”

“어라, 근데 어디서 본 것 같은데······.”

아무래도 누군가가 차를 타고 학교로 찾아왔나 보다.

“그 아인 어디 있어?”

날카롭고 조금은 초조함과 짜증이 뒤섞인, 하지만 주변에 잘 들리도록 의식적으로 **만들어낸** 목소리가 울렸다.

그 아이.

지금 이 자리에서 특정한 개인을 가리키는 그 말이 누구를 가리키는지 모르는 사람은 없었다.

모두의 시선이 하루키에게 쏟아지며 어디에 있는지를 전했다.

이쪽을 응시하고 있는 것은 묘령의 아름다운 여성.

도저히 고등학생 자녀가 있는 것처럼 보이진 않는 미인.

그녀를 본 하루키는 더없이 눈을 크게 뜨고 경악이 담긴 말을 흘렸다.

"어머니……!"

설마 이렇게 많은 사람들 앞에, 자신의 명성을 잘 이해하는 어머니가 제대로 된 변장도 없이 나타날 줄이야. 생각도 하지 않았다.

타쿠라 마오는, 어머니는 하루키를 향해 일직선으로, 도리어 위풍당당 주위에 과시하듯이 걸어왔다. 연극 같은 걸음걸이까지 전혀 정체를 감추려 하지 않았다.

실제로 주변에서 "어, 어머니? 젊은데!" "엄청 미인인데. 그보다 어디서 본 것 같아……" "혹시 타쿠라 마오 아냐?!" "쟤…… 그래도 타쿠라 마오한테 자식이 있다는 이야긴……" 하는 목소리가 들렸다. 하루키는 더더욱 곤혹스러웠다.

"하루키, 가자."

"어디로…… 아얏."

그녀는 다짜고짜 하루키의 팔을 붙잡고는 차 쪽으로 끌고 갔다.

그 모습은 말을 듣지 않는 딸을 상대로 분노를 감추지 못 하는 어머니 그 자체. 그야말로 가정 문제처럼 보였다. 게 다가 그녀의 심상치 않은 박력까지 어우러지자 주변에서도 그저 지켜볼 뿐이었다.

그래서 설마 이 모녀 사이에 끼어들어서는 그녀의 팔을 붙잡아 말리는 사람이 나타날 줄은 누구도 몰랐다.

"마오 씨, 좀 억지스럽지 않아? 따님이 아파하잖아."

"세이지……!" "?!"

하루키는 눈앞의 상대를 보고 숨을 삼켰다.

세이지라고 불린 남성은 본 적이 있었다. 사쿠라지마라고 불리던, 아아리와 MOMO의 매니저였다.

전날, 어머니와 아는 사이임을 넌지시 드러냈던 기억이 있다.

하지만 어째서 여기에?

그는 눈가를 살짝 늘어뜨리고는 타쿠라 마오 따윈 안중에 없다는 듯 하루키를 바라봤다. 과장되게 양팔을 펼치며 어 딘가 황홀한 목소리로 연설처럼 말하기 시작했다.

"봤어, 들었어, 훌륭했어. 아아, 정말로 훌륭했어! 전에 MOMO랑 무대에 섰을 때와는 비교도 안 돼……. 빛나는 그 모습, 내 상상을 아득히 넘어섰어! 역시 넌 네가 있어야 할 세계에서 정상을 향해 나아가야 해! 부디 연예계로 와줘!"

아무래도 그도 영상을 보고 하루키를 스카우트하려고 달려왔나 보다.

눈앞에서 벌어진 일에 주변에서도 "어, 스카우트?!" "저 사람, MOMO라고……" "아니아니아니, 그래도 저런 수준이면" 하고 술렁이기 시작했다.

하지만 타쿠라 마오는 점점 달아오르는 분위기에 찬물을 끼얹듯이 단호하게 말했다.

"하루키는 절대로 연예계로 데려오지 않아. 이건 결정된 일이야."

"언제까지 그런 말을 하려는 거야? 영상이 저렇게나 퍼졌어. 더 이상 이 아이를 감추어둘 순 없다고. 어차피 이르든 늦든 누군가 다른 사람의 눈에 띌 바에는 내 쪽에서 관리하는 게 낫지 않겠어?"

"그, 그건……!"

어머니에게 그의 주장은 일리 있었을 테지. 분하다는 듯 입술을 깨물었다.

하지만 하루키에게는 갑작스러운 일이라서 여전히 이야기를 따라가지 못했다.

이윽고 어머니는 그를 찌릿 노려보고는 거칠게 대답했다.

"그런 건 상관없어. 이건 가족의 문제야. 그러니까 이제 비켜, 이 **무능**한 자식!"

"무능이라! 그래, 내가 무능하니까 더더욱 하루키 양의 재능이 눈부시고 너무나도 부러워! 눈앞에 굴러다니는 원석을 그대로 썩힌다니, 참을 수 없어! 이 마음을 알겠어? 아니, 마오 씨는 모르겠지. 결국에 재능을 물려받지 못한 나랑 누나랑 달리, 가진 쪽인 당신은!"

"너는……!"

그는 그대로 돌변, 조금 전까지의 신사 같은 미소를 지우고 증오가 느껴질 정도의 시선을 보냈다.

무심코 어깨를 크게 들썩이는 하루키. 그리고 하루키를 지키듯이 앞으로 나오는 어머니. 도저히 영문을 모르겠다.

그는 눈동자에 심상치 않은 기색을 드리우고 더더욱 열기에 들뜬 것처럼 입을 열었다.

"게다가 **가족**의 문제라고 이야기한다면 나도 관계없는 사람은 아니잖아."

"세이지!"

"하핫, 이제 와서 감출 일도 아닌데. 하루키 양도 이제 어린애가 아니고. 알 권리도 있고, 알아야만 해."

"무슨……."

하루키가 무심코 의문을 흘렸다. 그는 가학적이며 자학적이기도 한 표정을 짓고, 미소를 드리웠다. 그리고 주변에는 들리지 않을 정도의 목소리로 속삭였다.

"나는 사쿠라지마 세이지야. 왕년의 명배우 사쿠라지마 키요타카의 아들이고—— 니카이도 하루키 양, 네 배다른 오빠야."

"…………아."

하루키는 그가 이야기한 속사정에 믿을 수 없다는 듯 얼
빠진 목소리를 흘렸다.

후기

히바리유입니다! 정확하게는 어딘가에 있는 마을의 목욕탕, 히바리유의 간판 고양이입니다! 냐—앙!

자자, 전학 미소녀 8권, 문화제편 후반부였습니다!

문화제라면 저도 고등학생 시절, 문화제 실행 위원에 소속되어 있었으니까 특히나 추억이 많습니다. 사무를 담당했죠. 업자 분과 자재에 대해서 논의를 나누거나, 인쇄 회사 분께 팸플릿 원고를 만들어서 보내거나. 귀중한 체험을 할 수 있었습니다. 무사히 끝났을 때의 달성감도 각별했죠. 지금 생각해보면 정말로 청춘을 보냈습니다! 참고로 문화제 실행 위원은 학생회실을 임시로 빌렸는데, 작중에서도 그것을 슬쩍 반영했습니다.

그리고 7권 후기에서 언급한 참치 해체쇼, 작중에서도 꼭 등장시키고자 저런 모양새가 되었습니다. 조사하며 검색해봤더니 참치 해체쇼 피규어라는 물건이 있던데, 그럼 그걸 실물 크기로 만든다는 설정으로. 저 장면은 무척 즐겁게 썼습니다! 혹시 학창 시절로 돌아갈 수 있다면 이 참치 해체쇼를 해보고 싶을 정도입니다.

그건 제쳐놓고, 학생에게 문화제는 특별한 이벤트겠죠.

같은 반, 같은 학교의 수백 명이나 되는 사람들이 같은 목표를 향해 열성적으로 매달리며 독특한 열기와 물결을 만들어냅니다. 그것은 이제까지 자신의 가지고 있던 사고방식이나 인간관계를 변화시키는 신기한 힘을 가지고 있습니다. 전학 미소녀 이번 편에서 각 캐릭터들도 그 힘과 맞닥뜨리고 다양한 행동이나 결과를 만들어냈습니다. 어떠셨을까요?

이번 8권까지가 전학 미소녀 제2부라고 할 수 있습니다. 1~4권의 제1부가 '재회한 소꿉친구와 러브코미디가 시작될 때까지'였다면 제2부는 '어릴 적에 싹튼 자그마한 호감이 사랑으로 변해버린 것을 깨달을 때까지'일까요.

또한 8권 마지막에 하루키가 노래하고 연심을 자각하는 장면은, 전학 미소녀를 처음 쓰기 시작했을 때부터 꼭 전해드리고 싶었던 장면이기도 합니다. 그곳에 이를 때까지 어떠한 감정의 변화가 있는지를 계속 그려왔습니다. '카즈키가 연심을 자각한 것을 본 하루키가 그것이 얼마나 강한 감정인지를 알고, 그럼에도 한 번은 자신 안에 그만큼 강한 감정은 없다고 부정한다. 있을 수 없다고. 가짜인 자신에게는 그런 진짜 감정이 있을 리 없다고. 하지만 하야토를 사랑하는 사키와 교류를 쌓으며 자신은 하야토의 이런 모습에 이끌렸음을 깨닫고, 그녀와 자신의 마음을 겹쳐보며 간신히 그것이 사랑임을 자각한다. 그리고 처음 경험하는 감정에 휘둘리고, 어쩌면 좋을지 알 수 없는 이 마음을 도저히 말이나 행동으로 표현하지 못하는 하루키. 이제까지 가면을 뒤집어쓰고서 주변에 그저 맞추며 지냈지만, 그 마음을 노래란 형태로 표현한다.' 스스로 글을 쓰면서도 이런 두서없는 문장을 제대로 설명할 수 있을지 알 수 없었습니다. 하지만 그만큼 저 장면은 온 힘을 다해서, 저 자신도 벅찬 감정에 사로잡혀서 눈물을 뚝뚝 흘리며 적었습니다.

다음 권부터는 많은 것들이 바뀌어버린 상황에서 많은 이야기가 진행될 것 같습니다. 그들이 품은 피할 수 없는 현실이나 문제와 부딪히게 되겠죠. 그런 그들이 어떻게 서로를 마주하고, 행동이나 선택을 할 것인가. 응원해 주신다면 좋겠습니다.

마지막으로 편집자 K 님, 항상 이것저것 상담에 응해주시고 제안해주셔서 감사합니다. 일러스트 시소 님, 미려한 그림 감사합니다. 저를 지탱해준 모든 사람과, 여기까지 읽어주신 독자 여러분께 진심으로 감사를. 앞으로도 응원해주신다면 행복하겠습니다.

팬레터는 항상 격려가 됩니다. 앞으로도 가볍게 보내주세요!

어, 뭘 적으면 될지 모르겠다?
『냐―앙』이라고 한마디 적는 것만으로 괜찮아요!

냐―앙!

2024년 4월 히바리유

TENKOSAKI NO SEISOKAREN NA BISHOJO GA, MUKASHI DANSHI TO
OMOTTE ISSHO NI ASONDA OSANANAJIMI DATTAKEN Vol.8
©Hibariyu, Siso 2024
First published in Japan in 2024 by KADOKAWA CORPORATION, Tokyo.
Korean translation rights arranged with KADOKAWA CORPORATION, Tokyo.

**전학 간 학교의 청순가련한 미소녀가 옛날에
남자라고 생각해서 같이 놀던 소꿉친구였던 일 8**

2025년 4월 15일 1판 1쇄 발행

저   자 히바리유
일 러 스 트 시소
옮 긴 이 손종근
발 행 인 유재옥
담 당 편 집 박치우
이   사 조병권
출판본부장 박광운
편 집 1 팀 박광운
편 집 2 팀 정영길 조찬희 박치우
편 집 3 팀 오준영 권진영 이소의 정지원
디자인랩팀 김보라
디지털사업팀 김경태 김지연 윤희진
콘텐츠기획팀 박상섭 강선화
라이츠사업팀 김정미 유아현
영업마케팅팀 최원석 윤아림
물 류 팀 허석용 백철기
경영지원팀 최정연
인쇄제작처 ㈜코리아피엔피
발 행 처 ㈜소미미디어
등   록 제2015-000008호
주   소 서울시 마포구 토정로222, 502호 (신수동, 한국출판콘텐츠센터)
판매 및 마케팅 (070) 8822-2301

ISBN 979-11-384-8610-1
ISBN 979-11-384-3377-8 (세트)